Passion au bureau

★

Opération bague au doigt

JOSS WOOD

Passion au bureau

Traduction française de
YVES CRAPEZ

HARLEQUIN

Titre original :
THE NANNY PROPOSAL

Ce roman a déjà été publié en 2019

HARPERCOLLINS FRANCE
83-85, boulevard Vincent-Auriol, 75646 PARIS CEDEX 13
Service Lectrices — Tél. : 01 45 82 47 47 - www.harlequin.fr
ISBN 978-2-2804-8534-0

Composé et édité par HarperCollins France.
Imprimé en février 2023 par CPI Black Print (Barcelone)
en utilisant 100% d'électricité renouvelable.
Dépôt légal : mars 2023.

FSC
www.fsc.org
MIXTE
Papier issu de sources responsables
FSC® C159065

Pour limiter l'empreinte environnementale de ses livres, HarperCollins France s'engage à n'utiliser que du papier fabriqué à partir de bois provenant de forêts gérées durablement et de manière responsable.

Prologue

Huit mois plus tôt

Debout sur le promenoir du Texas Cattleman's Club, l'un des fleurons de la petite ville de Royal, Kasey Monroe se focalisa sur la foule des invités qui s'apprêtaient à fêter le nouvel an.

Aaron Phillips, l'un des membres éminents de ce club, se déciderait-il ou non à l'engager comme adjointe pour les mois à venir ?

Elle le souhaitait tout en redoutant de voir se brouiller l'invisible frontière séparant la vie professionnelle de la vie privée, son futur employeur étant particulièrement séduisant.

Si Megan, la sœur d'Aaron, et l'époux de cette dernière, Will Sanders, dirigeant de la Spark Energy Solutions, lui avaient été présentés, elle ne connaissait aucun des autres invités, mais tout valait mieux qu'un tête-à-tête avec elle-même et ses souvenirs dans sa chambre d'hôtel.

Dale…

Elle l'avait épousé cinq ans plus tôt et leur divorce tout récent avait laissé en elle une blessure mal cicatrisée.

Que ferait-il, ce soir ?

La fête, probablement, et certainement en bonne compagnie.

Comment as-tu osé me bafouer ainsi ?

Pressant sa coupe de champagne contre sa joue fiévreuse, elle s'efforça de chasser de son esprit la vision de Michelle, qui avait été sa meilleure amie, dans les bras de son mari d'alors.

Comment as-tu pu me faire ça, à moi ?

Passe encore que Dale l'ait trompée, lui qui aimait tant séduire, mais être trahie par sa meilleure amie restait peut-être l'humiliation suprême.

Michelle et Dale lui avaient présenté des excuses, avançant qu'ils étaient ce soir-là dans un état quasi comateux dû à l'abus d'alcool et à quelques lignes de coke, ce qui n'avait en rien allégé son chagrin.

Il se serait donc agi d'un malheureux concours de circonstances dont ni l'un ni l'autre ne gardaient le souvenir. Un accident en somme…

Jamais elle n'aurait cru un tel scénario possible.

Et pourtant…

« Cinq ! »

« Quatre ! »

« Trois ! »

« Deux ! »

« Un ! »

Les vivats des invités ne firent qu'ajouter à son sentiment de solitude, à son chagrin aussi d'avoir perdu un mari et une amie, mais bah, n'était-elle pas assez forte pour réagir ?

Outre l'argent que lui avait rapporté son divorce, elle espérait désormais être engagée comme adjointe de direction par le séduisant Aaron Phillips, gestionnaire d'un fonds de placement à croissance rapide dont la clientèle, triée sur le volet, était parmi la plus fortunée du pays.

Si elle se concrétisait, leur collaboration s'effectuerait par Skype, e-mails et SMS, et l'envie la tenaillait plus que jamais de quitter Houston pour venir habiter Royal.

Oublier !

— Une autre ! dit-elle à un serveur en descendant les quelques marches qui la séparaient de la salle et en brandissant sa coupe vide.

Ah, ces bulles dorées !

La nouvelle année serait plus réussie que l'ancienne, elle s'en faisait le serment, et ce, d'autant que par tempérament, elle était optimiste de nature.

Non loin, Aaron Phillips, le manager de AP Investments, dansait avec une jolie blonde et elle prit le temps d'admirer sa silhouette prédatrice.

Grand, brun, les cheveux châtains coupés court et les yeux verts, son futur patron était décidément très sexy.

Si sexy, même, qu'une soudaine chaleur se répandit entre ses cuisses, au plus profond de sa féminité.

Leur éventuelle collaboration devant s'effectuer à distance, il y avait cependant peu de chances qu'elle et lui aient l'occasion de mieux se connaître…

Au cours de leurs deux précédents entretiens, Aaron Phillips lui avait témoigné une froideur polie doublée d'une réticence évidente à la considérer comme une femme, mais comme un potentiel outil au sein de son organisation florissante.

Mais était-il défendu de rêver ?

Elle avait toujours aimé les bruns sveltes, surtout quand ceux-ci portaient de fines lunettes, et, la danse terminée, alors qu'Aaron Phillips circulait entre les invités, elle ne le lâcha plus du regard.

Tu es folle, ma fille ! Pense plutôt à ta carrière…

Elle en était là de ses réflexions quand Aaron, le sourire aux lèvres, marcha dans sa direction, lui laissant à peine le temps de finir son verre.

Bonsoir !

D'un geste élégant, mais décidé, il lui prit la coupe vide des doigts et la posa sur un guéridon.

Bonsoir, répondit-elle d'une voix fêlée.

Mise en valeur par une robe décolletée, sa poitrine n'échappa pas à la vigilance de son hôte.

— Vous êtes époustouflante de beauté, Kasey.

— Merci, dit-elle en rougissant.

En dépit de ses talons aiguilles, elle n'arrivait qu'à peine à sa hauteur, ce qui la ravit.

Du coup, sa féminité s'embrasa un peu plus encore.

— Bonne année, Kasey.

— Bonne année, répondit-elle alors qu'une clameur s'élevait de la foule des invités.

Une main sur sa hanche, son hôte l'attira à lui.

— Et si nous dansions ?

Ensorcelée par cette voix grave et sensuelle qui lui donnait la chair de poule, elle le suivit sur la piste où se pressait déjà une trentaine de couples.

— Vous me fascinez ! Et vous sentez si bon…, lui murmura-t-il à l'oreille.

— Le mérite en revient à mon parfum ou à mon shampoing, répondit-elle en recouvrant ses réflexes.

— Il y a bien plus encore que j'aime en vous.

— J'en suis heureuse, dit-elle, la bouche sèche.

Était-il possible d'être à ce point troublée par un homme qu'elle connaissait à peine ?

— Depuis notre dernière rencontre, je brûle de caresser vos cheveux. Me permettriez-vous de le faire maintenant ? lui demanda son hôte.

— Mes cheveux ? Qu'ont-ils donc de particulier ?

— J'adore leur couleur. Châtains avec des reflets cuivrés...

— Auburn.

— C'est ça, auburn.

Si seulement Michelle ne l'avait pas trahie et humiliée, elle n'aurait pas manqué de lui relater sa discussion avec Aaron, ce soir, de lui vanter son charme aussi.

Sans compter cette virilité qu'elle sentait saillir sous le pantalon et qui se frottait à elle...

Ne pense plus à ces deux fourbes et tourne la page. Carpe diem, Monroe...

Et ne restait-il pas le champagne pour panser ses plaies ainsi que le plaisir de se laisser bercer, au son de l'orchestre et de deux bras puissants ?

Ah, la magie de cette danse à deux !

Mais vint le moment où il lui fut impossible d'ignorer le désir croissant qu'elle inspirait à son cavalier, et que la décence réprouvait, n'est-ce pas ?

— Je... Je crois qu'il vaudrait mieux..., chuchota-t-elle.

La main plaquée sur le bas de ses reins, Aaron Phillips l'enlaça encore plus fermement.

— Du calme, jolie Kasey. Je ne compte pas vous faire subir les derniers outrages.

Vraiment ?

Un petit rire fusa entre ses lèvres.

— Et si j'avais envie de les subir, ces derniers outrages ?

Tu perds l'esprit, Monroe ?

Si le manager d'AP Phillips la faisait danser, c'était sûrement pour l'évaluer et elle, comme une imbécile, venait crûment de révéler le désir qu'il lui inspirait.

Une lueur de malice éclaira les yeux d'un vert pâle.

— Et que devrions-nous faire, Kasey ?

— Excusez-moi, Aaron. Désolée… J'ai… J'ai perdu la tête.

Elle voulut s'enfuir, mais son cavalier resserra son étreinte.

— Restez ! Nous n'avons encore commis aucun impair, n'est-ce pas, et je tiens à vous engager comme assistante.

La vérité était qu'elle brûlait de voir Aaron Phillips sans ses vêtements, de frotter sa peau nue contre la sienne, de se laisser caresser par lui.

— Moi aussi, je tiens à travailler pour vous.

Sans compter que le salaire lui permettrait de louer, à Royal, ce ravissant petit cottage anglais sous le charme duquel elle était tombée.

Les mains d'Aaron se firent plus insistantes.

— Puisque nous sommes d'accord sur l'essentiel, accordons-nous une nuit de liberté, une nuit sans entraves, suggéra-t-il avec un sourire à damner une sainte.

N'était-elle pas prête à tourner la page ?

— Vous me tentez, Aaron…

Oui, mais n'allait-elle pas se lancer dans une aventure qu'elle aurait tout lieu de regretter ?

Il lui sourit.

— Une nuit, une seule, et nous n'y reviendrons pas. Du reste, je pars demain et pour sept jours aux sports d'hiver.

— Ah !

— Dès mon retour, nous nous mettrons au travail. Alors, quelle est votre réponse ?

Pouvait-elle d'ores et déjà se considérer comme engagée par la société AP Investments ?

— Je ne sais que dire…

Aaron la fixa dans les yeux.

— C'est simple. En avez-vous envie autant que j'en ai envie ?

Une nuit de passion torride lui permettrait d'exorciser à jamais sa mésaventure conjugale, aussi que demander de plus ?

De l'audace, Monroe !

— Kasey, ma belle, tu me tues de désir…, murmura Aaron avec naturel.

Elle eut un grand sourire.

— Chez toi ou chez moi ?

1

Huit mois plus tard…

Aaron Phillips gara son SUV flambant neuf devant le cottage ombragé par deux grands chênes où vivait Kasey.

Hier, son avocat l'avait informé qu'il était officiellement nommé tuteur de Savannah, sa nièce de six ans, et cette responsabilité qu'il n'avait pas sollicitée lui imposait de posséder un véhicule disposant de toutes les sécurités.

Le siège pour enfant, à l'arrière, était destiné à accueillir la fillette chaque fois qu'il devrait la conduire quelque part et désormais, il lui incomberait de veiller sur elle comme si elle était sa propre fille.

Il regrettait beaucoup son Aston Martin.

Il regrettait également cette perte de liberté.

— Enfin…

Quelle idée avait eu Jason, son frère cadet, de le nommer tuteur alors même que leur sœur Megan aurait parfaitement pu remplir cette mission ?

— Pourquoi moi, Jay ? Pourquoi m'avoir chargé d'une telle responsabilité ? gémit-il à voix haute.

Aussi avait-il confié Savannah à sa Megan et pris la direction de l'adorable bonbonnière où sa très jolie assistante avait élu domicile.

Huit mois déjà qu'il se contraignait à limiter leurs rencontres, car, dès lors qu'il posait les yeux sur Kasey, ses sens s'embrasaient autant sinon plus que lors de leur fameuse nuit.

Incapable d'oublier, il n'avait pas voulu refaire l'amour avec une autre femme depuis lors, avec pour conséquence l'afflux de visions érotiques dans lesquelles son adjointe tenait la vedette.

Et Jason qui tardait tant à donner de ses nouvelles…

Apparemment, ce dernier aurait survécu par miracle au crash d'un petit appareil de tourisme, quelque part dans la Sierra Nevada, en Californie.

Par une lettre envoyée à Megan, Jason annonçait la mort de Will Sanders, le copilote et mari de Megan.

Quant à lui, trop faible pour se déplacer, il soignait ses blessures dans ce coin reculé de la Californie rocheuse.

Pourquoi leur frère refusait-il tout contact direct avec eux ? Mystère.

Et comment expliquer qu'il n'ait pas voulu parler à Savannah, sa fille chérie ?

Peu après la lettre, Megan avait reçu l'urne contenant les cendres de Will, ou plutôt, de celui qui s'était fait passer pour Will, un certain Rich Lowell.

L'histoire était si embrouillée que lui-même, parfois, n'y comprenait plus goutte.

Entre-temps, le vrai Will, qui n'était autre que son ami d'enfance, avait refait surface et révélé la vérité, et dès lors, la mystification n'avait plus fait de doute pour personne.

Le Will que sa sœur avait épousé était bel et bien un imposteur et, selon les propres mots de Megan, *quelque chose d'horrible* devait être arrivé à Jason.

Jusqu'alors, Megan et lui s'étaient partagé la garde de Savannah, mais la prochaine rentrée des classes les obligeait désormais à trouver une solution d'urgence.

N'oublie pas que c'est toi et pas un autre que Jason a désigné comme tuteur de Savannah, au cas où il serait empêché d'exercer son rôle de père…

Pas question en effet d'oublier, mais pourquoi se serait-il leurré sur ses capacités à élever une fillette de six ans, lui qui manquait au plus haut degré de toute fibre paternelle et qui était soumis au diktat d'un calendrier professionnel bien garni ?

Conseille-moi, Jay, car je ne sais plus que faire !

Si seulement les aiguilles du temps pouvaient tourner à l'envers et le ramener à l'époque où Savannah, sa nièce, venait de naître, bébé joufflu que Jason, en père très fier, lui avait fourré entre les bras…

Ce jour-là, sentir les minuscules doigts agripper son index lui avait donné l'envie à jamais d'être oncle, et un bon oncle encore.

Par la suite, alors que Savannah grandissait sous le regard aimant de son père, il avait tenté de nouer avec la petite des liens complices, la ravitaillant en bonbons à la fraise sans se préoccuper des risques de caries…

Puis il prenait le large avec insouciance, laissant à Jay le soin de réparer les dégâts.

En quelques longues foulées, il eut tôt fait d'atteindre la porte du cottage.

Kasey !

En huit mois, ni elle ni lui n'avaient fait la moindre allusion à cette fameuse nuit et c'était bien ce qui compliquait d'autant sa démarche.

Un ultime coup d'œil à sa montre high-tech — cadeau

fait à lui-même pour ses trente-trois ans —, puis il appuya sur la sonnette.

Les traits chiffonnés de celle qui vient de se réveiller, Kasey lui ouvrit et la vue de ce corps de rêve à peine dissimulé par un T-shirt mit le feu à ses sens.

Ressaisis-toi !

Son frère était porté disparu dans la nature, un imposteur se faisant passer pour Will Sanders avait épousé sa sœur avant d'aller se fracasser dans la montagne, une fillette comptait sur lui pour prendre soin d'elle, alors la moindre des choses était de réprimer ses pensées érotiques…

Le regard d'ambre le scruta entre les paupières mi-closes.

— Aaron ?

Qu'elle était belle !

Du calme ! Maîtrise-toi !

— Bonjour, Kasey. J'ai à te parler.

— Ça ne pouvait pas attendre lundi ?

Il refréna son agacement.

— Si je suis ici de bon matin, c'est qu'il s'agit d'une urgence.

En une fraction de seconde, Kasey changea d'expression et lui ouvrit la porte.

— C'est donc si grave que ça ?

— Oui.

— Alors, entre. J'allais faire du café…

Elle le guida à travers les pièces adorablement décorées où flottait l'odeur de la cire d'abeille.

Un petit nid douillet…

Et ces fesses moulées par un short effrangé…

— Assieds-toi, j'en ai pour un instant, dit-elle quand ils furent dans la cuisine.

— Où vas-tu donc ?

— Me changer pour être présentable devant mon patron.

Huit mois plus tôt, était-elle présentable quand tous deux s'enlaçaient fiévreusement entre les draps ?

Ressaisis-toi, voyons.

Il se força à inspecter l'endroit du regard.

Charmant cottage…

Un peu petit, peut-être ?

Sa propre maison comprenait sept chambres, trois salles de bains, une piscine sur un terrain paysager, et pourtant, curieusement, vivre ici, dans cette bonbonnière, ne lui aurait pas déplu.

À condition d'avoir Kasey pour lui tenir compagnie.

— Voilà, je suis prête.

Coiffée, maquillée, en bermuda et chemisier, elle lui souriait dans l'encadrement de la porte et il dut faire un effort pour ne pas lorgner ses seins splendides.

— J'ai besoin de ton aide…

Et besoin de toi toutes les nuits, tu ne sais pas combien !

Kasey hocha la tête.

— Un dossier qui pose problème ? Dans ce cas, peut-être faudrait-il que j'enfile une tenue plus professionnelle si nous devons aller à ton bureau.

— Tu es très bien comme ça. En revanche, un café serait bienvenu.

Légèrement rougissante, Kasey s'avança jusqu'au plan de travail et remplit deux tasses.

Devait-il ? Pouvait-il lui faire confiance ?

En ce qui concernait sa vie familiale, oui, mais la trahison passée de Kate, son ex-associée, l'avait rendu méfiant et aujourd'hui encore, Kasey n'avait pas accès aux codes bancaires de ses plus importants clients.

— Ce que j'ai à dire est hautement privé et je te demanderai donc de ne pas en répéter un mot à âme qui vive.

Elle le regarda avec étonnement.

— Oui, bien sûr…

— C'est une histoire longue et compliquée. Tu te souviens avoir été présentée à mon ami Will au bal du nouvel an ?

Les yeux d'ambre le scrutèrent.

— Will Sanders, P-DG de Spark Energy Solutions, une compagnie ayant des intérêts dans le pétrole, le gaz naturel et le solaire. N'est-ce pas lui qui avait dansé avec ta sœur, ce soir-là ?

— C'est bien ça. Jason, qui travaillait pour Will, se rendait parfois au Mexique. Or, Will et son meilleur ami Rich Lowell se trouvaient au Mexique il y a quelques mois de ça, quand leur bateau à moteur a pris feu…

Kasey fit une grimace.

— Et ils sont morts ?

— C'est ce qui avait été dit, au début. En fait, Rich aurait échappé par miracle aux flammes avant d'être évacué on ne sait où…

— Et Will ?

— Il aurait également survécu. Rentré à Royal brûlé et suturé de partout, frappé aussi d'amnésie. Ceux qui le connaissaient l'avaient certes trouvé changé, mais personne n'a mis en doute son identité alors qu'il s'agissait d'un imposteur.

— Incroyable.

Il hocha la tête.

— Le prétendu Will a repris ses fonctions de dirigeant de SES et a, en prime, épousé ma sœur. En fait, il s'agissait de Rich Lowell qui avait toujours présenté une ressemblance étonnante avec le véritable Will.

— Je vois… Mais qu'était devenu le vrai Will ? Mort dans l'accident de bateau ?

— Il était vivant, très affaibli par ses blessures et en convalescence au Mexique. Son retour à Royal est récent.

Kasey écarquilla les yeux.

— Ta sœur aurait épousé un imposteur, le faux Will, et serait aujourd'hui confrontée au vrai Will ?

— Exactement. Et comme le faux Will — Richie Lowell — ressemble de façon troublante au vrai, Megan a bien du mal à s'y retrouver, psychologiquement parlant.

— Et Jason ?

— Jason travaillait pour le vrai Will à SES, mais je doute qu'il se soit rendu compte de la supercherie, le faux Will — Richie — ayant eu recours à la chirurgie esthétique.

— Mais pourtant, la voix…

— Le faux Will expliquait ce changement de timbre par une opération des cordes vocales consécutive à ses brûlures.

Kasey posa sa tasse sur le plan de travail.

— En quoi puis-je t'aider ?

— Avant tout, il faut que tu saches que la lettre reçue par ma sœur et censée avoir été rédigée par Jason était un faux. L'écriture ressemble à celle de notre frère, mais n'est pas la sienne. Et puis, je connais assez Jason pour être persuadé qu'il n'aurait jamais disparu en laissant derrière lui sa fille Savannah.

— Et la mère de Savannah ?

— Morte il y a un an dans un accident de voiture.

Kasey réfléchit.

— Jason avait-il l'habitude de communiquer avec vous quand il s'absentait ?

— Oui, par e-mails et appels téléphoniques. Et par Face Time avec Savannah. Son silence ne présage rien de bon.

— Tu le crois kidnappé ? Ou retenu en otage quelque part ?

— Aucune demande de rançon ne nous est parvenue. Pour tout te dire, j'ai perdu espoir de revoir un jour mon frère vivant…

Kasey leva sur lui des yeux qui exprimaient l'effroi et la compassion.

— Oh ! Aaron, je suis désolée…

Alors que l'envie de la prendre dans ses bras le taraudait, il sut résister à la tentation.

— Ma nièce, qui fêtera bientôt ses six ans, a besoin de stabilité et mérite mieux que d'être tantôt chez moi, tantôt chez Megan, surtout vu l'état de faiblesse psychique de celle-ci.

— Je comprends. Le vrai Will parvient-il à aider ta sœur ?

— Je crois qu'avec le temps, Megan trouvera auprès de Will ce réconfort qui lui permettra d'oublier Rich Lowell, cet imposteur sans scrupule.

— Tu me parlais de Savannah…

Il soupira.

— Oui, car c'est elle qui me préoccupe le plus. Après

la mort de sa mère, la voilà confrontée à la disparition mystérieuse de son père : de quoi tournebouler une gamine comme elle, n'est-ce pas ?

— On le serait à moins.

— Avec le travail que j'ai, je ne peux m'occuper d'elle qu'occasionnellement, aussi m'est-il venu à l'esprit que, peut-être, tu pourrais…

Un froncement de sourcils.

— M'occuper d'elle ?

— Euh, oui… Me prêter main-forte, si tu vois ce que je veux dire.

Kasey lui décrocha un regard indigné.

— Je suis adjointe de direction, pas une baby-sitter de service, et avec tes revenus, tu as tout loisir d'engager une nounou présentant toutes les garanties nécessaires.

Il y avait pensé, mais, trop méfiant, se refusait à ouvrir sa porte à une inconnue.

— Dans ton CV, il est mentionné que tu as passé un an en France comme fille au pair. Qui mieux que toi saurait réconforter ma nièce ? Et je doublerai ton salaire.

— Tu es fou, simplement fou !

— C'est l'affaire de quelques semaines, le temps que la petite aille à l'école.

— Pourquoi pas Megan ?

— Ma sœur est encore trop fragile pour s'occuper de Savannah tandis que toi, Kasey, tu as le profil idéal pour cet emploi provisoire.

Voyant qu'elle hésitait, il joua son va-tout.

— Tu es la seule en qui j'ai assez confiance pour ce job.

Son argument parut faire mouche et une expression de gravité se peignit sur les traits de la jeune femme.

— Il faut que je réfléchisse, fit-elle en se massant les tempes.

Quel menteur il faisait puisqu'il ne lui aurait jamais communiqué les noms et les codes bancaires de ses clients les plus importants !

— Dis que tu acceptes. J'ai besoin de toi, Kasey, terriblement besoin de toi.

J'ai besoin de toi, Kasey…

Alors qu'elle se demandait encore de quelle façon précise et peut-être même intime, Aaron avait besoin d'elle, son portable sonna.

Michelle…

Toujours aussi furieuse envers cette garce qui l'avait trahie, elle dévia, non sans un pincement de regret, l'appel vers sa boîte vocale.

Chaque chose en son temps.

Pour l'heure, son principal souci était Aaron dont les yeux cernés témoignaient d'une préoccupation certaine.

Lors de leurs rendez-vous sur Skype, elle avait remarqué sa fatigue et si tous deux avaient, d'un commun accord, tiré un trait sur leur folle nuit du nouvel an, Aaron continuait d'occuper une place de choix dans son cœur.

Le moment n'était-il pas venu de sortir de sa solitude, de s'ouvrir aux autres ?

Oui, tant qu'elle garderait ses distances avec un homme terriblement séduisant et qui l'attirait, mais dont elle ne devait en aucun cas tomber amoureuse.

— Eh bien, quelle est ta réponse ? lui demanda-t-il.

— Je ne sais pas, Aaron… Je crois qu'il serait plus sage de…

— Il s'agirait de quelques jours, insista-t-il.

Et elle qui espérait mener une existence tranquille, loin des tentations.

Ne rien devoir à personne.

Ne rien risquer.

Ne rien recevoir non plus, bien sûr…

La proposition d'Aaron lui ouvrait des perspectives, mais à quel prix ?

Non, quoi qu'il advienne, jamais elle ne tomberait amoureuse d'un homme qui, visiblement, était axé sur le célibat.

— Je ne sais pas… Il faut que je réfléchisse.

Aaron soupira.

— Savannah n'a que six ans. Elle n'est ni grincheuse ni compliquée.

D'après les photos qu'elle avait pu voir, il s'agissait en effet d'une petite fille charmante au minois espiègle et aux yeux pensifs, de quoi apaiser ses craintes, n'est-ce pas ?

Pour se donner encore un peu de temps, elle colla le portable à son oreille et écouta le message que Michelle venait d'enregistrer à son intention.

« Kase, je sais que tu m'en veux, mais depuis notre dernière conversation, de l'eau a coulé sous les ponts. Oui, je suis désolée pour ma gaffe et je m'en excuse. S'il te plaît, pardonne-moi… »

Une gaffe, coucher avec Dale derrière son dos ?

Bravo !

« … Quoi qu'il en soit, je prends la route aujourd'hui pour te rendre visite à Royal. J'arriverai chez toi en fin de matinée et alors, nous pourrons discuter à loisir puisque j'ai l'intention de rester au moins le temps du week-end. »

En panique, elle consulta la pendule qui indiquait 10 heures. Or, Michelle était la ponctualité incarnée et le trajet depuis Houston n'offrait aucune difficulté particulière.

— Eh bien, que décides-tu ? demanda Aaron en fronçant les sourcils.

Un plan s'échafauda vite dans son esprit.

— Si j'acceptais, ne serait-il pas plus simple que je m'installe provisoirement chez toi pour m'occuper de la petite ?

— J'allais te le suggérer, répondit son patron.

Deux heures plus tôt, la pensée de vivre sous le même toit que son ex-amant lui aurait semblé hors de propos, mais la venue de Michelle à Royal changeait la donne. Entre le risque d'être confrontée à cette traîtresse de Michelle, et celui de veiller sur une fillette dont l'oncle était dangereusement séduisant, la seconde option lui apparaissait la plus raisonnable à condition, bien sûr, de brider le désir qu'Aaron continuait de lui inspirer envers et contre tout.

— Alors ? insista une fois de plus Aaron.

Si elle acceptait, Michelle trouverait porte close et serait bien contrainte de s'en retourner à Houston…

— Je veux bien garder Savannah, mais seulement pour le week-end.

— Bravo ! Quand pourrais-tu être prête ?

— Tout de suite. Attends-moi ici, j'en ai pour une seconde.

Et elle précipita vers sa chambre à coucher en faisant des vœux pour que Michelle n'ait pas eu la mauvaise idée d'avancer l'heure de son arrivée.

Comme de bien entendu, sa valise se trouvait sur la

plus haute étagère et elle eut beau se jucher sur la pointe des pieds, elle ne parvint qu'à en effleurer la poignée.

Elle prenait son élan pour une nouvelle tentative quand son dos heurta une muraille de muscles.

— Je l'ai, déclara Aaron par-dessus son épaule en attrapant avec aisance le bagage en question.

Ce corps viril collé contre elle ou, plutôt, contre ses reins… Contre ses fesses, aussi.

— Que fais-tu ici ? Je croyais t'avoir dit de…

Son cerveau patinait.

Mille idées affluaient et se mélangeaient dangereusement.

Sur sa joue, le souffle tiède d'Aaron, le rythme irrégulier de sa respiration.

— J'ai pensé que je pourrais t'être utile pour faire tes valises.

— Aaron, je…

Ce dernier laissa échapper la poignée et elle se retrouva saisie par deux mains vigoureuses.

— Kasey !

Aaron et elle étaient à présent face à face.

Ces lèvres, pulpeuses, viriles, à portée des siennes…

C'était tout simplement trop pour elle.

— Viens, viens m'embrasser !

À son souffle se mêla bientôt celui, haletant, d'un homme beau comme un dieu et dont les yeux d'un vert pâle brillaient de désir.

Pressée contre lui, offerte, impatiente comme jamais, elle savoura ce baiser divin sans plus penser à *avant* ni à *après*.

Plus rien ne comptait que cette langue caressant la

sienne, que ce souffle envahissant sa bouche, que cette virilité saillante contre son ventre en feu.

Ressaisis-toi !

Aaron était son patron.

Il avait besoin d'une nounou provisoire pour s'occuper de sa nièce et, de son côté, elle tenait à éviter toute rencontre avec Michelle, rien de plus n'est-ce pas ?

Sans pour autant lâcher ses hanches, Aaron rompit doucement leur étreinte

— Kase, je…

Ah, comme elle brûlait de lui arracher sa chemise ! De caresser ce torse divin dont elle gardait un souvenir ému…

— Je vais coucher sous ton toit et nous allons partager le même espace durant au moins deux jours ? Deux nuits aussi…

Le regard d'Aaron se fit très doux.

— Oui, et après ?

Face à cet homme beau à damner une sainte, sa résolution faiblit.

— Pas question de recommencer chez toi ce que nous venons de faire ici.

— Nos relations se cantonneront au strict plan professionnel, répliqua-t-il avec une pointe d'irritation. Et je te rappelle que tu es celle qui a commencé.

— Je n'ai pas dû insister beaucoup pour que tu répondes à mon baiser.

Un juron s'échappa des lèvres d'Aaron.

— Quand on n'a pas fait l'amour depuis huit mois et qu'une fille aussi sensationnelle que toi se jette à son cou, il faudrait être en bois pour ne pas réagir.

L'aveu la laissa saisie de stupeur.

Aaron, la beauté masculine incarnée, la trouvait sensationnelle ? Et il n'avait plus touché une autre femme depuis cette fameuse nuit de nouvel an ?

— J'admets avoir ma part de responsabilité. Je... Je n'aurais pas dû t'embrasser comme je l'ai fait. Pardonne-moi.

Avait-elle la berlue ou bien son jean venait-il de se tendre à un endroit précis ?

— Je mentirais en prétendant ne pas être attiré par toi, Kase, et si quelqu'un ici doit s'excuser, c'est moi, alors n'en parlons plus.

Aaron était un financier averti, un cerveau à haute capacité et de son côté, elle l'assistait avec brio depuis déjà huit mois et elle n'avait aucune envie de voir s'interrompre une aussi fructueuse collaboration.

— En effet, n'en parlons plus. Je m'engage à veiller sur ta nièce à condition que nos relations ne sortent pas du cadre strictement professionnel.

Une exigence tout ce qu'il y avait de raisonnable.

— C'est entendu, fit-il avec une pointe de regret.

— Dans ce cas, marché conclu.

2

Depuis le balcon de son bureau, au deuxième étage, Aaron observa sa nouvelle nounou garer le SUV devant l'entrée de la maison puis ouvrir la portière arrière pour la gamine élancée dont il était désormais responsable et qui, un an après la mort de sa mère, se demandait chaque jour pour quelle raison son père la laissait sans nouvelles.

Kasey était allée chercher Savannah au centre aéré et, une fois n'étant pas coutume, il se jura de faire raconter par le menu à sa nièce les péripéties de la journée.

Savannah… que tout le monde appelait Savvie — ou « précieuse princesse » pour Jason.

À l'évocation de son cadet, Aaron se remémora ses derniers mots : « Quoi qu'il puisse arriver, frérot, je compte sur toi pour veiller sur Savvie ».

Ces paroles restaient gravées en lui, mais saurait-il se montrer à la hauteur de cette promesse ?

Où que tu sois, Jay, rapplique au plus vite, car j'ai besoin de toi. Et Savvie aussi a besoin de toi.

Souvent envoyé en mission au Mexique et ailleurs pour le compte de Spark Energy Solutions, la société de son ami Will, Jason s'était-il senti menacé au point de lui faire prêter serment ?

Alors que Kasey et Savannah marchaient main dans

la main vers la piscine, il fut frappé de constater à quel point, en quelques jours, la fillette avait changé depuis que son assistante s'occupait d'elle…

Entre l'enfant et elle, l'entente s'était faite immédiatement et depuis lors, sa nièce semblait moins triste, moins angoissée aussi, surtout la nuit, à l'heure des cauchemars…

— Ton goûter est prêt, mais tu as le temps d'aller nager un peu avant ton cours de danse, lança Kasey à l'adresse de Savannah.

Nounou depuis samedi dernier, elle avait consenti à prolonger son séjour jusqu'à ce qu'une vraie solution ait été trouvée.

Cinq jours déjà…

Et pour lui qui s'était si longtemps habitué à vivre seul, c'était déjà beaucoup, mais les progrès accomplis par Savannah, la voir enfin sortir d'un mutisme provoqué par une suite de circonstances dramatiques, ne méritait-il pas un effort de sa part ?

La nuit, quand un cauchemar réveillait sa nièce et qu'elle réclamait ce père disparu, Kasey savait lui répondre sans mentir, sans lui donner de faux espoirs, sans ces vaines promesses que les adultes font trop fréquemment aux enfants.

Durant le petit déjeuner, entre ses « deux princesses », des fous rires fusaient et il n'était pas rare qu'il retrouvât, sur la table, un élastique ou une épingle à cheveux lui rappelant qu'il n'était plus seul.

À l'étage, entre les chambres et les salles de bains, flottait désormais la senteur florale du parfum de Kase dont les produits bio saturaient son réfrigérateur jusqu'alors garni de solides côtes de bœuf et de savoureux travers de porc.

— Kasey ? fit Savannah qui était déjà en maillot, au bord de la piscine.

— Oui ?

— Viens donc nager avec moi ! Nous jouerons au ballon dans l'eau.

— Je ne sais pas. Il faut que je demande à ton oncle s'il n'a pas besoin de mes services.

La déception visible de sa nièce autant que la belle poitrine de Kase l'incitèrent à se manifester.

— Baignez-vous toutes les deux, cria-t-il depuis la fenêtre de son bureau. Et j'ai bien envie de vous rejoindre…

Au regard reconnaissant de Savvie répondit celui, nettement plus réservé, de la jolie nounou.

Était-ce de se montrer devant lui en maillot qui embarrassait Kasey ?

Et pourtant, sans la présence d'un chaperon de six ans, tous deux n'auraient-ils pas déjà envoyé valser les maillots par-dessus bord pour s'étreindre tout à loisir dans la piscine ?

— N'as-tu pas du travail à accomplir ? objecta Kasey avec un froncement de ses sourcils.

— J'ai besoin d'un break. Nager un peu me fera du bien, crut-il bon de préciser.

Autant il convoitait Kasey, autant il sentait qu'elle aussi avait envie de lui sans, bien sûr, qu'il puisse être question de transgresser leur règle de neutralité.

Cette double attirance ne facilitait pas la cohabitation avec une femme qui partageait désormais son bureau, ses repas, le croisait vingt fois par jour et qui, chaque soir, dormait dans une chambre voisine de la sienne.

Plus d'une fois, les lumières éteintes, il avait bataillé pour résister au désir d'aller la rejoindre dans la chaleur de ses draps, un combat qui ne le rendait pas fier pour autant, lui le patron aux pieds d'argile…

N'avait-il pas d'autres préoccupations que ce titillement incessant des sens alors que Jason manquait à l'appel et qu'il lui incombait à présent de veiller sur Savannah, sa petite nièce ?

Jason dont il ignorait même s'il vivait encore…

Cole Sullivan, le détective privé engagé récemment par le vrai Will, n'était pas loin de partager son pessimisme sans que jamais le mot « mort » n'ait été prononcé entre eux.

D'après le graphologue appointé par Sullivan, celui qui avait rédigé la lettre adressée à Megan ne pouvait pas être Jason, mais quelqu'un d'autre ayant imité son écriture.

Tout concourait donc à justifier ses plus sombres pronostics.

— *Toc ! Toc !* Je peux entrer ?

— Oui, bien sûr.

En robe courte de piscine et les jambes nues, Kasey éveilla instantanément son désir.

— Je dois consulter ma messagerie Internet, déclara-t-elle avant de se pencher sur l'écran de son ordinateur, dans le bureau qu'il partageait désormais avec elle.

La vision de ses cuisses hâlées mit le comble à son émoi et il se revit, huit mois plus tôt, serrant contre lui ce corps si féminin qui haletait.

Kasey et son ravissant derrière…

Kasey et ses fesses sublimes tant et tant caressées.

Une érection aussi soudaine que brutale tendit son pantalon et lui rappela à propos qu'il n'avait pas refait l'amour depuis huit mois.

Depuis sa folle nuit avec Kasey, en fait.

Comme si aucune autre ne pouvait trouver grâce à ses yeux ni étancher sa soif…

Kasey… La seule qu'il ne devait à aucun prix entraîner au lit sous peine de lourdes complications.

Une impasse, donc.

En contrepartie, avoir sous son toit deux femmes, l'une adulte, la seconde enfant, mettait du soleil dans sa vie et redonnait du charme à sa trop vaste maison.

Oui, bon, mais sans la disparition de Jason, rien de tout ça ne serait arrivé…

Savannah vivrait encore chez son père et Kasey travaillerait toujours pour lui, mais à distance, depuis son cottage rose bonbon.

Fort de son expérience passée, il se savait trop vulnérable pour prendre le risque, après la trahison de Kate, d'une nouvelle aventure sentimentale.

Ne pas faire confiance à autrui, verrouiller son cœur, garder la tête froide, autant d'impératifs qu'il entendait respecter à la lettre.

Plus belle que jamais, sa cambrure bien en évidence, Kasey se tourna vers lui en affichant une moue.

— Aaron, cette situation ne peut plus durer et à ce rythme-là, je ne tiendrai pas éternellement…

— Que se passe-t-il donc ?

— J'ai encore reçu six e-mails de la comptabilité, trois du chargé de clientèle et deux autres du bureau de relations publiques de Houston… Comment veux-tu que je m'en sorte avec le surcroît de travail que m'occasionne la petite ?

— Je ne demande qu'à t'aider.

— C'est gentil à toi. Pourrais-tu emmener Savvie à son cours de danse, après le bain, afin que je mette mes dossiers à jour ?

S'éloigner un temps de ses grilles de conversion et de ses courbes chiffrant en centaines de millions de dollars lui ferait le plus grand bien et ce, d'autant qu'il avait un fort mal de tête.

— Je m'en occupe, dit-il en se massant furtivement les tempes, car sa migraine empirait.

Son assistante et nounou occasionnelle de sa nièce prit dans le tiroir du bureau un tube d'analgésique et en fit tomber deux comprimés.

— À avaler avec de l'eau. Et rien de tel ensuite qu'une longueur de bassin pour te détendre.

Surpris d'être si bien deviné, il la remercia.

— Au fait, comment s'est passée la journée de Savvie au centre aéré ?

— Elle fait des progrès et joue à présent avec les enfants de son âge. Son équipe a construit une cabane dans la forêt et, tu sais, elle m'a parlé d'un garçon qui possède un cochon d'Inde.

— Un cochon d'Inde ?

— Oui, une sorte de hamster en plus gros.

La bosse déformant son pantalon s'étant résorbée, il sortit du bureau sur les talons de Kasey.

— Tu connais mon opinion concernant les animaux domestiques, quels qu'ils soient, crut-il bon de préciser.

Kasey se retourna vers lui en affichant sa délicieuse moue.

— Un animal de compagnie ferait le plus grand bien à ta nièce. Un petit chien, par exemple.

— Un chien, rien que ça ! Ne trouves-tu pas que j'ai assez de soucis comme ça ?

— Savvie adore les animaux, Aaron. Elle est très seule et un compagnon à quatre pattes la ravirait.

Un chien chez lui ?

Pas question !

— Ma sœur et moi-même, nous sommes là pour lui apporter de la tendresse.

— Depuis la mort de sa mère et la disparition de son père, Savannah n'arrive plus à faire confiance aux adultes, reprit Kasey.

L'argument se défendait, en effet, mais sa hantise de voir sa maison se transformer en élevage fut plus forte que tout.

— Savvie est trop jeune encore pour s'occuper d'un chien, objecta-t-il alors que Kasey se dirigeait vers sa chambre.

Tu exagères, Phillips ! Un caniche ou un pinscher nain ne serait guère plus encombrant qu'un chat.

Arrivée devant sa porte, Kasey se tourna une nouvelle fois vers lui.

— Chacun a besoin d'aimer et de se sentir aimé, Aaron. Et Dieu sait si les chiens sont mille fois plus fidèles en amour que les humains…

En une phrase, sa jolie assistante venait sans s'en douter de lui dévoiler sa souffrance manifeste liée à une mauvaise expérience dont il brûlait de connaître le détail.

Une fois dans sa chambre, le premier mouvement de Kasey fut d'ouvrir en grand les deux battants de sa porte-fenêtre.

Le vent chaud lui fit un bien fou, car, depuis un an, conséquence de ses chagrins répétés, elle ressentait en permanence une sensation de froid et recherchait la chaleur.

Devrait-elle annoncer à Aaron qu'il était plus prudent, autant pour elle que pour lui, de mettre un terme à ses services de nounou honoraire ?

Alors qu'elle admirait le ciel bleu et le jardin fleuri, l'image virile vint la tourmenter.

N'aimait-elle pas *tout* en cet homme depuis son envoûtant sourire jusqu'à ses fossettes si bien placées ?

Chacun a besoin d'aimer et de se sentir aimée. Et Dieu sait si les chiens sont mille fois plus fidèles en amour que les humains.

Sur la table de nuit, une photo d'elle, adolescente, tenant dans ses bras un petit chien pas beau du tout, mais si attendrissant.

Voyons…

C'était le printemps, à Cleveland, et ses parents, qui s'entendaient déjà très mal, la laissaient souvent livrée à elle-même.

Un jour, alors qu'elle s'amusait toute seule dans une ruelle, une boule de poils fauves avait jailli entre ses jambes.

Touchée par le regard suppliant de l'animal errant, elle l'avait adopté, baptisé Rufus et élevé en cachette.

Les adultes avaient vite découvert le pot aux roses et exigé qu'elle se débarrasse de l'intrus avant le prochain déménagement pour Cincinnati, Boston ou une autre de ces métropoles.

Elle aurait préféré mourir plutôt que d'abandonner Rufus et, à la fin, on lui avait permis de garder le chien.

Cerise sur le gâteau, elle avait passé l'été chez ses grands-parents, à Houston, en compagnie de Rufus, dans une atmosphère sereine et heureuse.

Plus tard, bien plus tard, elle aurait tant aimé que Dale, son futur mari, lui apporte cette sécurité qui lui faisait tant défaut depuis ce merveilleux séjour chez ses chers grands-parents.

Un espoir qui avait fait long feu…

Étendue sur son lit, elle essaya d'imaginer qu'un jour peut-être, le prince charmant viendrait la sauver et lui ouvrirait grandes les portes du bonheur.

Si seulement ça pouvait être vrai !

Posé sur la table de chevet, son téléphone, clignotant, attira son attention : trois appels manqués de Michelle plus un de Dale…

À croire que ces deux traîtres s'étaient donné le mot pour lui soutirer son pardon !

Qu'ils aillent au diable !

— Toc, toc…

— Entre, dit-elle en reconnaissant la voix de Savvie.

— Tu avais promis que nous irions nager avant la danse, déclara la fillette qui portait fièrement son nouveau maillot de bain rose fluo.

Nager ?

Elle aurait bien plus volontiers imité Aaron et avalé sur le pouce deux aspirines.

Voire trois…

— Pourquoi pas demain, mon chou ? Ou alors, vas-y avec oncle Aaron.

Le sourire de Savvie se figea.

— Si tu ne veux pas venir, je préfère rester dans ma chambre.

Ce rappel du peu d'affinités existant entre la nièce et l'oncle lui fit regretter son attitude et elle prit Savvie entre ses bras.

— Excuse-moi, mais je rêvassais. Bien sûr que je veux aller nager avec toi et tu vas m'aider à choisir mon maillot.

Elle entraîna la fillette jusqu'à la commode où elle rangeait ses affaires.

— Lequel préfères-tu ? Le une-pièce bleu ? Le bikini orange ?

À six ans, Savannah avait déjà des goûts tranchés en matière de mode et elle vit le petit doigt se poser sur le bikini.

— Celui-là t'ira mieux au teint.

Aïe !

Le plus sexy de tous ses maillots, celui qu'Aaron ne connaissait pas encore.

Huit mois plus tôt, dans ses bras, tu ne faisais pas tant ta chochotte, Monroe.

Ah, ces mains viriles sur son corps nu, la montée en force de son plaisir…

En huit mois, jamais Aaron ou elle n'avaient fait la moindre allusion à cette nuit-là, jamais l'un ou l'autre n'avait eu un geste osé, une parole déplacée.

Jusqu'à ce baiser échangé dans sa chambre, tout récemment, et dont elle portait l'entière responsabilité.

La petite main pressa la sienne.

— Tout va bien ?

— Oui, mon cœur…

Depuis ce baiser, Aaron se gardait bien de souffler sur les braises.

Chaque fois qu'elle cherchait son regard, il tournait la tête ou bien il lui opposait un sourire neutre qui lui aurait fait douter de la réalité de cette nuit d'amour.

Mais non, elle n'avait pas rêvé et elle en voulait pour preuve toutes les fois où, par l'imagination, elle avait ressuscité les moments forts de cet épisode hors du temps.

— Kasey, tu es de nouveau loin…

Poings sur les hanches, Savvie avait tant de rancœur sur le visage qu'elle s'en émut.

— Pour ma peine, j'ai droit à un gage. Tiens, je te promets de ne plus rêvasser pendant, voyons… dix jours.

— Chiche ?

— Chiche.

Le rire de Savvie fut sa plus belle récompense.

Après la double trahison de Michelle et de Dale, elle s'était juré de ne plus s'attacher à quiconque, mais Savannah ne méritait-elle pas d'être l'exception qui confirme la règle ?

Étendu sur une chaise longue, Aaron regardait Kasey et Savannah barboter dans l'eau.

— Mes poupées nagent mieux que toi !

Et pour prouver ses dires, Savvie propulsait l'une d'elles vers la nounou qui, en retour, la lui renvoyait par jeu.

Aucune des deux ne lui prêtait la moindre attention, mais leurs rires, leurs échanges, lui faisaient chaud au cœur.

Quelques années plus tôt, alors qu'il étudiait à Berkeley

et espérait bien décrocher son diplôme en Business & Management, son rêve était d'habiter dans une maison telle que la sienne (il l'avait aujourd'hui), d'avoir un compte en banque bien garni (le sien était en croissance constante), de conduire une voiture confortable (son SUV était du dernier cri).

Jusqu'à présent, ses désirs étaient devenus réalité.

Par la suite, il avait multiplié les conquêtes (faciles), prétendu éprouver des sentiments pour des femmes qu'il n'aimait pas, avec qui il passait une nuit, deux, trois nuits, puis qu'il quittait sans regrets.

Un jour, las de sa vie de séducteur, il avait mis un bémol à son donjuanisme et compris que ce qu'il recherchait était une femme, une vraie.

La seule. L'unique.

Lui, le financier impitoyable aux nerfs d'acier, avait alors pris conscience de sa nature romantique profonde, de son besoin d'aimer, d'être aimé, de donner et de recevoir.

Cette femme idéale, il avait cru la trouver en Kate, sa future associée dans la gestion d'un fonds de pension.

De six ans plus âgée que lui, Kate lui en avait imposé au premier regard tant par l'éclat de sa beauté que par son intelligence supérieure.

Suspendu à ses moindres paroles, il cherchait à toujours mieux s'accorder avec elle et alors que l'obtention de son diplôme n'était plus que l'affaire de quelques mois, Kate lui avait suggéré de renoncer à ses études pour s'associer avec elle.

Pourquoi avait-il eu la folie d'accepter ?

Par amour, sûrement.

Froidement, il avait annoncé sa décision à ses parents

catastrophés à l'idée de voir leur fils abandonner l'université alors qu'il était si près du but.

Tous deux s'étaient aussitôt mis en route pour tenter de le rencontrer à Berkeley, où il vivait, dans l'espoir de lui faire entendre raison.

Leur voiture était sortie de la route et, aujourd'hui encore, il se sentait en partie responsable de leur mort.

Ébranlé par ce drame, il s'était jeté à corps perdu dans le travail et la firme qu'il gérait avec Kate avait pris son essor.

Quelques mois plus tard, alors qu'il fêtait un gain de cinq millions de dollars, Kate avait rendu visite à chacun de leurs clients pour les persuader de ne plus lui faire confiance, et de la suivre dans la nouvelle entreprise qu'elle venait de créer en l'en excluant totalement.

Il s'était retrouvé du jour au lendemain sans personne hormis Jason, Will Sanders et Megan.

En réunissant ses économies et avec l'apport de ses trois fidèles clients, il avait remonté la pente, et un an après, sa société AP Investments affichait une santé florissante, du jamais vu sur les marchés financiers.

Quand les clients qui l'avaient trahi au profit de Kate étaient revenus frapper à sa porte pour lui confier de nouveau la gestion de leurs intérêts, il avait sèchement refusé de les recevoir.

AP Investments avait volé de succès en succès, de bilans glorieux en courbes de croissance exponentielle, son unique regret étant de ne pas pouvoir partager sa joie avec ses parents qui avaient tant douté de lui.

Si seulement son père et sa mère lui avaient un petit peu plus fait confiance, avaient cru en lui, sans doute n'auraient-ils pas trouvé une mort absurde sur cette route menant à Berkeley…

Doublement meurtri par les remords et la trahison de Kate, ses millions lui étaient alors apparus dérisoires et il n'avait plus cru en grand-chose, et sûrement pas en l'amour.

Aujourd'hui, il ne se sentait plus capable de sentiments vrais envers quiconque, sa nièce Savannah incluse.

Celle-ci avait-elle perçu combien son « oncle Aaron » était éloigné d'elle ?

Sans doute, car, plus d'une fois, Savannah lui avait témoigné sa méfiance et montré qu'elle préférait nettement la compagnie de Megan ou de Kasey.

Avait-il donc l'âme si froide, le cœur si sec ?

Bon sang, Jay, où que tu sois, rapplique et vite ! Je ne suis pas à la hauteur et Savvie a terriblement besoin d'un vrai papa.

Et lui de son cadet…

Un signal de son portable l'avertit d'un message entrant concernant une opération boursière, mais, baste ! il avait besoin d'oublier un temps les marchés financiers.

Et Jason dont il ne savait rien !

Jason, son frère…

Incapable de lézarder au soleil comme il en avait eu l'intention, il composa le numéro du détective Cole Sullivan.

— Aaron Phillips. Avez-vous du neuf, Cole ?

— Rien pour le moment.

— Je suis de plus en plus inquiet.

— J'attends des infos de dernière minute, Aaron, et quand j'en saurai plus, je vous rappellerai.

— Une piste, peut-être ?

— Rien de concret encore.

Son cœur se serra.

— Sullivan, je tiens à mon frère comme à la prunelle de mes yeux. Cette incertitude me tue. Je… Lui et moi étions très proches.

— Désolé, Aaron. Vous serez la seconde personne à être au courant si j'ai du nouveau.

Et le privé coupa la communication.

La seconde…

Rien d'étonnant puisque Cole avait été engagé par Will Sanders, son vieil ami, ce qui n'enlevait rien à la confiance que lui inspirait le détective.

— Tu es triste, oncle Aaron ?

Vite, se composer une expression un peu plus gaie.

— Non, ma puce.

Savvie, ruisselante d'eau, se rapprocha de lui et il ne put s'empêcher de comparer ses pieds menus aux siens, longs comme des péniches.

— Je t'ai entendu parler au téléphone. Dis, oncle Aaron, mon papa va rentrer bientôt ?

La voix frémissante accentua ses remords.

— Je ne peux pas encore te répondre, mon chou, mais nous faisons tout pour entrer en contact avec lui.

— Jamais papa ne m'aurait laissée aussi longtemps sans me donner de ses nouvelles, oncle Aaron, répliqua Savvie.

Voir pleurer sa nièce lui serrait le cœur et, pour la première fois depuis la disparition de Jason, il prit l'exacte mesure de ce que cette enfant devait endurer.

— Je sais combien c'est difficile pour toi et je te demande d'être courageuse.

Alors qu'il parlait, Kasey sortit en s'ébrouant de la

piscine, mais au lieu d'intervenir dans la conversation, elle resta à quelque distance et se contenta de l'observer.

Une autre l'aurait sans doute abreuvé de conseils sur ce qu'une fillette en détresse était en droit d'attendre de son oncle, preuve — s'il lui en fallait une — du tact de sa belle assistante.

Rasséréné, il sourit à sa nièce.

— L'homme avec qui j'étais en train de discuter s'appelle M. Sullivan et son travail consiste à rechercher les personnes qui ont disparu.

Les grands yeux marron le fixèrent.

— Retrouvera-t-il mon papa ?

Spontanément, Savannah vint se blottir contre lui et il la serra fort entre ses bras.

— Il fait en tout cas l'impossible pour ça, ma chérie.

— Oncle Aaron… Je t'ai entendu dire l'autre jour à Kasey que tu avais le devoir de veiller sur moi…

— Bien sûr, ma chérie !

Elle enfouit son visage au creux de son épaule.

— Tant que mon papa ne reviendra pas, tu t'occuperas toujours de moi, n'est-ce pas ?

— Je te le jure.

— Merci, oncle Aaron, murmura-t-elle à son oreille.

Alors qu'il luttait pour retenir ses larmes, l'approche discrète de Kasey l'aida à contenir son émotion.

— Désolée de vous interrompre, vous deux, mais l'heure tourne, déclara son assistante avec un grand sourire.

— Ma leçon de danse ! s'exclama Savannah en regardant Kasey dans les yeux.

— Eh oui, ma chérie ! Et si tu ne te prépares pas

tout de suite, tu risques d'arriver en retard et de te faire gronder par cette terrible Mme Pitman.

Il prit son élan.

— Aujourd'hui, que dirais-tu si je te conduisais moi-même à ton cours ?

— D'accord, oncle Aaron, fit Savannah après une brève hésitation.

Pendant que, serviette au vent, sa nièce s'échappait vers la maison, Kasey enfila un T-shirt après s'être drapée dans un paréo orange.

— Pas facile, n'est-ce pas ? lança-t-elle avec un regard compréhensif.

Dieu que cette femme était belle !

— Je ne pouvais pas mentir et prétendre que son papa reviendrait bientôt…

Que lui arrivait-il donc pour qu'il en vienne à rendre des comptes à celle qui, après tout, n'était que son employée ?

— À ta place, je n'aurais pas agi autrement, rétorqua cette dernière avec un sourire. Mieux vaut parler vrai que donner de faux espoirs.

Son regard s'égara, un temps, vers la maison où Savvie devait déjà être en train de se changer.

— Elle est si petite…

— Sans doute, mais en lui disant la vérité, aujourd'hui, tu as marqué un point.

Son assistante parlait-elle d'expérience ?

Dans le fond, il connaissait peu de chose d'elle, de sa vie, de son passé, mais si la tentation de l'interroger était forte, il se refusait à ouvrir la porte à des débordements futurs.

— Je rentre, fit Kasey en ramassant sa serviette. Du travail en retard à terminer...

Alors que la jeune femme s'éloignait, il se demanda quel drame avait pu dessiner ces légères rides d'amertume autour de ses lèvres.

La trahison d'un proche ?

D'un conjoint ou d'un mari ?

Ne serait-ce pas une coïncidence si Kasey avait subi un sort identique au sien ?

— Attends-moi, dit-il avant de la rattraper à mi-chemin.

Tout en cette femme lui plaisait et son plus cher souhait était de la serrer nue contre lui comme il l'avait fait, huit mois plus tôt, dans la piscine chauffée de l'hôtel où ils célébraient le nouvel an.

Dans ses yeux, il lut une émotion bien réelle.

— Quelque chose que tu aurais oublié de me dire, Aaron ?

Oui, et en particulier ses fantasmes les plus osés, mais ça, il n'était pas près d'en convenir.

— Non, rien. Va te changer et en attendant Savvie, j'en profiterai pour consulter un dossier urgent.

Après un ultime regard, elle se détourna de lui et il la suivit du regard, à regret, jusqu'à ce qu'elle ait disparu à l'intérieur de la maison.

3

Après avoir appuyé sur la touche « Envoi » de sa messagerie électronique, Kasey s'adossa, la nuque douloureuse, à son fauteuil.

Ouf !

Ses nouvelles responsabilités de nounou n'avaient en rien allégé sa charge de travail et venir à bout de cette double tâche lui paraissait toujours plus difficile.

Un coup d'œil à sa montre lui causa une inquiétude supplémentaire, car il était déjà près de 19 heures et Savvie aurait dû être de retour depuis longtemps de son cours de danse.

Que faisait donc Aaron ?

Préoccupée à l'extrême, elle laissa dériver son regard vers le jardin nimbé de crépuscule où la piscine, voilée de pénombre, dessinait un rectangle opaque.

— Pourquoi tardez-vous tant ? murmura-t-elle comme si Savvie et son père avaient pu l'entendre.

Et elle qui devait donner son bain à la fillette, lui passer son pyjama, la faire manger pour 20 heures, car elle tenait à la régularité de ses heures de sommeil…

Dire de vive voix à Aaron sa façon de penser lui brûlait la langue, mais, au moment précis où elle allumait son téléphone, il lui revint à l'esprit qu'elle n'était après tout que l'employée d'un richissime financier libre d'agir à sa guise.

Au moins était-elle sûre qu'il ne mettrait jamais Savvie en danger…

Son enfance à elle s'était plutôt mal passée, entre deux parents portés à faire la fête, à boire, et à déménager dix fois l'an sans se soucier d'elle au point qu'à plusieurs reprises, elle s'était réveillée sur le canapé d'amis de son père qui l'avait oubliée là après quelques verres de trop.

Dans la maison si souvent désertée, elle commandait des pizzas, se brossait les dents quand ça lui chantait, allait se coucher avec du vague à l'âme.

Si seule…

Enfin venait l'été, le séjour tant attendu chez ses chers grands-parents qui l'aimaient et lui dictaient des règles de conduite dont elle se satisfaisait fort bien.

Lever régulier, coucher à heure fixe ; la certitude d'être encadrée et donc, en sécurité.

Plus tard, devenue une femme désirable, elle avait cru trouver auprès de Dale cette chaleur humaine rassurante qui lui faisait encore aujourd'hui défaut.

Rien ne s'était déroulé comme prévu et son mariage s'était soldé par une trahison qu'elle n'était pas près d'oublier.

Tirée de ses pensées moroses par les phares d'une voiture remontant l'allée, elle dévala l'escalier pour se porter à la rencontre d'Aaron et de Savvie.

— Kasey ! Viens vite ! la héla la fillette d'une voix aussi perçante qu'excitée.

Une boule de poils fauves jaillit de l'arrière du SUV qu'Aaron venait d'ouvrir.

— Il s'appelle Kanga, expliqua l'enfant en désignant le chien de belle taille qui courut s'asseoir à côté d'elle.

— Mais…

— Il est encore bébé et c'est un « Très Neuve », ajouta Savvie en flattant l'encolure de l'animal qui pesait déjà son poids.

— Savannah veut parler d'un Terre-Neuve, rectifia Aaron avec un large sourire. Celui-ci a quelques semaines.

Le regard de Kasey se fit accusateur.

— Un Terre-Neuve ? Sais-tu qu'adultes, ils font jusqu'à soixante-dix kilos ?

— Il paraît. Nous l'avons trouvé au refuge et je crois qu'il est légèrement croisé… Kanga est né dans une famille qui ne pouvait plus s'occuper de chiens de cette taille…

— Complètement fou ! Ces chiens-là mangent comme quatre, pèsent le poids d'un homme et, en plus, bavent partout.

— Surtout s'ils sont seuls, déclara Aaron plus jovial que jamais. Fort heureusement, Kanga aura de la compagnie…

Une autre boule de poils, de couleur chocolat, sortit à son tour puis s'ébroua sur la pelouse.

— Celui-là s'appelle Roo. Même race, même taille, et d'après le responsable du refuge, un cœur d'or.

— Un second Terre-Neuve ? Aaron, aurais-tu perdu la tête ?

— Oncle Aaron a voulu me faire plaisir, Kasey, plaida Savannah d'une voix animée.

— Personne ne voulait d'eux, Kase, alors nous n'avons pas osé les séparer, renchérit Aaron. Au moins pourront-ils jouer ensemble, n'est-ce pas ?

Dévisagée par les yeux emplis de tendresse des deux « monstres » au pelage coloré, elle ne sut plus très bien quoi dire.

— Je les aime déjà tant ! s'exclama Savvie en enfouissant son visage dans la fourrure de Kanga puis de Roo. Merci, oncle Aaron, merci beaucoup.

— De rien, ma puce, répondit Aaron.

Les deux chiens se reniflèrent l'un l'autre puis, aboyant et bondissant, se livrèrent à une course-poursuite autour du massif de lauriers roses avant de freiner des quatre pattes sur le gravier de la piscine.

— Regarde un peu comme Savannah est heureuse ! déclara Aaron, poings sur les hanches.

Son cher patron aurait mérité une bonne volée, mais elle résista à l'envie d'exécuter cette sentence et préféra transiger.

— Je n'ai qu'une chose à te dire

Aaron dressa l'oreille et lui sourit de plus belle.

— Quoi donc ?

— Si je n'ai pas une augmentation immédiatement, je rends mon tablier.

En attendant d'aller chercher Savannah au centre aéré, Kasey sirotait un café dans l'un des boxes du Royal Diner, le restaurant familial du centre-ville.

Son rythme de travail n'avait pas diminué ces jours derniers, bien au contraire, et observer le manège des passants se saluant chaleureusement dans la rue principale était pour elle un dérivatif apprécié.

Dans cette ville à taille humaine, les relations entre les gens semblaient bien plus simples qu'à Houston, et plus le temps s'écoulait, plus elle était déterminée à rester à Royal.

Un pot fumant dans la main droite, Amanda Battle, la propriétaire du Royal Diner, s'approcha d'elle, l'air aimable.

— Encore un peu de café, mon chou ?

Cette familiarité bon enfant la fit sourire.

— Non merci. Au fait, je suis…

— … Kasey Monroe, l'assistante providentielle d'Aaron et depuis peu, nounou honoraire.

Son expression stupéfaite lui valut un grand rire d'Amanda.

— Pas de quoi s'étonner, mon chou. Ici, tout le monde connaît tout le monde et les potins du jour sont notre pain quotidien.

Incroyable !

— Là où je vivais avant, personne ne parlait à personne.

— Houston n'est pas Royal. Auriez-vous eu un gros chagrin d'amour dernièrement pour faire retraite parmi nous ? À moins que vous ne soyez l'une de ces snobs prêchant le retour à la campagne…

Tant de perspicacité l'étonna.

— Je ne suis pas du tout snob.

— Alors c'est forcément un chagrin d'amour. Récent ?

— Quelques mois déjà. Aujourd'hui, je vais bien mieux.

Avec, au passif, un mariage brisé et la disparition de ses illusions sur la foi qu'il faut accorder à l'amitié.

Au moins n'avait-elle pas tout perdu puisqu'elle vivait dans un palais avec une adorable « petite princesse », deux monstres remuants, mais ô combien affectueux, et la certitude de croiser plusieurs fois par jour le terriblement sexy Aaron Phillips, son cher patron.

Une présence toute proche lui fit tourner la tête.

— Toi ici !

— Kase… Depuis le temps que je cherche à te joindre.

Avec un aplomb qui dépassait l'imagination, Michelle l'embrassa sur la joue puis se glissa sur la banquette, à ses côtés.

— Finalement, je reprendrai du café, dit-elle à Amanda.

Michelle scruta la patronne du restaurant.

— Auriez-vous du thé chinois ? Des muffins ?

Une vague de colère submergea Kasey.

— Si tu comptais me parler, c'est peine perdue, alors, ne commande rien.

Amanda fixa Michelle d'un regard peu amène.

— Apprenez, ma petite dame, que je suis la femme du shérif. Au moindre souci, mon époux rapplique illico pour vous expulser de mon établissement.

La mine indignée de Michelle lui mit du baume au cœur.

— Ça ne sera pas nécessaire, intervint-elle, car cette personne allait partir.

— C'est comme vous voudrez, Kasey, répondit Amanda sans cesser de toiser Michelle, mais ma proposition tient toujours.

— Merci. En cas de besoin, je ne manquerai pas de faire appel aux services de votre mari. Au fait, comment s'appelle-t-il ?

— Nate Battle, et il a une carrure de déménageur, la renseigna fièrement la patronne du Royal Diner avant de s'éloigner.

Quand Amanda eut disparu, elle s'obligea, bien qu'à

regret, à affronter celle qu'elle aurait préféré ne jamais revoir et qui, la mine épanouie, prenait ses aises sur la banquette.

— Que fais-tu ici, Michelle ?

— Michelle ? Pourquoi pas « Mish » comme au bon vieux temps ? rétorqua son ex-amie.

Quel culot !

— Peut-être parce que tu as couché sans vergogne avec mon mari.

Michelle roula des yeux las.

— Puisque je te répète que Dale et moi avions trop bu, ce soir-là. Ce qui s'est passé ne compte pas.

Le faisait-elle exprès ou bien était-ce pure inconscience de sa part ?

— Pour moi, ça compte et ça comptera toujours.

Après avoir lissé ses jolis sourcils en s'examinant dans un miroir de poche, Michelle lui sourit.

— Oh ! voyons, tu ne vas pas en faire toute une histoire…

Ah, la vouer avec Dale aux supplices éternels.

— Il est tard et j'ai à faire, dit-elle en se levant et en ramassant son manteau.

— Kase, je te jure que je regrette, déclara Michelle d'un ton véhément.

Mais plus question de se laisser prendre aux belles paroles de cette garce superficielle et vaniteuse…

— En somme, c'était un péché véniel ?

Un frémissement plissa le joli minois.

— Oh ! Kase, je t'en prie. Oublions tout ça. Redevenons amies comme avant, car, tu sais, tu me manques beaucoup.

Mentir lui coûtait encore plus que de préserver sa dignité.

— Toi aussi, Mish, tu me manques.

Le visage de sa rivale se détendit.

— Vrai ? Alors tu me pardonnes ?

Un peu facile…

— Doucement… Même si tu prends tout ça à la légère, il n'empêche que j'aimais Dale.

— Puisque c'était un faux pas, ma chérie. Et nous ne l'avons fait qu'une fois, une seule.

Son expression se durcit.

— Peu importe. Dale était mon mari et toi, ma meilleure amie, tu as couché avec lui, derrière mon dos.

— Je ne savais plus ce que je faisais, mon chou, je te le jure.

La colère l'emporta.

— Ce que tu as fait ? Tu m'as ridiculisée, humiliée, trahie. Ah, vous m'avez vraiment prise pour une imbécile, toi et Dale.

— Je suis désolée, Kase…

Tirant son porte-monnaie de son sac, elle y récupéra quelques pièces puis attrapa son manteau.

— Un peu tard pour des regrets, Michelle. Bon, le mieux serait que tu repartes. Et à l'avenir, laisse-moi en paix.

— Oh ! Kase, je ne veux pas te perdre, implora Michelle. Je songe même à venir m'installer ici, à Royal, afin qu'entre toi et moi, tout soit de nouveau comme avant.

Non, rien ne serait plus jamais comme avant.

— Je dois réfléchir, dit-elle en se levant. Et si tu me respectes encore un peu, alors cesse donc de me harceler.

Dignement, elle s'avança entre les rangées de boxes et remit à Amanda l'argent de sa consommation.

— Vous nous quittez déjà, mon chou ?

— Je suis attendue. Et merci pour tout…

— De rien, mon chou, répondit Amanda avec un grand sourire. Et si vous voulez faire partie de notre club littéraire féminin, vous y serez la bienvenue.

— C'est gentil, dit-elle, touchée. Mais j'ai si peu l'occasion de lire en ce moment…

Amanda éclata de rire.

— En fait de lecture, nous profitons de ces rencontres pour échanger des potins, dire du mal de nos maris respectifs et boire un bon coup.

Cette fois-ci, ce fut elle qui éclata de rire.

— Tout un programme ! Eh bien, c'est d'accord et je me joindrai à vous lors de la prochaine session.

— Et vous feriez bien, mon chou, car en ce qui concerne vos amitiés, un peu de renouveau ne serait pas du luxe, conclut Amanda avec un mauvais regard à Michelle qui venait à son tour de se lever.

Le volant bien calé entre ses mains, Kasey ramenait Savannah à la maison quand la fillette lui tapota l'épaule.

— Dis, Kase, les autres enfants du centre aéré m'ont demandé si nous allions faire une fête.

— Une fête ?

— Dans deux dodos, j'aurai six ans et mon papa m'avait dit qu'on ferait une grande fête avant la rentrée des classes.

Son papa…

Le rétroviseur lui renvoya l'image d'une Savannah joyeuse et impatiente, le privilège des petits même quand un père n'a plus donné de ses nouvelles depuis trop longtemps.

— Alors ? On va la faire, cette fête ? insista Savvie

— Oui mon cœur, promis. Et je suis certaine qu'oncle Aaron nous aidera.

Aaron !

Plus elle le fréquentait et plus elle rendait hommage à son intelligence supérieure, mais aussi à sa sensibilité et à sa conduite de parfait gentleman.

Après leur torride nuit d'amour, huit mois plus tôt, et son engagement comme adjointe de direction, jamais il n'avait abusé de son pouvoir.

Ses qualités d'homme intègre auraient fait le bonheur de bien des femmes.

Grâce à la patience et au respect qu'il lui avait témoignés, les blessures infligées par Michelle et Dale étaient en voie de cicatrisation et ceci expliquait que, l'autre jour, dans un élan irrépressible, elle se fût jetée au cou de son trop séduisant patron.

Un faux pas, donc, mais qu'elle ne regrettait nullement tant le contact de leurs lèvres, le baiser qui avait suivi, la berçaient encore d'une sensation délicieuse.

Admets une fois pour toutes que tu désires cet homme-là. Que chaque nuit, ce sont ses mains qui te caressent en rêve, cette bouche qui te mène au plaisir…

Le lendemain de ce « faux pas », elle aurait juré qu'Aaron se conduirait différemment avec elle, se montrerait plus familier, voire entreprenant, mais non, il l'avait traitée avec autant de respect qu'avant et à aucun moment elle n'avait eu le sentiment d'avoir commis une faute.

Ah, cette première nuit !

Cette fameuse nuit…

Jamais elle n'oublierait sa satisfaction profonde quand, de caresses en baisers, cet homme dont elle ignorait alors tout avait contribué à lui faire découvrir un endroit secret, unique, celui du vrai plaisir partagé sans tabou et sans honte, ce que personne n'avait réussi à faire avant lui.

Au fur et à mesure que leurs corps nus se cherchaient, se pressaient l'un contre l'autre, que leurs doigts s'entrelaçaient, que leurs souffles se mêlaient, elle s'était sentie la reine du monde, la fabuleuse prêtresse d'un culte voué à l'amour dont l'initiateur ultime était ce grand gaillard svelte et musclé aux yeux verts.

D'abord dans la piscine de leur hôtel, puis dans leur chambre, une joute sensuelle les avait opposés pour savoir qui des deux prendrait le contrôle de cette course à la volupté.

Le résultat avait été, pour sa plus grande satisfaction, un match nul avec pour récompense suprême une jouissance doublement partagée.

Une expérience unique, donc, et pour la première fois de sa vie, la certitude d'avoir laissé libre cours à sa féminité, celle qu'elle gardait enfouie dans ses tréfonds.

Était-il temps d'élargir la brèche et peut-être même de se donner une fois de plus à Aaron ?

Mais non.

Elle se sentait encore trop fragile pour risquer le tout pour le tout avec un homme, fût-il aussi beau, séduisant et intelligent que son patron.

Et son mal de tête qui empirait !

Tandis que Savannah chantonnait à l'arrière de la

voiture, elle se gara entre l'Aston Martin et le SUV, détacha la fillette puis la déposa sur le sol.

— Terminus, tout le monde descend !

— Merci encore, Kase !

Et Savannah plaqua un gros baiser sur sa joue avant de filer dans le salon regarder son programme de télévision favori.

Les aboiements des deux Terre-Neuve et les exclamations joyeuses de Savvie aggravèrent son mal de tête et elle n'eut plus qu'une seule envie : tout lâcher et aller faire un jogging, son remède miracle contre les pensées cafardeuses, la double trahison de Michelle, de Dale, et les désirs intempestifs que son trop séduisant patron suscitait chez elle…

Mais d'abord, ranger les courses…

Le sac de Savvie en bandoulière, elle sortit ses achats du coffre puis s'en allégea, à bout de souffle, sur le comptoir encombré de la cuisine.

Quel désordre !

Et cette pile de vaisselle sale dans l'évier…

Depuis qu'Anna, l'aide-ménagère tombée de l'escabeau, était en arrêt maladie, elle devait s'occuper de la maison en plus de ses fonctions d'assistante et de nounou, et c'était épuisant.

Alors que les rumeurs du programme télé de Savvie lui parvenaient depuis le salon, elle promena un regard désolé sur le champ de bataille qu'était devenue la pièce avec ses verres à moitié vides posés n'importe où, ses assiettes d'épluchures de mandarines et le sol jonché de coques de fruits secs et de pailles mâchouillées…

— Oh non !

Ses yeux las venaient d'apercevoir, sur le tapis du

couloir, les pages maculées d'une étude réclamée la veille par Aaron et qu'elle avait passé une partie de la nuit à imprimer.

Les deux chiens s'en étaient donné à cœur joie et, alors qu'elle ramassait les feuilles déchirées, une odeur caractéristique l'alerta.

— Mais ils ont fait pipi dessus !

En les couvrant de bave pour faire bonne mesure.

Folle de rage, désespérée, elle s'apprêtait à enfiler son survêtement et ses chaussures de jogging quand la vision de lambeaux de lacets et de fragments de semelles dispersés un peu partout acheva de l'anéantir.

Kanga et Roo n'auraient quand même pas osé !

Si, hélas.

Résignée, elle ramassa les débris de ses belles baskets rose fluo, le seul luxe qu'elle s'autorisât pour courir dans les meilleures conditions possible.

— Kasey ?

La voix d'Aaron.

— J'arrive, dit-elle en faisant le deuil de ses chaussures.

Sourcils froncés, sa sempiternelle tablette informatique à la main, il la fixa d'un air revêche.

— Mais où donc étais-tu passée depuis une heure que je te cherche ?

Elle en resta muette.

— Eh bien, aurais-tu perdu ta langue ?

Jamais il ne lui avait parlé ainsi et sa gorge se serra.

— Aurais-tu par hasard oublié Savvie et le centre aéré, parvint-elle à articuler. Nous venons tout juste de rentrer.

L'expression d'Aaron s'adoucit.

— C'est vrai, excuse-moi. Cette étude que je t'avais demandé de finaliser hier est-elle enfin prête ?

— Je l'avais posée à ton intention sur la table du salon.

— Ah, tant mieux. Mais pourquoi en parler au passé ? marmonna-t-il, le regard scotché sur sa tablette.

— Les deux « monstres » que Savvie et toi avez si judicieusement adoptés ont déchiqueté tout ton travail… et le mien. Ils ont même uriné sur l'un des chapitres.

Délaissant son écran, Aaron la fixa d'un air contrarié.

— Il ne te reste donc plus qu'à recommencer. Au fait, as-tu rassemblé la documentation pour le projet d'éoliennes au Mexique ?

Cette fois-ci, la coupe était pleine.

— Tu me l'as demandée il y a deux heures, alors que je me préparais à partir pour le centre aéré, dit-elle avec acrimonie.

— Il s'agit d'un sujet urgent. Les investisseurs piaffent d'impatience et veulent des réponses. Deux heures pour un aller-retour, c'est long !

La prenait-il pour un robot ?

Pour une machine ?

— Je me suis autorisé une halte au Royal Diner pour prendre un café. Après, direction le centre où j'ai récupéré Savvie. Puis les courses à faire, car le réfrigérateur est vide depuis l'accident d'Anna. Quand crois-tu donc que j'aurais pu rechercher cette documentation ?

Les yeux verts trahirent une impatience croissante.

— D'autres investisseurs ne demanderaient pas mieux que de décrocher ce contrat à mon nez et à ma barbe, alors débrouille-toi pour que j'aie ces renseignements, et vite.

Si sa gifle ne partit pas, ce fut par égard pour Savvie.

Et son mal de tête qui ne cessait d'empirer !

— Qui donc crois-tu être pour me parler ainsi ?

— J'ai besoin de ces infos, Kasey.

— Alors tu attendras.

Pour la première fois, Aaron apparut ébranlé.

— N'es-tu pas censée être à mon service ?

Sans qu'elle l'eût franchement décidé, un juron lui échappa au moment précis où la porte du salon s'ouvrait.

— Oncle Aaron ? Kasey ? Quelque chose ne va pas ?

La vue de la fillette lui remit les idées en place et elle s'obligea à sourire.

— Ma chérie, voudrais-tu sortir Kanga et Roo ? Je crois qu'ils sont impatients de faire une promenade.

— Bien sûr, répondit l'enfant en appelant les deux chiens qu'elle emmena à sa suite dans le jardin.

Une fois seule avec Aaron, elle lui emboîta le pas jusqu'à la cuisine et le regarda se servir à boire.

— Quel est ton problème, Kasey, lui demanda ce dernier en se léchant les lèvres.

— Tu te conduis comme un idiot.

— Vraiment ?

— Idiot et arrogant, avec ça. N'as-tu pas remarqué que je croule sous le travail depuis qu'Anna est absente ? Que je dois m'occuper de tes dossiers, de Savannah, de la vaisselle, de la cuisine, sans oublier les courses et les allers et retours entre la maison et le centre aéré ?

— C'est vrai, admit-il d'un ton penaud.

Mais elle n'en avait pas terminé.

— Hier soir, je me suis couchée à deux heures du matin pour boucler ton rapport urgent et ce soir, je le retrouve éparpillé par terre et à moitié déchiré !

— Calme-toi !

— Pendant que tu analyses tes bilans financiers, je dois veiller à ce que Savvie ait des distractions, tenir son sac prêt pour le centre, sans compter sa toilette, le repassage et tout le reste...

Il lui décocha un regard plein de tendresse.

— Désolé ! Et excuse-moi pour tout à l'heure, j'étais de mauvais poil.

— Pense donc à ta nièce avant de penser au travail. Dans deux jours, Savvie fête son anniversaire si tu t'en souviens encore.

Une expression de culpabilité envahit les yeux vert pâle.

— Seigneur, c'est vrai ! Et moi qui allais oublier...

— Il faut organiser une belle fête en son honneur avec des ballons, de l'animation, et un maximum de petits invités, insista-t-elle.

— Ma foi, si tu le dis.

Le ton détaché, presque indifférent, l'incita plus que jamais à mettre les choses au point.

— Je le dis, oui, et je t'annonce en plus que tes deux « monstres » ont déchiqueté à belles dents mes nouvelles chaussures de jogging sans compter qu'ils ont même pissé dessus.

— Kasey !

— Leur vessie a une belle contenance et la couleur de mes baskets a dû les inspirer.

Toute arrogance bue, Aaron s'approcha d'elle et lui caressa le bras.

— À ta place, je serais moi aussi furieux. Pardonne-moi d'avoir été si peu attentif, ces temps derniers, à tout ce qui n'était pas mon travail...

— Merci d'en prendre conscience. Ce jogging quotidien me permettait de souffler, d'oublier mes soucis, de faire le vide en moi, et à cause de ces deux zigotos à quatre pattes, même ce plaisir-là m'est désormais interdit, car je ne vais pas courir pieds nus.

Et elle qui avait choisi ses baskets avec tant de soin !

— Chérie, ne pleure pas !

Chérie...

Alors que, du pouce, Aaron essuyait ses larmes, son premier geste de rejet se mua bientôt en folle étreinte quand leurs deux corps se pressèrent l'un contre l'autre.

— Kase !

Trop émue pour parler, elle s'offrit à Aaron, lèvres entrouvertes, paupières mi-closes.

Ah, ce baiser !

Elle y avait si souvent pensé, elle en avait tant rêvé !

Et cette virilité qui pulsait contre son ventre.

Il est fait pour toi, toi pour lui et tu le sais...

— Embrasse-moi encore. Serre-moi fort et embrasse-moi, murmura-t-elle.

— Kase !

Faire l'amour apaisait tous les maux et Aaron le lui avait prouvé, huit mois plus tôt.

— J'ai terriblement envie de toi, admit-elle.

Glissant la main sous la chemise de son patron, elle entreprit de caresser fébrilement son dos musclé.

— Moi aussi, ma belle...

Ses doigts s'insinuèrent plus bas et, au contact de cette virilité triomphante, une onde de désir la parcourut.

Elle voulait de l'amour, du sexe.

Du sexe et de l'amour.

Elle voulait Aaron et son ardeur, à un point qu'elle n'aurait jamais imaginé.

Ah, oublier le passé, la trahison de Michelle et de Dale !

Oublier les deux « monstres », la vaisselle qui s'empilait dans l'évier, la lessive en attente…

— Viens, viens vite, souffla-t-elle à l'oreille de l'amant dont elle languissait depuis déjà huit mois.

Au moment où elle allait l'embrasser sur la bouche, il se déroba et, la saisissant par les bras, la tint à distance de lui.

— Du calme, ma chérie. Pas ici, pas maintenant…

Ainsi, non content de lui faire jouer les Cendrillon à domicile, ce mufle osait une fois de plus la repousser ?

— La petite est déjà assez perturbée comme ça alors, épargnons-lui nos effusions, ajouta-t-il en lui désignant, derrière la baie vitrée, Savvie et les chiens qui gambadaient dans le jardin.

Vraiment ?

Savvie ne leur prêtait pas la moindre attention et elle soupçonna Aaron de ne pas la désirer assez.

Peut-être l'avait-il embrassée pour la calmer, une méthode dont Dale, naguère, ne manquait pas non plus d'user avec elle quand leur couple frôlait la scène de ménage.

Quelle idiote elle avait été !

Et comme elle regrettait d'avoir accepté de travailler pour ce macho cachant bien son jeu.

Il ne tenait qu'à toi de refuser, ma fille…

C'était vrai, hélas.

— Message reçu, il est temps pour moi d'aller refaire ton rapport, dit-elle sans égard pour le regard plein de tendresse d'Aaron.

— Kase ? l'appela-t-il alors qu'elle se dirigeait vers l'escalier.

— Oui ?

— J'ai envie de toi, n'en doute pas un instant.

C'était comme s'il l'avait scrutée jusqu'au fond de l'âme, devinant ses moindres intentions, jusqu'à ses pensées les plus secrètes.

Et sa solide érection n'était-elle pas l'ultime preuve qu'il disait vrai ?

Du calme, Kasey.

Ne devait-elle pas veiller sur Savvie et gérer la maisonnée en plus de mener à bien des tâches purement administratives ?

— Je me mets au travail tout de suite puisqu'en principe, c'est en tant qu'assistante de direction que tu m'as engagée, lui rappela-t-elle avec une pointe d'ironie.

Il fronça les sourcils.

— Voyons, Kase, si j'ai pu…

— Pourrais-tu t'occuper de Savvie le temps pour moi de rechercher cette documentation sur les éoliennes ?

Elle était décidée à relever le gant, quitte à s'épuiser à la tâche vingt heures par jour et la prochaine fois, son patron y réfléchirait à deux fois avant de l'accuser de ne pas être à la hauteur…

— Kase, je…

— C'est oui ou c'est non ?

— C'est oui, bien sûr.

Elle entreprit de gravir l'escalier, mais si une part d'elle-même était satisfaite d'avoir eu gain de cause, l'autre part, elle, était déjà en manque d'Aaron et de sa vitalité sensuelle.

4

Fasciné, Aaron regarda Kasey monter les marches avec cette ondulation des hanches qui faisait d'elle l'une des femmes les plus sensuelles qu'il ait jamais connues.

Il lui fallut faire appel à toute sa volonté pour ne pas se lancer à la poursuite de sa belle assistante.

Belle, Kasey l'était sans conteste, mais ce qui le touchait le plus était sa fragilité cachée, véritable piment érotique dont il se devait d'user avec modération même s'il brûlait de lui faire l'amour.

Jamais, à ce jour, il n'avait désiré aussi fort une femme, mais, hélas pour lui, Kasey était non seulement son employée, mais également la nounou de sa nièce…

Aussi regrettait-il d'avoir, par ce récent baiser, compliqué une situation qui l'était déjà assez comme ça.

Sans compter qu'il l'avait humiliée, et de belle manière encore.

Dehors, les cris joyeux de Savvie mêlés aux aboiements des deux « monstres » le rappelèrent à la réalité.

Et cette maison !

Un fouillis de vêtements jetés n'importe où avec, ici et là, les débris fluorescents des baskets de Kase.

Bien sûr, il avait des raisons : ces e-mails urgents auxquels il avait répondu, tout à l'heure, pendant que son assistante allait chercher Savvie au centre aéré, puis ces deux échanges téléphoniques avec un attaché financier de sa banque de Houston, et enfin, la disparition de Jason qui le taraudait avec, comme corollaire, le souci d'apporter à sa nièce un réconfort nécessaire…

Des excuses boiteuses !

Plutôt que de laisser Kasey se débrouiller seule après l'accident d'Anna, ne lui aurait-il pas appartenu de prendre les choses en main ?

En vérité, il s'était conduit en égoïste et il aurait mérité des gifles pour ça…

Plein de remords, il ramassa les lambeaux de l'étude soigneusement dactylographiée que les deux « monstres » avaient joyeusement déchirée et souillée, ainsi que quelques vêtements dépareillés, une petite sandale appartenant à Savvie et des gâteaux écrasés sur la moquette.

— Pardon, Kase ! ne put-il s'empêcher de dire à haute voix.

Dans le fond, il n'avait rien d'un macho et trouvait normal que les hommes fassent la vaisselle, les courses, langent le bébé, et que les femmes manient le colt ou portent au revers d'une jaquette une étoile de shérif.

Et au lit ?

Là, ni lois ni quotas, mais cette extraordinaire sensation d'échapper à la pesanteur du monde, une sensation qu'il n'avait qu'une envie : retrouver avec la belle, la si troublante Kase.

Comme tous deux avaient bien fait l'amour, cette nuit du nouvel an, et comme leurs corps avaient communié dans la même ferveur !

Entre deux baisers, son amante avait laissé glisser ses lèvres le long de son ventre, jusqu'à son sexe tendu, et il brûlait de connaître de nouveau ce plaisir qu'elle lui avait alors offert.

Elle l'avait ensuite chevauché presque sauvagement, commandant par les contractions de ses muscles sa propre progression vers la jouissance, et de ça, et de bien d'autres choses encore, il lui en était à jamais reconnaissant.

Oui, mais, que comptes-tu faire pour aider Kase à tenir la maison ?

Alors qu'il réfléchissait, la voix de Savannah retentit.

— Oncle Aaron !

Plusieurs aboiements ponctuèrent le claquement de la porte-fenêtre et l'apparition de sa nièce encadrée par les deux Terre-Neuve déjà presque aussi grands qu'elle.

Il chassa au loin ses pensées érotiques.

— Alors, ma chérie, as-tu bien joué avec les chiens ?

— Kanga et Roo ont fait trois fois le tour du jardin avec moi ! s'exclama-t-elle, les joues roses d'avoir couru.

— Bravo ! Maintenant, tu vas te préparer pour le dîner, n'est-ce pas ?

— D'accord, oncle Aaron.

Tandis que Savvie entraînait Kanga et Roo à sa suite, une terrible intuition lui souffla que jamais Jason ne reviendrait et qu'il lui faudrait longtemps encore veiller sur sa nièce.

Kasey ne pouvant assumer à la fois ses tâches d'assistante, de nounou et d'aide-ménagère, il lui incombait de recruter quelqu'un à plein temps, car l'éventualité de voir Kasey boucler ses bagages et regagner son petit cottage de Royal lui serrait par avance le cœur.

Reconnais-le, Phillips, tu ne saurais plus te passer d'elle.

Et c'était la pure vérité.

Dès le lever, il se réjouissait de leurs retrouvailles, il languissait déjà de son sourire, son odeur lui manquait et il avait hâte d'entendre son pas dans l'escalier ou dans le couloir.

Si par malheur Kasey partait, comme il regretterait sa présence à la table du petit déjeuner, ses doigts fins ouvrant la boîte à biscuits, sa façon élégante de remplir de lait chaud le bol de Savvie, les sourires complices de ses « deux princesses » !

Mais voilà, Kase était son assistante, pas sa femme, Savannah sa nièce et non sa fille, et ses fantasmes d'une vie familiale heureuse, autant de plans sur la comète.

La trahison de Kate lui avait enseigné que tout rêve romantique pouvait cacher un futur cauchemar, et qu'il ne fallait jamais accorder foi aux serments d'amour ou faire confiance à autrui, y compris à sa propre chair, à son propre sang.

Jason n'avait-il pas disparu en lui laissant la charge d'une enfant de six ans ?

Et quelques années plus tôt, ses parents ne l'avaient-ils pas voué aux remords éternels en mourant dans ce stupide accident de la route ?

Restait Kasey…

Après la façon dont il l'avait embrassée puis repoussée, il doutait qu'elle revienne un jour dans son giron, mais n'était-ce pas lui qui en avait décidé ainsi ?

Après avoir transmis par Internet à Aaron la copie de ses recherches sur les éoliennes, Kasey en imprima par sécurité un double qu'elle déposa sur le bureau de son patron.

Ouf !

Travailler l'apaisait et lui faisait oublier ses soucis.

Restait à renfiler le tablier, à s'occuper de Savvie, du repas, du reste…

Tous deux devaient piaffer d'impatience en attendant de mettre les pieds sous la table, mais elle prit néanmoins le temps de se brosser les cheveux et de rafraîchir ses joues en feu.

Enfin prête !

Tout en descendant l'escalier, elle composa mentalement le menu.

Et si tu te contentais de commander une pizza ?

Plus jeune, quand ses parents s'absentaient pour aller faire la fête avec des amis, la laissant seule et malheureuse, elle en avait fait son ordinaire, mais, par égard pour Savvie, elle repoussa cette solution de facilité et décida que, même s'il lui en coûtait de la fatigue supplémentaire, elle cuisinerait des légumes sautés et préparerait du poulet en salade.

Dans la salle à manger, Savvie achevait de mettre la table et lui fit un grand sourire qui lui parut nettement exagéré.

Que se passait-il donc ?

Soudain, elle fut frappée par la propreté de la maison et par la disparition des fragments déchirés de son rapport qui, un peu plus tôt, jonchaient encore le sol.

Incroyable !

Et les chiens, sagement couchés devant le canapé, rongeaient des os artificiels flambant neufs.

Décidément, tout était étrange, ce soir.

— Salut, Kase ! lança Aaron d'un ton joyeux.

Évidemment, il avait dû profiter de son absence pour tout ranger.

— Je t'ai envoyé une copie du dossier par e-mail et la version imprimée est posée sur ton bureau.

— Merci.

Prenant deux verres à pied dans le buffet, Aaron les disposa sur la table près d'un seau à glace d'où émergeait le col d'une bouteille de riesling.

— Je te sers ? demanda-t-il avec un sourire.

Après avoir planché pendant près de deux heures sur la structure des éoliennes, elle n'allait pas refuser une telle aubaine.

— Volontiers, mais je dois d'abord préparer le dîner.

— Je pense que ça ne sera pas nécessaire.

Elle le vit chercher Savvie du regard.

— Mon chou ?

— Oui, oncle Aaron ?

— Te sens-tu capable de faire ta toilette toute seule, comme une grande ?

— J'ai presque six ans, oncle Aaron. Je ne suis plus un bébé.

— Dans ce cas, vas-y tout de suite. Et prends ton temps, car j'ai quelque chose à dire à Kasey.

Quelque chose à lui dire ?

— Très bien, oncle Aaron, répondit Savvie en sortant de la pièce.

— Ton pyjama est plié sous l'oreiller, chérie, crut-elle bon de préciser. Et si tu as besoin de quoi que ce soit, appelle-moi.

— Promis !

Et Savannah entraîna d'un pas guilleret les deux « monstres » vers l'escalier.

Alors qu'Aaron s'apprêtait à parler, elle le prit de court.

— Moi aussi j'ai quelque chose à te dire.

— Ah...

— Je suis désolée et je te dois des excuses pour mes propos de tout à l'heure.

Il s'approcha d'elle et lui sourit.

— Il fait si chaud, ce soir. Que dirais-tu d'aller trinquer dans le patio ?

— Et le dîner ?

— Le dîner attendra...

Son choix fut vite fait et les fauteuils en osier du patio émirent un craquement quand tous deux s'y installèrent.

Là-haut, les étoiles brillaient et la nuit était calme, apaisante.

— À ta santé ! fit Aaron en levant son verre.

— À ta santé.

Elle était impatiente et curieuse d'entrer dans le vif du sujet.

— Kase, je te dois des excuses. J'ai pris de mauvaises habitudes à force d'être servi par Anna et il n'est pas juste que tu fasses tout ici.

— Tu ne pouvais pas prévoir.

— Peut-être bien, mais j'aurais dû m'arranger pour t'éviter ce surcroît de fatigue. Je me suis conduit comme un idiot, mais j'ai tant de soucis...

— Est-ce pour te faire pardonner que tout est si bien rangé, dans la maison ?

— Oui. J'ai pris soin du linge et le lave-vaisselle tourne en ce moment même.

Elle en frissonna de plaisir.

— Bravo ! Et si par hasard tu te sentais le courage

de faire à manger, il se pourrait que j'accepte, une fois n'étant pas coutume, de mettre les pieds sous la table.

— Marché conclu. Le plat de résistance est déjà au four et la salade prête à être consommée.

— Comment est-ce possible ? demanda-t-elle, plus surprise que jamais.

— Le Royal Diner a fait livrer des lasagnes pendant que tu travaillais sur mon rapport et, jusqu'au retour d'Anna, Amanda nous préparera un repas chaud chaque jour.

C'était presque trop beau, à croire qu'une bonne fée l'avait entendue.

— Oh ! c'est inutile et je peux me débrouiller toute seule, protesta-t-elle pour la forme.

Aaron fronça les sourcils.

— Tu es mon assistante, pas ma cuisinière. Au fait, Amanda m'a parlé de cet incident survenu au Royal Diner. Si quelqu'un te cherche des ennuis, il ne faut pas hésiter à me prévenir.

Elle éprouva la désagréable sensation d'être revenue à l'époque où Dale chapeautait son existence et la soumettait, de temps à autre, à des interrogatoires.

— Ce n'était vraiment pas important, dit-elle, peu désireuse de s'étendre sur la venue de Michelle à Royal.

— Amanda n'est pas de cet avis. Selon elle, cette inconnue t'aurait harcelée.

— Oui, bon, j'avoue que je n'en menais pas large, convint-elle.

— Quelqu'un de passage ?

— Une ex-amie de jeunesse.

Après avoir posé son verre sur la table basse, Aaron rapprocha son siège du sien.

— Cette rencontre a sûrement contribué à te rendre irritable, tout à l'heure. Si tu m'en disais un peu plus sur cette personne ?

Devait-elle, pouvait-elle lui faire confiance ?

Elle se décida.

— Celle qui est venue me voir pendant que j'étais chez Amanda s'appelle Michelle. Elle et moi, nous nous connaissons depuis l'école primaire et, jusqu'à ce qu'elle couche avec celui qui était alors mon mari, j'aurais mis ma main à couper qu'elle était ma meilleure amie.

D'un regard, Aaron l'engagea à poursuivre.

— Si j'en crois son histoire, Dale et elle avaient pas mal bu et même pris certaines substances. Michelle m'a juré qu'il s'était agi de quelque chose de purement physique sans lendemain.

— Mais tes sentiments ont été pas mal bousculés, ce jour-là, remarqua-t-il sans la quitter des yeux.

Elle se rendit compte que sa main tremblait au moment de saisir son verre.

— Oui, pas mal… Michelle minimise les faits, mais la pilule est dure à avaler. Dale était mon mari et m'avait juré fidélité. Je le croyais loyal, je croyais lui apporter tout ce qu'un homme pouvait attendre d'une femme et puis…

— Que te voulait Michelle, tout à l'heure ?

— Mon pardon. Redevenir mon amie de toujours…

Aaron hocha pensivement la tête.

— Te sens-tu capable de lui pardonner ?

Quelle question embarrassante !

— Mish était ma meilleure amie et nous n'avions pas de secrets l'une pour l'autre. Quand j'avais un doute, un chagrin, c'était sur son épaule que je venais m'épancher… J'aurais juré que jamais elle ne me trahirait, comprends-tu, et voilà, elle m'a trahie. Sans elle, je suis comme orpheline, mais je ne peux plus lui faire confiance.

Aaron serra son verre de vin avec une telle force que ses phalanges blanchirent.

— Ce qu'on t'a fait est indigne. Et Dale, ton ex-mari, a-t-il lui aussi tenté de revenir dans ta vie ?

Elle accusa le coup.

— Je n'ai jamais répondu à ses appels, ce qui ne m'empêche pas, aujourd'hui, de chercher à comprendre ce qui l'a poussé à me trahir ainsi.

Aaron la scruta pensivement.

— Et à supposer que tu comprennes, te sentirais-tu capable de tourner la page ? D'avoir de nouveau une vraie relation avec un homme ?

Question délicate.

— Si tel était le cas, alors je ne me laisserais plus séduire par de belles paroles. Un mariage raté et un divorce m'ont durablement vaccinée contre l'illusion du bonheur éternel.

— Je vois… Dis-moi, Kase, qui donc étais-je pour toi quand nous avons fait l'amour, il y a de ça huit mois ?

La question à un million de dollars…

— Un espoir. Le dernier homme avec qui j'avais eu une relation sexuelle était Dale, peu de temps avant sa trahison. Entre tes bras, cette nuit-là, j'ai ressenti pour la première fois l'espoir que, peut-être, tout n'était pas perdu.

— Vraiment ?

— Tu étais très séduisant et ton savoir-faire m'avait rassurée, alors, sur ma propre force de séduction, autant que sur le fait que l'amour physique n'était pas forcément insipide ou ennuyeux.

Il hocha la tête d'un air navré.

— Et moi qui te prenais pour une jolie fille distinguée et pas farouche. Si j'avais su !

— Nous ne nous connaissions pas assez, à l'époque, pour que je te déroule le récit de mes malheurs.

— Ce salaud de Dale, si je le tenais ! Quand je pense qu'il t'a fait tant de mal, dit-il en lui saisissant délicatement le poignet sans qu'elle proteste.

— Oui, le choc a été rude.

— Certains hommes mériteraient d'être stérilisés.

Le vin aidant, elle ne put s'empêcher de rire devant l'énormité de la menace.

— J'avoue que l'idée aurait parfois de quoi me séduire.

L'expression d'Aaron se durcit.

— Quel sale type ! Et cette Michelle, quel culot de venir te relancer ici même. Veux-tu que je parle à Nate, le shérif et mari d'Amanda ?

Une proposition démesurée, mais si réconfortante.

Comme elle aimait en lui ce mélange de courage, de loyauté et de détermination à protéger ses proches, un trait de caractère qu'elle avait remarqué dès leur premier jour de collaboration professionnelle.

— Je m'en occuperai moi-même, mais merci quand même.

Comment pouvait-il encore être célibataire, surtout dans une petite ville comme Royal où les jolies femmes en quête d'un époux ne manquaient pas ?

Un homme aussi sexy…

— À quoi penses-tu ? demanda Aaron sans la lâcher du regard ?

À faire l'amour avec toi... À tes mains sur mon corps, partout...

Surtout, résister à l'envie de lui tendre ses lèvres.

— Eh bien, à toi et à moi, à nous... À cette conversation.

Tout plutôt que d'avouer combien elle languissait de lui, de cette unique et fantastique nuit torride dont le souvenir incendiait encore ses sens.

— Kasey ! claironna une voix enfantine.

Deux petits bras passés autour de son cou l'obligèrent à inverser l'ordre de ses priorités.

— Savvie, ma puce... Comme tu sens bon, dit-elle en prenant sur ses genoux la fillette aux grands yeux marron.

— Oncle Aaron a dit que nous devions t'aimer deux fois plus que d'habitude, aujourd'hui.

À la fois touchée et embarrassée, elle tressaillit.

— J'ai eu une mauvaise journée, mais à présent, tout va bien.

— C'est vrai, tu n'es plus triste ? insista la nièce d'Aaron.

Elle l'était encore un peu, mais, pas question de poser sur ces frêles épaules le fardeau de ses soucis.

— Vrai de vrai, ma puce.

Savannah lui adressa un grand sourire.

— Tu sais, nous avons un cadeau pour toi.

Un cadeau ?

Elle en avait reçu bien peu au cours de sa vie, ses parents étant presque toujours absents au moment des fêtes.

— Où donc l'as-tu mis, oncle Aaron ? insista la petite fille.

— Ici, princesse, ici…

Et de dessous sa chaise, Aaron exhuma un paquet oblong joliment décoré d'une faveur rose fluo.

— Pour moi ?

— Bien sûr.

— Et j'ai fait le ruban moi-même, Kase, l'assura Savvie.

Cette boîte… On aurait juré celle qui avait contenu ses défuntes baskets.

— Eh bien, tu n'ouvres pas ? demanda Aaron.

— Si !

Elle n'en crut pas ses yeux.

— Des baskets neuves !

— Ta taille, même modèle.

Savvie ponctua le propos d'un battement de mains.

— Si tu veux, Kase, je pourrai t'aider à les lacer tout à l'heure.

Aaron se mit à rire.

— Laisse-lui donc ce plaisir, petite princesse. Et n'oublie pas ton souhait. Notre souhait…

Perplexe, elle les regarda alternativement sans y voir plus clair pour autant.

— De quoi parlez-vous donc ? Quel souhait ?

— Savvie et moi, nous sommes heureux de t'avoir avec nous. Ta présence nous est précieuse…

— C'est vrai, Kase. Oncle Aaron t'aime beaucoup et moi aussi, alors nous voudrions te remercier pour tout.

Aaron fixa sa nièce.

— Termine ta phrase, ma princesse. Et nous…

— … Et nous promettons de faire des efforts pour te faciliter la vie à la maison, pour débarrasser la table et veiller à ce que Kanga et Roo laissent tes affaires tranquilles.

Ses yeux se brouillèrent de larmes.

— Merci à vous deux.

— Merci à toi, Kase, renchérit Aaron. Au fait, tu n'essaies pas tes nouvelles baskets ?

— Si, répondit-elle en les enfilant. Comment avez-vous accompli ce miracle ?

— Un coup de fil au magasin de sport de Royal. Pendant que tu travaillais en haut, ils ont fait une livraison express, expliqua Aaron sans cacher sa satisfaction.

Trouver ses mots fut difficile.

— C'est... magnifique, mais vous n'auriez pas dû, déclara-t-elle en admirant ses pieds chaussés à neuf.

— Le plaisir a été pour moi et pour Savannah, répondit Aaron en se levant à son tour, si beau et si viril qu'elle sentit son cœur battre plus fort.

Elle en aurait presque oublié ses nouvelles baskets !

Il te plaît, alors ne gâche pas ce qui pourrait advenir entre toi et lui. Et ma fille, avec lui au moins tu ne feras pas le mauvais choix.

Le contraire de Dale...

Le lendemain étant un samedi, Aaron autorisa sa nièce à regarder un dessin animé et à se coucher plus tard que de coutume.

Lovée sur le canapé entre son assistante et lui, Savvie s'endormit avant la fin du film puis ce fut au tour de Kase de fermer les yeux.

Avait-elle jamais été plus belle ?

Plus désirable ?

Chaque fois qu'il la scrutait à la dérobée ou bien, comme à présent, sans avoir à se cacher, il ne pouvait s'empêcher d'éprouver pour cette femme un désir qui dépassait, et de loin, la simple attraction physique.

Ravissante, Kasey l'était sans conteste et la plupart des hommes la lui auraient enviée, mais ce qu'il appréciait chez elle était d'un ordre bien plus sentimental.

Lui qui avait juré de ne plus s'y laisser prendre, redoutait un peu plus chaque jour de succomber à la tentation, mais quoi, il n'était pas de marbre.

De plus, Savvie était déjà nettement plus gaie et ce résultat positif, il le devait, à n'en pas douter, à l'influence bénéfique de Kase.

Alors que le début du générique de fin du dessin animé défilait sur l'écran géant, il consulta son portable et, déçu de n'avoir reçu aucun message de Will ou de Sullivan, se décida à leur envoyer une brève requête.

> Je voudrais tant retrouver mon frère. Une piste nous aurait-elle échappé ? J'attends de vos nouvelles.

Will fut le premier à lui renvoyer un SMS.

> Richard Lowell a usurpé mon identité et abusé de celle que j'aimais. Quant à Jason, il était mon meilleur ami. Crois-tu honnêtement que Sullivan et moi ne faisons pas tout pour le retrouver ?

Le ton sec de la réponse lui déplut et il n'en garda pas moins le sentiment de ne pas en faire assez pour Jason.

Pour un peu, il aurait mené sa propre enquête et seule la pensée qu'il se devait désormais à sa nièce l'en dissuada.

Jamais, de sa vie entière, il ne s'était trouvé dans une situation plus pénible.

Pendant que d'autres — Will, Sullivan, les agences

de renseignements — se mobilisaient pour retrouver Jay, lui, l'homme d'action, en était réduit à l'attente.

Était-il ou non sur la bonne voie ?

Dix ans plus tôt, sous l'influence de Kate, il avait choisi d'abandonner ses études commerciales afin de fonder avec elle une firme de gestion financière.

Kate était belle, plus âgée que lui, et ma foi, oui, il avait été subjugué par son charisme, par son autorité aussi.

La possession d'un parchemin, fût-il celui de la prestigieuse université de Berkeley, n'avait plus vraiment eu d'importance à ses yeux.

Ses parents avaient tout fait pour le faire revenir sur sa décision, mais, fier et obstiné, il était resté sourd à leurs arguments.

Chaque fois que le doute l'avait assailli, il s'était vite persuadé que Kate, la femme providentielle, la confidente, lui apporterait tout ce qu'un homme peut souhaiter avoir.

Kate !

Non seulement elle lui avait menti, mais, déjà alors, cette fourbe affûtait sa dague pour mieux le poignarder dans le dos.

Un désastre complet.

Et pour lui, un trait définitivement tiré sur la famille, l'illusion du bonheur à deux.

Son regard se posa sur Kasey, sa sœur d'infortune, pareillement abusée par des êtres manipulateurs.

Comme il aurait voulu la prendre dans ses bras en lui murmurant à l'oreille des paroles de réconfort, des promesses de lendemains qui chanteraient.

Rêvait-elle en ce moment précis, de Dale, son ex-mari, et de Michelle, la prétendue meilleure amie ?

Peut-être avait-elle cru qu'il plaisantait en offrant de la venger, mais ses foudres ne demandaient qu'à s'abattre sur les têtes de ceux qui avaient trahi la confiance de sa trop candide assistante…

Kase, Kasey…

Du calme, Phillips !

Elle ne lui avait rien réclamé après tout, ni aide, ni protection, et à trop lui proposer ses services, il risquait fort de la faire fuir ou, du moins, d'essuyer une sacrée rebuffade.

Kase avait du tempérament, de la force intérieure et, peut-être plus encore, le souci de son indépendance.

Et une humeur de chien, à l'occasion…

Était-ce cette double facette, sa personnalité de femme à la fois douce et déterminée, qui le séduisait autant et stimulait sa libido ?

Tu devrais y penser à deux fois avant de perdre complètement la tête. Souviens-toi de Kate…

Calmé au moins pour un temps, il eut un regard attendri pour ses deux princesses endormies puis il prit Savvie entre ses bras avant de quitter le salon.

Savvie, sa petite puce…

Ce souffle tiède contre sa joue, l'abandon confiant de sa nièce contre son épaule…

N'était-il pas, même indirectement, responsable de la mort des grands-parents de la fillette ? Et s'était-il assez investi dans ses recherches pour retrouver Jason, le père de Savvie ?

Je te protégerai, tu verras. Je m'occuperai de toi…

Mais était-il capable de mener à bien une aussi délicate mission ?

5

La voix étouffée d'Aaron tira Kasey de son sommeil.

— Voulez-vous bien sortir, les chiens !

Alors qu'elle s'étirait sur le canapé, une langue humide manqua de peu la commissure de ses lèvres.

— Ici, Kanga !

Plus affectueux que jamais, Kanga la regardait, sa grosse tête à deux doigts de son visage.

Alors qu'elle essuyait la bave sur ses joues, Aaron attrapa Kanga par son collier et le conduisit, ainsi que Roo, jusqu'au patio.

— Ai-je dormi longtemps ? interrogea-t-elle en suivant de l'œil son patron qui revenait sans les chiens.

— Pendant toute la durée du dessin animé ou presque, répondit-il en souriant.

— Et Savvie ?

— Elle dort dans sa chambre. Et si nous en profitions pour faire un tour de jardin ?

Refuse. Dis-lui bonne nuit et va vite t'enfermer à clé dans ta chambre.

Mais cette courte sieste avait rechargé ses batteries et, après des mois de vie solitaire, la perspective d'une balade sous les étoiles ne manquait pas d'attrait, surtout si cette dernière se faisait avec lui.

— D'accord, dit-elle en enfilant ses sandales. Et les chiens ?

— Ils gambadent autour du chêne vert et de l'étang.

Avec un hochement de tête, elle le suivit dehors et, peu après, leurs doigts s'entrelacèrent avec naturel.

— Le jardin est encore plus beau dans la pénombre, dit-il alors qu'ils entamaient leur promenade.

Attention, danger !

Cette nuit si douce, ces parfums qui chatouillaient ses narines et d'où émergeait celui, si masculin, de son hôte.

Cette sécheresse soudaine dans sa bouche…

Et, sous son T-shirt, ses seins qui se tendaient déjà.

Que dirait-il si, faisant preuve d'audace, elle posait sa tête sur son épaule ?

Ne risquait-il pas de lui expliquer que, compte tenu des circonstances, tous deux se devaient de garder leurs distances ?

Pour se prémunir contre tout débordement, elle voulut retirer sa main de celle d'Aaron qui s'y refusa.

— Je préfère te tenir ! Au cas où tu trébucherais sur une racine…

— Très bien, dit-elle, plus résignée que rassurée.

Là-bas, sous le chêne, fatigués à force de jeux et de poursuite, Kanga et Roo prenaient un repos mérité.

Depuis quand n'avait-elle plus déambulé ainsi, au clair de lune, avec un homme ?

Enserrant ses doigts, ceux d'Aaron irradiaient de pouvoir, de douceur aussi, suscitant en elle une sensation plus que troublante.

— Veux-tu aller jusqu'au bassin aux poissons ?

Elle acquiesça et peu après, tous deux se penchèrent sur la surface liquide à peine ridée par la brise.

— Crois-tu qu'ils dorment ? demanda-t-elle.

— Je pense. À l'époque, le paysagiste m'avait expliqué qu'ils se posaient au fond pour dormir. Peut-être aussi ont-ils décidé de faire un poker à quatre ?

— Très drôle. Ah, ah, ah !

Peu concerné par le repos des poissons, Kanga rappliqua à toute allure et se jeta dans l'eau qui rejaillit en larges gerbes sur eux.

— Espèce d'idiot ! fulmina Aaron à l'adresse du chien qui, piteusement, s'éloigna du bassin.

— Je suis bonne pour me laver les cheveux ! protesta Kasey.

— Et j'ai de l'eau dans les oreilles, ajouta Aaron.

Tous deux se retrouvèrent dans les bras l'un contre l'autre, leurs bouches si proches qu'elle aurait pu plaquer un baiser sur ses lèvres.

— Kasey… Kase !

— Oui…

Jamais elle ne s'était sentie autant en confiance, en sécurité, qu'avec lui.

— Tu es sûre ? demanda-t-il à voix basse.

Elle se contenta de hocher la tête et quand il la serra plus fort contre lui, pressant sa virilité au plus chaud de sa féminité, ses jambes frémirent.

En douceur, ses mains glissèrent de sa taille à ses hanches puis sur ses fesses.

— C'est bon, murmura-t-elle, ses lèvres touchant presque celles d'Aaron.

Leurs souffles étroitement mêlés, son érection pulsant contre son ventre, elle en oublia presque ses résolutions de femme indépendante pour mieux jouir du moment présent.

— Encore !

Être désirée, éprouver la chaude caresse de ces mains masculines…

— Embrasse-moi encore ! commanda-t-elle.

Ses lèvres fortes, puissantes, prenant les siennes.

Et Aaron qui la déshabillait sans hâte, effleurant sa peau avec délices…

— Si tu partais ne fût-ce que deux minutes, j'aurais l'impression que tu m'abandonnes, ne put-elle s'empêcher de dire comme si tous deux formaient déjà un vrai couple.

Le buste dénudé, elle s'offrit et un gémissement lui échappa quand, d'une caresse, Aaron fit s'ériger ses tétons.

Et ce regard ardent, impatient, qu'il posait sur elle !

— À mon tour de te déshabiller, dit-elle en ôtant à Aaron sa chemise.

Il se laissait faire comme dans ses songes les plus érotiques et, quand il fut torse nu, elle s'empressa de retirer son soutien-gorge.

Brûlants de désir, ses seins jaillirent des coquilles de soie.

— Je suis à toi…

Le regard d'Aaron se posa sur son buste offert, et elle remarqua la bosse de son pantalon.

— Kase, tu as la plus glorieuse poitrine que j'aie jamais vue.

Elle n'en douta pas.

En un geste d'appropriation, ses doigts enserrèrent le membre viril et elle entreprit de le masser avec ferveur.

— J'aime te toucher, dit-elle avec simplicité.

Était-ce du sentiment que cet éclat soudain dans les yeux d'Aaron ? Du désir ?

— Viens tout contre moi, lui dit-il.

Elle obéit et il lécha ses seins avec une satisfaction visible, les faisant frémir tandis qu'elle gémissait et, les reins cambrés, s'offrait entièrement à son ardeur.

Ah, se sentir caressée, embrassée, elle qui languissait tant d'être aimée, d'avoir un homme qui prenne enfin soin d'elle.

— Ma chérie..., murmura Aaron à son oreille.

Puis ce furent le long de son cou, au creux de ses épaules, des baisers aussi doux qu'un frôlement d'ange.

Dans une pulsation soudaine de désir, ses mains glissèrent sur le ventre plat, le sexe vibrant, et si les poissons du bassin s'étaient rendormis après l'intrusion de Kanga, ses sens, eux, n'avaient jamais été aussi actifs.

Plus que jamais, elle se sentait femme, elle brûlait d'appartenir de nouveau à Aaron et tant pis pour leur convention de neutralité.

Oui, tant pis !

— Je te veux en moi, murmura-t-elle en nouant ses cuisses autour de la taille d'Aaron.

— Patience !

Écartant le lacis de dentelle de sa culotte, Aaron enfonça ses doigts en elle sans cesser de presser sa virilité contre sa moiteur.

Elle se retrouva à califourchon sur lui.

Ah, ce frémissement de tout son corps.

Avec un redoublement de ferveur empressée, elle embrassa ses pectoraux tout en chevauchant cet homme dont le sexe pulsait contre sa féminité.

Bientôt, son toucher lui arracha une longue plainte.

— Oh oui !

La main s'immobilisa au moment précis où son plaisir affluait.

Elle s'obligea à calmer les battements de son cœur.

— Je prends la pilule, tu sais, et mes tests sont négatifs.

— Les miens aussi, mais peut-être serait-il plus sage de réfléchir ?

Réfléchir à quoi donc ?

— Viens !

Leur chevauchée recommença en s'accélérant, au rythme de ses hanches qui se soulevaient puis retombaient en ondulation frénétique.

Et ce contact de leurs épidermes !

Ce sexe glorieux qui pour l'instant ne faisait encore que frotter contre sa moiteur voilée de dentelle.

— Touche-moi, oui, plus profond encore ! gémit Kasey.

Ce corps offert eut sur Aaron l'effet d'un puissant stimulant.

Kasey !

Il la caressa sans relâche, effleurant sa féminité jusqu'à ce que, reins cambrés, elle pousse un cri de jouissance qui résonna dans la nuit.

Alors qu'une dernière plainte s'échappait des lèvres de la jeune femme, Aaron ne s'interrompit pas pour autant, car il tenait à ce que sa partenaire éprouve un maximum de plaisir.

Et s'il en jugeait par les soubresauts de celle qui dardait sur lui un regard empreint de reconnaissance, le but fixé était largement atteint.

— C'est tellement bon ! souffla Kasey au creux de

son oreille. Tu es si dur ! Je veux… Je veux te rendre la pareille, ajouta-t-elle en effleurant son érection.

Et lui, voulait-il franchir le cap ?

Nouer une intimité qui risquait fort de déranger leurs relations hiérarchiques ?

Le bon sens lui commandait de garder ses distances avec cette ravissante cavalière.

Allons, Phillips, si quelqu'un est à blâmer dans l'affaire, c'est toi et personne d'autre.

Après avoir aidé Kasey à se lever, il remit de l'ordre dans sa tenue non sans remarquer son expression lourde de reproches.

Quel idiot il était !

Quel mufle aussi…

La pauvre devait ne rien comprendre à ses atermoiements et ce fut ce qui le décida à parler.

— Kase, je…

Lèvres pincées, elle darda sur lui un regard furieux.

— Surtout, ne me dis pas que je suis ton employée et que tu as le devoir de me respecter !

— Désolé si je souffle le chaud et le froid, mais je ne pouvais tout simplement pas y arriver, ce soir.

Un frémissement parcourut la jeune femme.

— De qui te moques-tu, Phillips ? Toi, ne pas y arriver alors que…

— Je parle au figuré, bien sûr. Écoute, je ne me sentais pas le droit de profiter de cette occasion, du moins pas ce soir.

Kasey croisa les bras d'un air de défi.

— Tiens, pas ce soir ? Et pourquoi donc ? Je ne te plais donc plus ?

— Tu te méprends et…

— Un vrai gamin, voilà comment tu te conduis, Aaron. Ne sommes-nous pas adultes, tous les deux ?

Le problème, c'était qu'il avait peur de glisser du sexe pur à une relation sentimentale, voilà tout, et ce risque-là, il n'était pas question pour lui de le courir.

Il eut un geste vers l'horizon puis vers le ciel.

— Où qu'il soit, Jason compte sur moi et Savvie aussi. Je me dois de la protéger, tu le sais bien.

— Que vient faire Savvie entre nous ? Ne sommes-nous pas libres d'avoir envie d'amour, toi et moi ?

Il soupira.

— La petite s'est beaucoup attachée à toi, trop sans doute. L'équilibre et le bien-être de Savvie passent avant mes propres désirs.

— Tu me désires donc ?

— Bien sûr, Kase, mais j'ai aussi, hélas, l'intuition que mon frère ne reviendra jamais et qu'il faudra bientôt que j'assume à plein temps mon devoir d'oncle et de tuteur de sa fille.

C'était la première fois qu'il formulait ainsi, à haute voix, ses peurs les plus secrètes.

— En somme, je ferais obstacle à tes responsabilités futures ? demanda Kasey.

Il hésita, mais la sincérité n'était-elle pas la meilleure des conseillères ?

— Imagine un peu que nous nous rencontrions en cachette, dans ma chambre, la nuit… Il me faudrait une bonne dose de cynisme ou d'inconscience pour agir comme si de rien n'était, le lendemain, alors même que j'aurais encore en mémoire le souvenir de nos étreintes.

Kasey allait-elle se moquer de ses scrupules ?

Sans illusions sur la suite des événements, il s'assit

pour réfléchir sur le gazon et fut le premier surpris de constater que Kasey l'imitait.

— Je voudrais tant t'aider, dit-elle en posant sa main sur la sienne. Crois-tu vraiment que Jason pourrait avoir disparu pour de bon ?

Le regard attentif, chaleureux, plein d'empathie de son assistante, lui mit du baume au cœur.

— Hélas, même si j'ai du mal à l'admettre, j'ai bien peur que Jason soit mort.

Véritable antidote à ses ruminations sans fin, Kasey appuya doucement son front contre son épaule.

— Oh ! Je suis désolée…

Et lui donc !

— Bien sûr, il me serait facile de ne penser qu'à te faire l'amour et avec quelle ferveur encore, dit-il en lui caressant les cheveux.

— Je suis là, murmura Kase.

C'était vrai et bien vrai.

— Tu es si belle que n'importe quel homme passerait outre ses scrupules pour t'emmener au lit. Pas moi…

— Es-tu sûr de n'éprouver que des scrupules à mon égard ?

Il réfléchit.

— La vérité est que je tiens beaucoup à toi. Si nous avions une liaison aujourd'hui, dans un tel contexte, celle-ci ne pourrait être que bancale, constamment court-circuitée par les aléas de l'enquête concernant mon frère et par mes devoirs de tuteur envers Savvie.

— Et tu préfères me chasser de tes pensées ?

— Disons plutôt que je ne me sens pas à la hauteur de tout ce que, toi, tu peux m'apporter. Je suis indisponible, du moins pour le moment.

Il attendit, guettant dans les yeux d'ambre un signe d'acquiescement ou, au contraire, l'éclat de la colère, de la frustration.

— Et si moi, Kasey, je disais à cet idiot d'Aaron Phillips que je l'admire, que j'ai du respect pour la façon dont il se frotte à une réalité douloureuse ?

— Tu le penses vraiment ?

— Bien sûr, et j'apprécie ton intégrité. Car tu es intègre, Aaron…

— Oui, convint-il.

— D'autre part, c'est moi qui me suis jetée à ton cou, sans que tu n'aies rien demandé.

— Alors, tu ne m'en veux pas de t'avoir repoussée ? s'enquit-il, plein d'espoir.

— Non.

Sur un ultime regard qu'il ne sut déchiffrer, Kasey se mit debout.

Il aurait aimé la serrer dans ses bras, lui glisser des mots doux à l'oreille, mais les secondes s'égrenaient déjà…

— Il se fait tard, dit-il en se levant à son tour, et je dois encore lire ton dossier sur les éoliennes, sans compter cette proposition d'investir dans une mine de cuivre.

— Oui, rentrons, répondit Kasey en se dirigeant, sans l'attendre, vers la maison.

— Kanga et Roo ont disparu ! dit-il après avoir scruté la pénombre, sous le chêne vert.

— Ils ne devraient pas être bien loin…

Plusieurs aboiements en provenance de la demeure leur firent accélérer l'allure.

— Kanga ! Roo ! lança-t-il en ouvrant précipitamment la porte.

— Oh non ! s'exclama Kasey

Occupés à déchiqueter la boîte contenant la nouvelle paire de baskets, les deux chiens levèrent sur eux un regard si innocent qu'il en oublia de les gronder.

Ce matin-là, Aaron dut faire appel à toute sa volonté pour se décider enfin à accomplir sa séance de gym et ses dix longueurs de bassin habituelles.

Kasey et le souvenir de leur étreinte continuaient de le hanter.

Comme elle avait gémi sous ses caresses…

Renoncer à faire l'amour avec elle lui avait demandé du courage, mais ne se devait-il pas, en priorité, à Savvie, à la recherche de son frère disparu, même si les chances de retrouver ce dernier étaient, à son avis, presque nulles ?

Arrivé à l'extrémité du bassin, il effectua un retournement savant puis reprit sa nage, l'esprit en effervescence.

Kasey !

Plus il la fréquentait, plus il la désirait, mais après sa désastreuse expérience avec Kate et la trahison qui s'était ensuivie, se lancer dans une nouvelle aventure sentimentale était exclu.

Kase était adorable, jolie, sexy, mais en s'attachant à elle comme il était en train de le faire, il risquait fort de tomber sous sa coupe et serait le premier à s'en mordre les doigts.

La nuit dernière, elle avait failli arriver à ses fins et c'était seulement grâce à un suprême effort de volonté qu'il avait pu lui résister.

Cette expérience récente n'était pas sans lui rappeler

ce qu'il avait pu vivre avec Kate avant que leur union ne sombre corps et biens suite à sa trahison.

Bah, il avait survécu, n'est-ce pas ?

Au fil du temps, ses plaies avaient cicatrisé, mais qu'en serait-il s'il s'éprenait *réellement* de Kase, s'il se risquait avec elle dans une nouvelle relation ?

Du coin de l'œil, il la vit approcher en short et T-shirt, plus belle que jamais.

Quels dessous pouvait-elle bien porter aujourd'hui ?

— Bonjour, toi. L'eau est bonne ?

Cette voix, comme elle lui avait manqué !

— Très, répondit-il tandis qu'elle s'installait sur une chaise longue.

Bravo, Phillips ! Comme conversation brillante, on ne fait pas mieux !

Kasey lui lança un regard mitigé.

— Je dois aller en ville chercher le gâteau de Savvie, ainsi que les bougies et les lampions pour la petite fête de tout à l'heure, dit-elle.

La perspective de voir sa maison envahie par des hordes de fillettes endiablées n'était pas pour le réjouir, mais ce qui le contrariait le plus était d'avoir oublié l'anniversaire de sa nièce.

— Au fait, où est Savvie ? demanda-t-il en sortant de l'eau tandis que Kasey lui tendait une serviette.

— Chez son amie Hannah, ce qui me laisse le temps de préparer la fête.

Alors que Kasey se redressait, il eut la vision fugace de ses beaux seins nus dans l'échancrure du T-shirt et sa virilité grimpa de plusieurs crans.

— Sérieusement, Aaron, à quoi joues-tu donc ? le gronda-t-elle.

Vite, nouer la serviette autour de sa taille.

— Tu es une femme, jolie de surcroît, et je suis un homme…

Alors qu'il allait caresser son bras, Kasey recula brusquement et l'éclaboussa de café chaud.

— Aïe ! dit-il en s'essuyant tant bien que mal.

Furieuse, elle lui fit face, les poings sur les hanches

— C'est ta faute, Aaron. Et ne recommence pas sinon je démissionne.

La perspective de se retrouver seul avec Savannah lui donna des sueurs froides.

— Je veux que tu restes.

— Dans ce cas, cesse de m'infliger le supplice de la douche écossaise : un jour tu me veux, l'autre jour tu me rejettes et pour moi, c'est insupportable.

— Tu me plais, Kase, n'en doute pas un instant.

Enfin, un sourire d'elle.

— Si tu ne peux pas résister à l'envie de lorgner mes seins chaque fois que tu m'approches, qu'allons-nous faire ?

— Je l'ignore.

Elle soupira.

— Nous collaborons depuis déjà huit mois et ce qui s'est passé hier soir aurait pu se produire plus tôt.

Il opina du chef.

— Oui, mais nous ne vivions pas alors sous le même toit. Quand tu portes ce genre de tenue, je dois me faire violence pour ne pas te prendre dans mes bras, comprends-tu ?

— Et moi, ne crois-tu pas qu'il me vient parfois aussi certaines idées ? rétorqua-t-elle.

La mine songeuse, Kasey l'examina de la tête aux pieds, et la serviette dont il était drapé se tendit.

— Quoi ? C'est *ça* qui te dérange ? demanda-t-il en pointant le corps du délit ?

— Vite, le carré blanc, fit-elle en fermant comiquement les paupières. Rassure-toi, je ne déposerai pas plainte pour atteinte aux bonnes mœurs, mais nous devons absolument trouver une solution.

— Que suggères-tu ?

— Que nous fassions librement l'amour et sans obligation aucune, fit Kasey en le regardant cette fois-ci dans les yeux.

Une relation purement physique entre eux, sans aucune implication sentimentale…

— Tu es sérieuse ?

— Oui. J'ai eu beaucoup de plaisir hier soir et j'en aurais eu encore plus si tu avais consenti à participer.

Il reconnaissait là son honnêteté foncière et son courage, car quelle autre femme aurait osé parler ainsi à son employeur ?

— D'accord, et que ferons-nous si, entre nous, la flamme continue de brûler ?

Kasey soupira.

— Sans doute nous fatiguerons-nous l'un de l'autre et l'attraction se dissipera d'elle-même.

Il ne demandait qu'à la croire, mais l'expression incertaine de ces jolis yeux ambrés l'incitait à la prudence.

— Et dans le cas contraire ?

— Essayons et nous verrons bien.

À condition que l'expérience se limite à quelques échanges sexuels brûlants, à la satisfaction de leurs libidos mutuelles et surtout pas à une glissade sentimentale.

— Sache que tout pourra s'arrêter dès lors que l'un d'entre nous le désirera, insista-t-elle.

Quel homme n'aurait pas été sensible à un tel argument ?

— Dans ce cas, j'avoue que ta proposition me tenterait plutôt. Donc, pas de cris ou de pleurs, pas de scènes de jalousie ?

— Rien de tout ça, assura Kasey.

— Un respect mutuel ?

— Si l'un d'entre nous éprouve l'envie de mettre un terme à l'expérience, l'autre se pliera à cette décision et les choses reprendront leur cours normal.

À la regarder, si belle, si sexy en dépit de ses yeux cernés, il fut moins certain que jamais de pouvoir, un jour, se passer de sa présence.

— N'oublions pas Savvie, poursuivit Kasey. Si nous passons nos nuits ensemble, chacun aura l'obligation de regagner sa chambre à l'aube, avant qu'elle ne se réveille.

— Oui, ça va de soi.

C'était même excitant à imaginer.

— La plus grande discrétion sera de mise, insista-t-elle. Personne, tu entends, personne ne devra être au courant de notre arrangement.

— Bien sûr.

— Si cette ville apprenait qu'un financier prospère couche avec son adjointe, alors nous n'aurions plus qu'à déménager. Et Savannah en paierait également le prix.

Il ne put s'empêcher d'élever le ton.

— Je n'ai qu'une parole, Monroe.

— Calme-toi, mais comprends aussi que nous ne devrons ni nous tenir la main ni nous embrasser en public.

Cette facilité qu'avait Kasey d'organiser leur futur lui laissa un sentiment de malaise, à croire que ses yeux cernés résultaient d'une nuit passée à peaufiner sa stratégie…

— Il me semble que tu as pensé à tout, dit-il, légèrement goguenard.

— L'essentiel n'est-il pas que nous soyons d'accord ? rétorqua-t-elle sans se démonter le moins du monde.

Depuis Kate, il avait opté pour des aventures sans lendemain avec des femmes dociles et, par contraste, l'instinct volontiers dominateur de Kasey n'était pas pour lui déplaire.

— Au cas où je te suis là-dedans, je ne veux ni cris ou pleurs, ni scènes de jalousie, rappela-t-il.

Que Kase ait du tempérament, l'esprit de décision et un besoin d'affirmation de soi, lui apparaissait comme une évidence et du reste, serait-elle son assistante si elle avait été timorée et manquant d'initiative ?

N'empêche qu'elle l'avait bel et bien manipulé en l'amenant à accepter cet arrangement qui, il y avait encore quelques jours, lui aurait paru inimaginable, preuve s'il lui en fallait une de la volonté et de la ténacité de sa belle employée.

— Il n'y aura rien de tout ça, confirma Kasey.

Il s'approcha de Kase, la prit par le menton, la regarda au fond des yeux tout en respirant son parfum.

— Je suis d'accord, mais à deux conditions.

— Lesquelles ?

— Pas de rendez-vous programmés, mais des cinq à sept au gré de nos envies, quand nos sens seront en effervescence.

Les prunelles ambrées trahirent successivement l'amusement, la soumission, le défi, le désir aussi.

— Embrasse-moi…, murmura-t-elle en lui tendant ses lèvres.

Tous deux partagèrent la volupté d'un long, intense baiser qui lui arracha des frissons puis elle lui sourit.

— Tu as mentionné deux conditions, alors quelle est la seconde ?

— Je reste le patron et dans tous les domaines.

Sans s'attarder sur l'expression à la fois exaspérée et contrariée de Kasey, il fit demi-tour et se dirigea vers la maison.

— Aaron, ça n'est pas juste ! entendit-il clamer dans son dos.

Il se retourna.

Elle dardait sur lui un regard frustré, irrité, mais brûlant de désir.

Un rien aurait suffi, alors.

Ah, la jeter sur son épaule puis grimper quatre à quatre les marches de l'escalier jusqu'à la chambre…

D'autres fantasmes envahirent son esprit, mais le plus pressé était de la déstabiliser un peu plus.

— Ah, au fait, tu n'iras pas seule en ville faire les achats pour la fête de Savvie.

— Et qui en a décidé ainsi ? s'étonna-t-elle, les poings sur les hanches.

— Moi, le patron. Départ dans une demi-heure.

Un long regard fut échangé.

— Ai-je le choix ?

— Pas l'ombre d'un, répondit-il avec un sourire satisfait.

6

Durant le trajet du retour, Kasey savoura le plaisir de se laisser conduire par Aaron dans le SUV climatisé chargé des cadeaux destinés à Savannah.

Au sourire satisfait — sans nul doute la conséquence de leur longue conversation — qu'affichait Aaron, il était clair que ce dernier estimait avoir marqué des points.

Et elle, n'avait-elle pas eu tort de s'engager avec un peu trop d'optimisme dans une aventure dont elle ne connaissait pas l'issue ?

Au moment précis où elle s'apprêtait à exposer ses doutes, la main d'Aaron couvrit sa cuisse et ce contact entre ses doigts chauds et sa peau frémissante suffit à couper le fil de ses réflexions.

Alors qu'elle se laissait aller à certaines pensées très érotiques, son portable, niché au fond de son sac, se mit à vibrer.

Synchronisée avec le système de téléphonie mains libres du SUV, la sonnerie retentit dans le véhicule et, avant qu'elle ait pu réagir, Aaron appuya sur la touche « réception » du tableau de bord.

— Ici Phillips.

Elle fouillait désespérément son sac quand la voix de Dale emplit l'habitacle.

— Je veux parler à Kasey. Qui diable êtes-vous donc ?

Mais où était passé ce satané mobile !

— Kasey travaille pour moi. Qui diable êtes-vous donc vous-même ? demanda Aaron d'une voix hargneuse.

— Son mari et je veux lui parler.

Alors qu'elle cherchait toujours, Aaron entra dans la propriété puis déclencha à distance l'ouverture du garage.

— Je te croyais divorcée, lui lança-t-il d'un ton rogue.

— Kasey ? interrogea Dale.

Le feu aux joues, elle prit une profonde inspiration.

— Oui. Que me veux-tu ?

— Que fait donc ce type avec toi ?

— Dale, il fait chaud, je suis fatiguée et n'ai nulle envie de gaspiller ma salive.

— Tu m'écouteras quand même, Kase. Il faut que nous parlions, car je regrette ce que j'ai fait et…

Sur un geste de sa part, Aaron les déconnecta du réseau puis, la mine courroucée, rangea le SUV dans le garage, à côté des autres véhicules.

Une fois face à lui, elle ne sut plus quelle contenance adopter et fut même traversée d'un frisson de peur tant il semblait fâché.

— Tu es à moi, Kase, à moi seul ! déclara-t-il d'un ton violent avant de la plaquer contre le capot encore chaud du SUV.

Écrasant sa bouche sous la sienne, Aaron souleva sa jupe courte et lui massa l'entrejambe.

— Calme-toi ! murmura-t-elle en retenant une plainte de plaisir.

— Juste toi et moi, Kase. Et ne me parle surtout pas de Dale.

— Marché conclu, dit-elle, heureuse de s'en tirer à si bon compte.

Et tandis qu'Aaron lui caressait la nuque, elle effleura sa joue piquée d'une barbe naissante puis leurs bouches se pressèrent avidement l'une contre l'autre.

Quel baiser !

— Rentrons à l'intérieur, murmura-t-elle avec la pensée secrète de faire l'amour avec lui.

— Allons plutôt dans la piscine, proposa-t-il en la détaillant du regard. J'en rêve depuis longtemps déjà…

— Et les courses ? Et le gâteau d'anniversaire ? protesta-t-elle sans réelle conviction.

— Vite alors, répondit Aaron en se chargeant de paquets et de sacs.

Les commissions rangées et le gâteau au frais, il l'entraîna à travers la maison déserte jusqu'au patio où Kanga et Roo leur firent fête.

Ignorant les deux Terre-Neuve, Aaron la souleva dans ses bras et, un instant plus tard, sauta à pieds joints avec elle dans l'eau.

Le temps de retenir sa respiration, de fermer les yeux, et tous deux émergèrent étroitement enlacés.

— Tu es fou ! Complètement fou !

— Oui, fou de toi, répondit-il.

Elle tâtonna le fond de la piscine où elle avait pied puis, accrochée au cou d'Aaron, ses cuisses nouées autour de ses reins, elle se laissa longuement embrasser par lui.

Alors que, très agités, Roo et Kanga s'étaient approchés du bord et aboyaient sans relâche, Aaron leur intima l'ordre de se taire puis il se remit à l'embrasser.

Sou l'eau, elle sentit ses mains qui la caressaient puis dégrafaient le dos de sa robe…

Levant les bras, elle activa son déshabillage avec une

excitation certaine puis, une fois la robe enlevée, elle se retrouva en sous-vêtements humides et transparents.

— Tes seins…

Avec hâte, elle défit son soutien-gorge et un gémissement lui échappa quand Aaron commença à masser les sphères laiteuses.

— À ton tour.

Aaron déboutonna à la hâte sa chemise, fut bientôt torse nu, le sourire aux lèvres.

Avec quel plaisir elle caressa ce torse couvert d'une fine toison foncée, ces bras musculeux, ce ventre plat aux abdominaux bosselés.

Le rêve de toute femme…

Que c'était bon !

Inattendu et voluptueux.

Ce mâle qui, si proche d'elle, attisait son désir en se frottant contre son pubis lui mettait l'eau à la bouche.

Leurs langues mêlées, leurs lèvres soudées, ses seins qui se tendaient sous les mains d'Aaron et ses doigts impatients fourrageant dans le boxer et s'emparant de ce sexe en érection…

— Je te veux, Kase ! Je te veux tellement fort…

— Et je te veux aussi, répondit-elle sans cesser de caresser son membre viril.

Délaissant un instant sa poitrine, Aaron posa une main sur sa hanche et glissa l'autre entre ses cuisses.

La manœuvre, si inattendue, l'aurait presque fait jouir.

— Tu me veux comme je te veux ? demanda-t-il en titillant le point le plus sensible de son intimité.

— Oh oui ! dit-elle en sentant une onde de plaisir la parcourir.

Son visage tout contre le sien, ses yeux dardant sur

elle un désir fou, Aaron palpa son corps avec une science de l'amour, de sa féminité, qui ne cessait de l'étonner.

Une longue plainte lui échappa et quand il entreprit de finir de la déshabiller, elle se laissa docilement faire puis, à son tour, lui rendit la pareille avec des gestes fébriles.

— Allons plus près du bord, murmura-t-il à son oreille.

De l'eau jusqu'à la taille, Aaron la souleva, cuisses écartées, et la pressa contre lui avant de la pénétrer d'une puissante poussée.

— Oh…

C'était bon, si bon !

Une montée vers le paradis.

Des sensations qui la tétanisaient de plaisir, de joie, de bonheur.

Jamais elle n'avait rien vécu de meilleur de sa vie entière.

— Kase, ma chérie !

Sa chérie…

Le contrat ne stipulait-il pas que tous deux feraient l'amour sans aucune implication sentimentale ?

— Encore, Aaron, encore ! murmura-t-elle à son oreille, les muscles raidis à force de tension intérieure, de volupté approchante.

— Oui, mon cœur, prends ton plaisir, l'encouragea-t-il.

Comment son membre pouvait-il être aussi dur, aussi puissant ?

— Maintenant ! cria-t-elle.

— Qui commande ici ? rétorqua Aaron en la fixant d'un œil sévère et en contrôlant son va-et-vient en elle.

Jouant savamment avec ses sens et ses nerfs, il l'amena peu à peu au bord de l'extase pour, l'instant d'après, se retenir brusquement et la soumettre à une nouvelle attente.

— S'il te plaît ! Je t'en supplie...

Avec un sourire, Aaron donna de légers coups de reins dont chacun suscitait en elle une explosion de désir.

C'était trop, une vraie torture !

Enfin, le va-et-vient reprit.

— Oui, oh oui ! Toujours plus profond !

— Comme ça ?

— Oui...

Sa longue plainte fut suivie d'un cri puis elle se sentit emportée par la vague de plaisir qui envahissait tout son être.

Était-ce donc possible de jouir autant, aussi fort ?

À l'évidence, oui.

Soudée à Aaron, ses cuisses nouées autour de ses hanches, elle perçut que lui aussi était sur le point d'atteindre le sommet et quand il se libéra en elle, une nouvelle explosion de bonheur la traversa.

Comblée et heureuse, sa nuque reposant sur le bord de la piscine, elle contemplait, béate, le ciel bleu, quand une langue humide vint lécher son visage.

— Kanga ! dit-elle en s'écartant du jeune chien qui la saluait à sa façon.

Aaron éclata d'un bon rire.

— Ils n'oublieront pas le spectacle, et de longtemps !

— J'espère seulement qu'ils n'en resteront pas traumatisés à vie, rétorqua-t-elle avec un grand sourire, ses seins opulents frottant contre le torse d'Aaron.

— Ouah ! fit Kanga en jouant du museau dans l'intention de les séparer l'un de l'autre.

— Il est jaloux, s'amusa-t-elle.

— Et pourquoi n'aurait-il pas le droit à des mamours, lui aussi ?

— Ouah ! fit Roo avant de s'élancer, truffe au vent, dans la piscine.

Kanga l'ayant imité, Aaron et elle durent se débattre entre coups de langue, gerbes d'eau et aboiements sonores.

— Et si nous recommencions ? proposa Aaron en élevant la voix pour couvrir le vacarme ambiant.

Une nouvelle série de jappements l'obligea à patienter avant de pouvoir répondre.

— Recommencer ? Je ne demande pas mieux, mais tu risques de demander grâce en premier.

Il la regarda bien en face.

— C'est ce que nous verrons, Monroe ! Quand tu veux et où tu veux.

Quelques jours plus tard, Aaron continuait de repenser à ce merveilleux moment sensuel vécu dans la piscine avec Kasey.

Qu'il le veuille ou non, cette dernière lui devenait toujours plus indispensable...

Alors que, sexy en diable dans un déshabillé vaporeux et ses longs cheveux humides de la douche, Kasey se maquillait devant le miroir, il jeta un coup d'œil à sa montre.

— Dépêche-toi, mon cœur, sinon nous risquons d'arriver en retard.

Et le millionnaire dont il convoitait le portefeuille et qui les avait invités à dîner dans le meilleur restaurant de Royal n'était sûrement pas du genre à patienter...

— Aussi, c'est ta faute ! Il fallait me prévenir plus tôt, lui lança Kasey d'un ton froissé.

— Mark Wade est riche et sa clientèle ne se refuse pas.

— Encore heureux que Megan ait accepté de garder Savvie ce soir, ajouta sa sculpturale assistante en fronçant ses ravissants sourcils.

C'était d'autant plus méritoire que Megan et elle avaient passé l'après-midi à orchestrer — avec succès — la fête d'anniversaire de Savvie.

Et les aiguilles qui tournaient si vite !

— Presque la demie. Je t'en supplie, dépêche-toi !

Elle lui lança un coup d'œil courroucé.

— Il y a à peine vingt minutes que tu m'as demandé de t'accompagner à ce dîner. Laisse-moi le temps de me préparer sinon j'aurai l'air d'une bohémienne…

— Une jolie bohémienne, alors.

Ce beau visage encadré de boucles auburn avait le don d'embraser ses sens.

En fait, quelle que soit l'heure, Kase suscitait le désir en lui, et de quelle façon encore…

Avant la fête, ils avaient fait l'amour par deux fois sans que la soif qu'il avait d'elle fût étanchée pour autant.

Et plus tard, tandis que sa nièce et ses amies jouaient joyeusement sur la pelouse ou dans la piscine, il avait prié Megan de chaperonner la petite bande avant d'entraîner discrètement Kase dans la chambre.

Si leur éteinte avait été brève, chaque seconde avait compté triple.

Pense à Ward et à ton contrat plutôt qu'à Kase !

— L'heure tourne, insista-t-il après un dernier coup d'œil à sa montre.

— C'est vraiment pour toi que je viens, répondit Kasey d'un ton boudeur.

— L'épouse de Mark Ward apprécie la grande

cuisine et, sachant que tu es mon assistante, elle a insisté pour nous inviter tous deux, ce soir, au Glass House, expliqua-t-il dans l'espoir d'amadouer son adjointe.

Alors que Kasey, les bras levés, mettait la dernière touche à sa coiffure, la vision de son opulente poitrine tendant le déshabillé embrasa une fois de plus ses sens.

— Et tu ne pouvais pas y aller seul ? demanda-t-elle d'un ton ronchon.

— Un dîner à quatre favorisera le contact entre moi et Ward. C'est pourquoi ta présence était indispensable, rappela-t-il.

Kasey, enfin souriante, se tourna vers lui.

— Il paraît que ce restaurant, le Glass House, est de premier choix ?

— Produits bio de la ferme voisine, vins garantis sans additifs. À Royal, tout le monde en parle, et l'établissement a récolté des éloges de tous les critiques gastronomiques, expliqua-t-il.

Alors que, sensuellement assise sur le tabouret, Kasey passait du mascara sur ses cils puis poudrait ses joues, il la contempla, ému.

Et s'il lui proposait le mariage, un jour ?

Tu dérailles, Phillips ! Tu perds la boule !

L'attrait qu'elle exerçait sur lui était certes bien réel et faire l'amour avec elle, tout à l'heure, l'avait comblé, mais de là à changer ses plans, à enfreindre ses propres règles…

Avait-il donc déjà oublié leur pacte, la promesse de ne céder ni l'un ni l'autre aux sirènes du sentiment, de l'implication émotionnelle ?

D'accord, Kasey lui plaisait infiniment, sans compter

qu'il la respectait et appréciait ses grandes qualités, mais pas question de lui faire confiance pour autant.

Son expérience malheureuse avec Kate lui avait servi de leçon et l'avait vacciné à jamais contre tout ce qui, de près ou de loin, pouvait s'apparenter à de l'amour.

Ou du moins cherchait-il à s'en persuader !

Alors que, plus affriolante que jamais dans son déshabillé, Kase se dirigeait vers le dressing, il reporta ses pensées sur sa belle assistante et évoqua leurs étreintes de l'après-midi, l'odeur de son sexe, et cette impatience à s'offrir, à se donner à lui.

Dès que possible, tous deux prendraient le temps de refaire longuement l'amour, d'explorer leurs corps qui vibraient tant l'un pour l'autre, il s'en faisait le serment.

— En as-tu encore pour longtemps ? demanda-t-il.

— J'arrive, répondit-elle à travers la porte.

Comme il brûlait de caresser, une nuit entière, ce corps divin, cette peau laiteuse, le sillon séparant ses seins majestueux et jusqu'à cette petite tache de naissance sur sa fesse droite.

En proie à une insatiable érection, il s'approcha de l'entrée du dressing.

— Je ne veux pas faire attendre les Ward.

— Je t'ai dit que j'arrivais ! répondit Kase d'une voix exaspérée.

Bien plus encore que le désir sexuel, ce qui le poussait vers elle relevait du sentiment et c'était bien ce qui l'inquiétait le plus.

En guise d'antidote, il se chercha quelque reproche à lui faire, par exemple le fait qu'elle semblait toujours en contact avec son ex-mari.

Kasey avait divorcé, il n'en doutait pas, mais peut-être

continuait-elle de penser à Dale, à ce qu'ils avaient vécu ensemble ?

Furieux contre lui-même, il dut admettre que le destin de Kase, ses faits et gestes, tout ce qui faisait d'elle cette merveilleuse partenaire, lui tenait à cœur.

Un comble pour un célibataire endurci comme lui.

Dire qu'elle ne partageait son quotidien que depuis peu...

Ne fais pas l'idiot, Phillips ! Kase est une excellente assistante et une maîtresse douée, mais pas une future épouse.

Tant qu'ils avaient communiqué par Internet, résister à l'attraction qu'elle exerçait sur lui avait été relativement facile et lors des rares occasions où ils s'étaient rencontrés durant ces huit derniers mois, tous deux avaient eu la décence de tenir leurs distances, mais la cohabitation changeait tout et à force de vivre avec Kasey, de partager des déjeuners et des dîners, des activités aussi, il s'attachait à cette femme et pas seulement sexuellement.

— Je suis prête, fit Kasey en émergeant du dressing vêtue d'une extravagante robe à sequins.

Des escarpins à hauts talons accentuaient sa cambrure naturelle et jamais ses longues jambes ne lui étaient apparues plus élégantes.

Kasey fronça les sourcils.

— Ma robe ne te plaît pas ? Si tu préfères, au lieu de t'accompagner au restaurant, je peux rester ici et regarder un bon film.

Encore ébloui, il ne trouva rien à redire.

Kasey tapota sa montre.

— Remercie-moi plutôt, Phillips ! Douche, maquillage, coiffure et habillage en moins d'une demi-heure, un vrai record mondial…

Il allait répondre quand elle le dépassa, hautaine sur ses talons aiguilles, un petit sourire aux lèvres.

La naissance des fesses soulignée par une rangée de sequins, elle était presque encore plus sexy que de face.

À croire que cette bombe sexuelle avait juré de lui faire rendre les armes.

7

Kasey savoura comme il convient sa bouchée de bœuf de Kobe, l'une des spécialités du Glass House.

Au moins Aaron avait-il dit vrai et ce restaurant huppé était-il à la hauteur de sa réputation.

Quant au couple Ward, elle le jugeait fort sympathique et s'étonna du manque d'entrain d'Aaron à relancer une conversation qui languissait et dont il risquait fort de payer le prix.

Croyait-il que bouder ses hôtes comme il le faisait contribuerait à faire de lui le gestionnaire de la fabuleuse fortune de Mark Ward ?

Ce dernier se tourna vers elle.

— Connaissez-vous notre ami Phillips depuis longtemps, Kasey ?

Elle s'essuya les lèvres à sa serviette immaculée.

— Un certain temps, oui.

Mark Wade lui sourit.

— J'espère qu'il ne vous fait pas effectuer trop d'heures supplémentaires ?

L'ambiguïté involontaire du propos l'amusa.

— Tout dépend des circonstances, mais rassurez-vous, Aaron n'est pas homme à abuser de ses prérogatives.

— Et que pensez-vous de Royal ? l'interrogea Fiona Ward en entamant son steak.

— Une ville charmante. Et cette viande est divine…

— Une merveille, renchérit Fiona au moment où le gérant du restaurant s'approchait de leur table.

Profitant de ce que le couple demandait des précisions sur la préparation du bœuf de Kobe, également appelé bœuf Wagyu, elle attira discrètement l'attention d'Aaron.

— Cesse de jouer les zombies sinon le contrat va te passer sous le nez, chuchota-t-elle.

Aaron soupira.

— C'est ta faute, ma jolie. A-t-on seulement l'idée d'être aussi sexy ? Et cette robe…

Elle ne put s'empêcher de le provoquer.

— Un peu déshabillée, n'est-ce pas ?

— Surtout quand tu la portes…

— Chut !

— J'ai envie de toi, murmura-t-il en caressant sa cuisse sous la table avant de remonter plus haut.

Rouge de confusion, Kasey s'excusa et prit la direction des toilettes, suivie des yeux par Aaron. Soudain, il remarqua que la démarche de son assistante fascinait visiblement la clientèle mâle.

Tant de beauté en mouvement !

Ce ravissant derrière oscillant de droite et de gauche à chaque nouvelle enjambée de la jeune femme…

— Votre cavalière est charmante, lui dit Mark Ward alors que le gérant, après avoir renseigné le couple, s'éloignait vers d'autres tables.

Charmante, certes, mais voir d'autres hommes que lui lorgner Kasey lui était proprement insupportable.

Il en oublia l'enjeu de la soirée.

— En fait, Mark, sachez que je suis totalement fou d'elle.

Quel idiot de se dévoiler ainsi face à un investisseur potentiel aussi important que Ward !

Fiona Ward laissa fuser un petit rire discret.

— Kasey est si belle que personne ne songerait à vous le reprocher, Aaron.

Mark Ward sourit.

— Votre franchise me plaît. Au moins et contrairement à tant d'autres, vous dites ce que vous pensez. Aussi ai-je bien envie de vous faire confiance.

La vibration de son portable dans sa poche l'empêcha de réagir.

— Vous voudrez bien me pardonner. Sans doute un message urgent…

Megan avait-elle un souci avec Savannah ?

Ce fut le nom de Will qui s'afficha.

Cole et moi planchons toujours sur la disparition de Jason. Si tu peux, viens nous rejoindre au ranch. Trois têtes valent mieux que deux…

Sans ce dîner et les Ward, il aurait tout de suite pris la route, mais la sagesse l'incita à répondre qu'il était indisponible, du moins pour le moment.

Jason, où es-tu bon sang ?

Il se tourna vers ses hôtes.

— Désolé de me conduire de façon aussi impolie. En fait, un ami me signalait qu'il est toujours à la recherche de mon frère Jason.

— Nous comprenons, Aaron, déclara Fiona Ward de sa voix douce.

— Il est naturel que la disparition de votre frère vous tracasse autant, ajouta Mark Ward en le fixant d'un œil compatissant.

— Dire le contraire serait mentir, reconnut-il.

Mark Ward soupira.

— Je vous aiderais si je le pouvais, mais tout a déjà été tenté pour le retrouver, n'est-ce pas ? Mon souhait est que les recherches aboutissent.

Fiona lui serra chaleureusement la main.

— Cette incertitude doit être terrible.

Brusquement, il se moqua du contrat, enjeu de ce dîner.

— C'est terrible pour moi et, aussi, pour Savannah, la fille de Jason. Elle n'a que six ans et j'ignore encore comment elle réagirait au cas où je devrais, un jour, lui annoncer la mort de son papa.

— Vous craignez donc pour la vie de votre frère ? s'enquit Mark.

La compassion des Ward l'incita à poursuivre.

— Je voudrais croire Jason vivant, mais les faits m'obligent à moins d'optimisme.

— Disposez-vous au moins de certains indices ? demanda Mark.

— Non. Aucun mouvement sur ses comptes ; pas d'activité Internet, aucune communication passée depuis son portable. J'ai peu d'espoir, très peu, même, et c'est ce qui me navre le plus.

Sous l'effet de la chaleur et de l'émotion, il fit jouer l'encolure de sa chemise.

— Gardez courage, Aaron, déclara Fiona avec ce regard doux et réconfortant qui n'appartenait qu'à elle.

— Et sachez que vous pouvez compter sur nous, ajouta Mark avec une empathie qui le toucha.

Par leur façon de se montrer attentifs à ses malheurs, les Ward lui rappelèrent un peu ses parents et il fut surpris de pouvoir enfin penser à ces derniers sans se sentir accablé de remords.

— Honnêtement, j'aurais dû choisir une autre date pour ce rendez-vous d'affaires. L'opinion que vous vous faites de mes capacités professionnelles est sûrement désastreuse, crut-il bon de préciser.

— Pas du tout, répondit Ward, et l'excellent bilan de AP Investments m'inciterait au contraire à vous faire confiance.

Après un regard plein d'amour à son époux, Fiona se focalisa sur lui.

— Mark ne supporte pas les truqueurs ou ceux qui font de l'esbroufe pour conquérir un marché. Si tel avait été le cas avec vous, si vous n'aviez pas été un être sensible, mon mari aurait déjà quitté cette table. Et la présence de Kasey est un atout supplémentaire.

— Tous ces hommes d'affaires en costumes cravates m'horripilent, renchérit Mark Ward.

Ce dernier était-il sincère ?

Et Fiona, si compatissante, quel jeu jouait-elle donc ?

— Vous m'intriguez, dit-elle en dardant sur lui un regard pénétrant qui le mit mal à l'aise.

Aussi fut-il soulagé quand Mark lui demanda des renseignements sur les autres clients du restaurant qu'il connaissait pour la plupart de vue et qui appartenaient, comme lui, au Texas Cattleman's Club.

Alors qu'il relatait un mini scandale récent impliquant deux ranchers, la vision d'un homme marchant de dos vers la porte le fit tressaillir.

Will, ici ?

Le message de son vieil ami signalait pourtant sa présence et celle de Cole à plusieurs dizaines de kilomètres de Royal.

Un sosie, alors ?

Oui, sans doute, car la coupe de cheveux n'était pas la même.

Avant de sortir, celui qu'il croyait être Will se retourna, mais il ne put clairement distinguer ses traits dissimulés par des lunettes noires.

— Encore un peu de Château Latour Pauillac ? s'enquit Mark Ward.

Comme il s'agissait du cru favori du millionnaire, il hésita d'abord à accepter, mais tenir le volant n'était pas compatible avec une ivresse, même légère.

— Non merci, Mark, dit-il avec franchise.

Sur sa droite, l'inconnu à chemise de cow-boy qu'il aurait juré être Will quittait déjà le restaurant avec d'autres convives.

Will ? Will Sanders ?

Impossible…

— Tout va bien, Aaron ? interrogea Mark en se servant de vin.

Il s'était fait des idées et cet homme ressemblait à Will, voilà tout.

— Oui, enfin non… Ce soir, j'ai décidément le sentiment de ne pas avoir toute ma tête…

Fiona se mit à rire.

— Votre jolie cavalière vous manque ? Alors, soyez rassuré, car la voici.

Après avoir chaleureusement remercié Mark Ward pour son invitation, Kasey se tourna vers Fiona, mais cette dernière, au lieu de serrer la main qu'elle lui tendait, l'étreignit amicalement.

— Je suis heureuse d'avoir fait votre connaissance, Kasey. J'espère vous revoir très bientôt.

Un peu surprise, elle se mit vite au diapason.

— Je l'espère aussi, Fiona. Cette soirée était tout simplement délicieuse.

Aaron s'étant proposé pour escorter les Ward jusqu'à l'entrée du restaurant où le voiturier les attendait, elle en profita pour aller se refaire une beauté aux toilettes.

L'endroit, brillamment éclairé, avait tout d'un salon mondain, chaque accessoire étant raffiné à l'extrême.

Alors qu'elle se remettait du rouge à lèvres, une femme vint occuper le lavabo voisin du sien.

— Coucou… Tu me reconnais ?

— Michelle !

Elle, ici !

— Comment vas-tu, Kasey ?

Il lui fallut quelque temps pour recouvrer ses esprits.

— Que fais-tu dans ce restaurant ?

— Oh ! je passais là par hasard, répondit Michelle en souriant de plus belle.

Quel culot !

— Et tu penses que je vais te croire ?

Michelle lui adressa un regard innocent.

— Je buvais un verre avec des amis au Silver Saddle, le bar voisin, quand j'ai entendu dire que tu dînais ici avec Aaron et un autre couple.

— Ce qui n'explique toujours pas ta présence à Royal…

— Je te l'ai déjà dit, Kase, j'aime bien cette petite ville…

— J'ai vraiment du mal à te croire…

Alors qu'elle tournait les talons, Michelle la retint par le bras.

— Kase, s'il te plaît…

— Oui ?

— La vérité est que je compte travailler à Royal. Je suis masseuse diplômée et un centre de remise en forme m'a fait une offre intéressante.

— S'ils recherchent quelqu'un ayant l'habitude de coucher avec le mari des copines, tu as toutes tes chances, rétorqua-t-elle méchamment.

Michelle se mit à pleurer et, contrairement à elle, sans cesser pour autant d'être belle, un atout qu'elle lui avait toujours envié.

— Quand donc me pardonneras-tu, Kase ? J'étais ivre morte, ce soir-là, et ne me souviens de rien ou presque.

— C'est ce que tu dis…

— Mais c'est la vérité ! Nous avons toujours été si proches, toi et moi… Je t'aime et tu me manques.

Mish disait-elle vrai ?

Après tout, gâcher quinze ans d'amitié à cause d'une passade était peut-être exagéré…

— N'empêche que tu as couché avec mon mari.

— J'étais dans un état second et me souviens à peine avoir rejoint Dale sur le canapé.

Elle aurait dû partir en claquant la porte, mais quelque chose la retenait auprès de celle avec qui elle avait tant partagé.

Jusqu'à son mari !

— Je ne crois pas que tu mesures à quel point tu m'as blessée.

Le regard de Michelle se fit suppliant.

— Je suis désolée ! Pense à tout ce que toi et moi avons vécu ensemble.

— Je sais.

— Les mêmes écoles, les mêmes camps d'été et la

même université, nous étions inséparables. Nous n'allons pas tirer un trait sur une si belle amitié, Kase ?

Au début de sa relation avec Dale, ce dernier avait jalousé leur lien au point qu'il lui était plusieurs fois arrivé de prendre la défense de celle qui allait, par la suite, la trahir de si horrible façon.

— Le moment n'est-il pas venu de faire la paix ? insista Michelle avec un regard désarmant.

Au courant des détails les plus intimes de sa vie, notamment de sa proximité avec ses grands-parents, Michelle avait été sa confidente, son alliée, celle sur laquelle elle était sûre de pouvoir compter, une personne enjouée et drôle, capable aussi de grands élans de tendresse.

Était-elle prête pour autant à lui pardonner ?

— J'ai besoin de temps, Mish.

— Bien sûr, ma chérie, mais donne-moi au moins un peu d'espoir. Ce que nous avons été l'une pour l'autre n'est-il pas plus important que tout le reste ?

Ce regard brillant, suppliant…

Il lui semblait être revenu des années en arrière quand, adolescentes, Mish et elle avaient scellé leur pacte d'amitié.

Fallait-il pour autant oublier ?

La crainte de trahisons futures la dissuada, à l'ultime seconde, de céder, et ce d'autant plus qu'il lui arrivait désormais de rêver d'une vie de couple avec Aaron.

— Je ne veux plus te revoir, Mish. Plus jamais.

Comme cette décision lui coûtait !

Avec un sourire triste, cette dernière lui serra la main puis partit.

Debout devant la glace elle retenait ses larmes quand

une inconnue sortit de l'une des cabines qu'elle avait crues inoccupées.

— Désolée d'avoir été indiscrète malgré moi. Je suis Danica Moore, chef de cuisine au Glass House.

Il ne lui fallut que quelques secondes pour réagir.

— Je suis Kasey et ce bœuf Wagyu était une merveille.

La nouvelle venue lui adressa un regard compatissant.

— Cuisiner est plus simple qu'aimer.

Un soupir lui échappa.

— Comme vous avez pu l'entendre, les hommes ne m'ont pas fait de cadeau.

Tout en se lavant les mains, la femme lui lança un coup d'œil.

— Seulement les hommes ?

Elle tressaillit.

— Puisque vous avez suivi la conversation, n'avez-vous pas eu l'impression que mon ex-amie éprouvait vraiment du remords de m'avoir trahie comme elle l'a fait ?

Dani soupira.

— Puis-je vous parler sincèrement ?

— Bien sûr.

— Cette femme affirme ne plus se souvenir de rien le soir où elle avait couché avec votre mari, n'est-ce pas ?

— C'est ce qu'elle prétend.

— Et vous la croyez ? Car si elle ne se souvient plus de rien, comment se fait-il qu'elle se rappelle avoir rejoint votre époux sur le canapé pour faire l'amour avec lui ?

Elle n'y avait pas songé.

— C'est vrai.

De nouveau, ce chagrin, cette blessure.

— Vous savez quoi, Kasey ? Ça n'est pas tant l'infidélité de Dale qui vous fait du mal que la trahison de Michelle, à mon avis difficilement pardonnable.

Sa gorge se serra et ses yeux s'embuèrent.

— J'ai bien peur que vous ayez raison...

— Question d'expérience, Kasey. Ne vous laissez pas embobiner par ce genre de belles paroles. Dale a réagi comme la plupart des hommes l'auraient fait face à une jolie fille et je crois que la vraie coupable, c'est votre ex-amie...

Dale méritait-il qu'elle lui pardonne ? Qu'elle tente des retrouvailles avec lui ?

En vérité, elle lui préférait mille fois Aaron, un homme droit et sécurisant en qui elle avait toute confiance.

Le contraire de son ex et imprévisible mari.

Après s'être essuyé les mains, Dani lui tapota affectueusement l'épaule.

— Une autre chose que la vie m'a apprise est qu'il ne faut pas regarder en arrière ni vivre dans le passé. Affrontez la réalité d'aujourd'hui, Kasey, pas celle d'hier.

— La réalité fait parfois si peur, dit-elle sans parvenir à retenir ses larmes.

Dans le miroir, elle fut effrayée de contempler le reflet de son visage rougi à en être grotesque.

Dani lui sourit.

— Vous ferez face, j'en suis certaine. Bon, je dois retourner travailler, et si nous étions amenées à nous revoir, j'espère que vous serez gaie et enjouée. Pleurer ne vous avantage pas...

— Je sais, dit-elle en tamponnant à l'aide d'un mouchoir les traînées de mascara sur ses joues.

— Prenez soin de vous, Kasey. Et si j'étais à votre

place, je ne me fierais pas à cette Michelle qui, j'en suis sûre, vous manipule.

Des mots qu'elle aurait voulu ne pas entendre tant ils sonnaient vrais.

Le premier réflexe d'Aaron à son réveil fut de serrer Kasey contre lui, de s'imprégner de sa douce chaleur après leur nuit d'amour.

Heureux comme jamais, il entreprit de l'embrasser partout avec tendresse.

Plus ses mains caressaient ce corps voluptueux, plus son désir s'attisait et il lui aurait fallu remonter jusqu'à Kate pour retrouver une pareille sensation de bonheur, de plénitude.

Kate !

Au début, elle lui avait donné sans compter et l'avait traité comme s'il était un personnage important, essentiel même à sa vie, et lui, en retour, avait fait aveuglément confiance à cette compagne providentielle.

Par la suite, elle l'avait trahi de la plus odieuse façon, le rendant à jamais méfiant et vigilant à l'extrême envers les femmes.

Dix ans…

Dix ans déjà qu'il vivait seul, dormait seul, limitant ses relations à de brèves aventures sans lendemain, le meilleur moyen selon lui de ne plus être trahi.

Il avait rencontré Kasey à un moment clé de sa vie et, depuis ce jour, ses certitudes en la matière avaient vacillé.

Kasey et sa lumineuse beauté, sa rigueur morale, sa tendresse affectueuse.

Si Kate et Kasey étaient toutes deux intelligentes,

la première s'était révélée menteuse et manipulatrice tandis que Kasey, elle, s'attachait à comprendre et à apprécier les gens, ceci sans préjugé, sans condamner ou mépriser.

Encore jeune, il avait pris pour argent comptant ce que lui martelait Kate, cette égoïste en tailleur Chanel, et pour elle, il avait renoncé à ses études et s'était retrouvé en porte à faux avec ses parents.

Repenser à Kate lui faisait encore grincer des dents aussi fut-il heureux de se presser un peu plus encore contre la tiédeur de Kasey.

Plus il la fréquentait et plus il s'attachait à cette femme toujours prête à donner de sa personne, à offrir, à proposer, quitte à négliger ses propres besoins.

Selon Kasey, il y avait du bon en chacun de nous et personne, son amie Michelle incluse, ne méritait d'être rejeté sans appel.

En ce qui le concernait, il y avait d'un côté les méchants, les mauvais, les traîtres, et de l'autre les gentils qui, eux, ne couraient pas les rues.

Et lui, avait-il toujours agi comme il l'aurait dû ?

À l'évidence, non, car il avait déçu ses parents après s'être laissé manipuler par Kate.

Plus tard, il n'avait pas su protéger Megan, sa sœur, contre l'imposteur qui se faisait passer pour le vrai Will.

Ne se devait-il pas, désormais, de protéger Kase contre ceux qui pourraient lui vouloir du mal, en particulier cette Michelle au comportement très suspect ?

Oui, mais Kasey n'était ni son épouse ni sa maîtresse en titre, et de son côté, il n'avait nulle envie d'officialiser leur relation…

— Aaron ? l'entendit-il murmurer d'une voix ensommeillée.

Il se tourna vers la femme qui occupait ses nuits et prenait insensiblement possession de son cœur.

— As-tu bien dormi ? lui demanda-t-il.

— Mieux que toi, j'espère. Tu n'arrêtais pas de te tourner et te retourner. À quoi pensais-tu donc ?

Il hésita.

— À Jason. Et aussi à Michelle.

— Tu ne la connais pas.

— Suffisamment pour savoir qu'elle a trahi ta confiance. À ta place, je me méfierais d'elle.

— Et dois-je aussi me méfier de toi ? rétorqua Kasey en entreprenant de lui caresser la cuisse.

Alors que sa virilité grimpait en flèche, il n'osa pas répondre à cette embarrassante question.

Certes, Kasey était digne d'estime, mais lui ouvrirait-il jamais son cœur ?

Ni à elle ni à une autre !

Le rire de sa maîtresse fusa.

— La vérité, Aaron, est que tu ne ferais confiance à personne, n'est-ce pas ?

Kasey était différente de Kate, mais pourrait-il compter sur elle, sur la fiabilité de ses sentiments si, un jour prochain, il se décidait à se livrer à elle ?

— Laisse-moi le temps, dit-il avant d'embrasser la jeune femme au coin des lèvres.

Après lui avoir rendu son baiser, Kasey s'assit dans le lit et, tout en tirant le drap sur ses seins, elle le regarda dans les yeux.

— Admettons que ni toi ni moi ne soyons prêts

pour une vraie relation intime, mais pourquoi tant de méfiance à mon égard dans la vie professionnelle ?

— Que veux-tu dire ?

— Tu le sais très bien, poursuivit-elle. Nous travaillons ensemble depuis presque un an et j'ignore à ce jour les codes d'accès aux comptes bancaires de tes principaux clients.

Pris au piège, il eut un haussement d'épaules.

— Depuis que Kate m'a volé, j'ai décidé que moi seul disposerais à l'avenir de ce genre d'informations.

Les yeux de Kasey étincelèrent de colère.

— Autrement dit, je ne suis pas digne de confiance ? Je ne vaudrais pas mieux que Kate ?

— Je n'ai pas dit ça, voyons !

— Mais tes propos trahissent ta pensée et que tu puisses autant douter de moi me navre.

Il prit le temps de réfléchir.

— Désolé, Kase… Je n'imaginais pas te faire de la peine.

— Eh bien, si !

Et lui, à sa place, comment aurait-il réagi face à quelqu'un d'aussi méfiant qu'il l'était ?

Une explication s'imposait.

— Sous l'impulsion de Kate, j'ai renoncé à mes études et ouvert avec elle un cabinet de gestion financière qui a tout de suite eu du succès. Par la suite, mes parents ont été victimes d'un accident de la route et quelques mois après, Kate m'a trahi alors que j'étais encore en deuil.

— C'est terrible ! fit Kasey en lui prenant la main.

— Oui, j'ai eu du mal à m'en remettre.

— De quelle façon Kate t'a-t-elle trahi ?

— En abusant de ma confiance. Je lui avais donné

les codes d'accès bancaires de mes meilleurs clients et elle m'a supplanté, un beau jour, auprès d'eux.

Kasey lui adressa un regard empreint de compréhension.

— Et… Comment s'est terminée ton histoire avec elle ?

— Kate m'a quitté après m'avoir escroqué des bénéfices auxquels j'aurais eu droit, voilà tout.

Elle effleura sa tempe d'un baiser.

— Mon pauvre Aaron… Et c'est alors que tu as créé AP Investments ?

— Oui. Et depuis lors, j'ai pour règle d'or de ne plus divulguer d'informations financières confidentielles à quiconque.

Kasey lissa du doigt l'ourlet du drap couvrant ses seins.

— Tout de même, tu devrais comprendre que je n'ai rien de commun avec Kate.

Sa sempiternelle méfiance allait-elle enfin l'abandonner ?

— Je sais que tu es différente de Kate, mais, chez moi, c'est plus fort que tout, plaida-t-il en caressant la cuisse de la jeune femme.

Alors que, les yeux brillants de larmes, Kasey se détournait de lui, il la prit dans ses bras et s'efforça de la consoler.

— Laisse-moi faire, dit-il quand elle voulut se dégager de son étreinte.

— Mais…

— Chut !

Leur nuit d'amour avait été merveilleuse et jamais il ne se lasserait de cette femme.

Kasey répondait enfin timidement à ses avances quand son portable sonna.

— Tant pis, ça attendra ! dit-il, agacé.

— C'est peut-être important, fit Kasey en faisant mine de partir.

Il la retint par le bras et, après avoir constaté que l'appel émanait du détective, prit la communication.

— Bonjour, quoi de neuf ?

Et parce qu'il voulait témoigner à Kase sa confiance, il enclencha la fonction « haut-parleur » de son téléphone, ce qu'il ne faisait jamais en temps ordinaire.

— J'ai peut-être du nouveau concernant Jason, lui annonça le privé.

Son pouls pulsa plus rapidement.

— Je vous écoute.

— D'après mes informations, Rich aurait été aperçu il y a quelques semaines, montant à bord d'un petit aéroplane qui se serait écrasé dans la Sierra Nevada. La police aurait récupéré un corps dans l'épave…

Il ne put s'empêcher d'établir un parallèle entre ce drame et celui dans lequel Will Sanders était censé avoir péri, quelques mois plus tôt.

L'urne contenant les cendres présumées de Will avait alors été adressée à Megan, sa sœur, en même temps qu'une lettre imitant l'écriture de son frère Jason.

— La victime a-t-elle été identifiée ?

— Un certain Bob Smith. Le shérif du comté où s'est produit le crash a conclu à une mort accidentelle et le corps a été incinéré très rapidement. Et ça n'est pas tout, car, d'après certains témoins *deux* hommes se seraient trouvés dans l'avion au départ…

Tout en écoutant Cole, son cerveau travaillait à plein régime.

— Et Rich, qu'aurait-il à voir là-dedans ?

— L'appareil était enregistré au nom de Will Sanders,

et à l'époque où Rich se faisait passer pour Will, rien ne lui aurait été plus facile que de s'emparer de cet appareil.

Saisi d'un soudain vertige, il prit la main de Kasey dans la sienne et fut heureux de croiser son regard compatissant.

— Le shérif a-t-il retrouvé un ou *deux* corps ?

— Un seul, celui de ce Bob Smith.

— Et il a autorisé la crémation sans enquête préalable ?

— Ce shérif n'est guère coopératif. S'il faut en croire son rapport, Smith était une sorte de SDF sans famille. Une poignée de ses amis auraient assisté à la crémation avant de recueillir les cendres du défunt.

— Comme par hasard...

— Oui, curieux, n'est-ce pas ?

Alors qu'une sueur glacée coulait dans son dos, il ne put s'empêcher d'envisager le pire.

— En somme, rien ne permet d'affirmer que Bob Smith a jamais existé ?

— Rien, en effet.

— Smith pourrait-il être un nom forgé de toutes pièces ?

Il entendit Cole respirer plus fort.

— Oui, Aaron, c'est dans le domaine du possible.

— Je veux en avoir le cœur net, Cole. Pourriez-vous vous rendre dans la Sierra Nevada pour mener une contre-enquête ?

Un silence.

— Mon badge officiel risque d'avoir, sur ce shérif, l'effet d'un chiffon rouge pour un taureau. Vous auriez plus de chances que moi de découvrir la vérité en allant vous-même sur place.

Tenter d'y voir clair dans la disparition de son frère était ce qu'il souhaitait le plus au monde.

— Où devrais-je me rendre ?

— Durango City, répondit le détective. Prévenez-moi de votre arrivée et tenez-moi au courant.

— D'accord.

— Aaron ?

— Oui ?

— Faites attention. Ce shérif ne me dit rien qui vaille.

La communication coupée, il échangea un long regard avec Kasey puis, une serviette nouée autour de ses reins, il se dirigea vers son placard.

— Que comptes-tu faire ? demanda-t-elle.

— Partir dès que possible.

— Aaron ?

— Oui.

— Accorde-moi cinq minutes pour prendre une douche, emballer deux ou trois affaires et je t'accompagne.

Il haussa les épaules.

— Pas question. Qui garderait Savvie ?

— Ta sœur Megan puisque c'est ce qu'elle fait déjà depuis hier soir. Je ne te laisserai pas t'envoler seul vers l'inconnu.

— De quoi parles-tu donc ? demanda-t-il d'un ton irrité. Un avion de tourisme s'est écrasé dans la Sierra, d'accord, mais pour le moment, ni moi ni Cole n'en savons assez pour voir nos soupçons confirmés.

Elle s'approcha de lui et, des lèvres, effleura sa joue.

— Cette urne que Megan a reçue…

— Je devine ce que tu penses : Will est toujours vivant et les cendres ne sont donc pas les siennes.

— Oui, et rappelle-toi l'autre soir, au Glass House,

cet inconnu portant une chemise de cow-boy et que tu avais pris pour Will…

— Bon, et tu en conclus ?

— Réfléchis : l'homme du restaurant ne pouvait pas être Will, dont il s'agirait bien de Rich. Et le vrai Will, lui, est vivant. Dans ce cas, qui aurait pu se trouver dans ce petit avion appartenant à Will Sanders ?

La réponse était si terrible qu'il ne put s'empêcher de pâlir.

— Pas Jason, Kase, car ça me ferait trop mal.

Elle l'étreignit.

— Si par malheur il devait s'avérer que c'est bien lui, alors je veux être à tes côtés dans l'épreuve.

8

Après un voyage mouvementé, Kasey suivit Aaron dans le bureau du shérif de Durango City.

Quelle journée !

Au-dessus de la Sierra Nevada, une tempête avait secoué leur avion, obligeant le pilote à se dérouter sur un aéroport de fortune et, de là, il leur avait fallu louer un SUV pour arriver jusqu'ici sous une pluie battante.

Quelque part dans la chaîne montagneuse surmontant cette ville se trouvaient les restes calcinés du bimoteur ayant appartenu à Will et, peut-être aussi, la réponse à bien des interrogations.

— Oui ? fit l'adjointe préposée à l'accueil.

Aaron semblait si irrité que Kasey le tira par la manche.

— Laisse-moi parler, dit-elle tout bas.

D'un regard, Aaron lui signifia son accord et qu'il accepte de lui passer le relais la remplit d'espoir.

— Bonjour, dit-elle d'un ton avenant. Mon ami et moi, nous voudrions poser quelques questions au shérif Bob Smith.

Après un coup d'œil furtif en direction d'une porte close, sûrement celle du bureau du shérif, la jeune femme esquissa un sourire.

— Désolée, mais il est presque l'heure de fermer la

boutique et le shérif déteste faire des heures supplémentaires.

— Nous avons accompli un long voyage pour venir jusqu'ici, plaida-t-elle.

— Je suis vraiment navrée, fit la policière.

Sa mimique disait assez qu'elle désapprouvait les méthodes de son supérieur.

Aaron fit un pas en avant.

— Un avion s'est écrasé dans la montagne, non loin d'ici, il y a déjà quelques semaines. Il paraît qu'on a retrouvé le corps de l'une des personnes à bord.

— La victime a été identifiée. L'affaire est classée, expliqua l'adjointe.

— Nous voulons voir le shérif, insista Aaron.

— Il pourrait s'agir d'un parent de mon ami, renchérit Kasey.

Après quelques secondes d'hésitation, la policière se leva.

— Attendez-moi ici.

La jeune femme tapota à la porte close puis ils l'entendirent parlementer avec l'occupant des lieux.

Peu après, un homme grand et mince portant une étoile épinglée sur sa chemise s'avança vers eux.

— Shérif Billy Orson, que voulez-vous ?

L'œil froid et inquisiteur, la bouche crispée et les lèvres pincées de leur interlocuteur ne leur dirent rien qui vaille.

— Bonjour, je suis Kasey Monroe et j'accompagne M. Aaron Phillips, dit-elle en tendant sa main à l'officier qui, très grossièrement, omit de la serrer. Nous aimerions vous poser quelques questions concernant l'accident d'avion survenu près d'ici.

Le shérif la toisa.

— Rien de particulier à dire : un crash contre une paroi rocheuse. Bob Smith, seule victime retrouvée à bord, était en possession de ses papiers d'identité. La photo correspondait. Pas de famille connue ou de domicile fixe. Pas d'argent sur lui.

— Ce Bob Smith n'a pas surgi du néant quand même ! tonna Aaron. Et ne trouvez-vous pas curieux qu'un SDF voyage à bord d'un aéroplane privé ?

— Et qui ne lui appartenait pas en tout cas, ajouta Kasey.

Le shérif la regarda d'un air ennuyé.

— Qu'y puis-je, moi ? Chacun est libre de voyager à sa guise.

Elle ne se le tint pas pour dit.

— Pourrions-nous voir le rapport d'accident et d'enquête ? Et la carte d'identité avec la photo de la victime ?

— Non, répondit Orson en la fixant droit dans les yeux.

Elle soutint son regard.

— Qu'auriez-vous d'autre à nous raconter sur les circonstances de cet accident ?

— Rien, et maintenant, disparaissez.

Avant qu'elle ait pu intervenir, Aaron se rua sur le shérif qu'il poussa contre le mur.

— Ça suffit ! Je vous conseille de vider votre sac, et vite.

Orson ne cilla pas.

— Lâchez-moi sinon je vous arrête et vous fourre illico en cabane.

— Je sais que vous mentez, Orson, et que vous nous

cachez quelque chose d'essentiel. Allez-vous vous décider, oui ou non, à cracher le morceau ?

Dégainant son revolver, le policier en colla le canon sur la poitrine d'Aaron.

— Bas les pattes ou je t'expédie un pruneau.

— Aaron, par pitié, recule ! s'écria Kasey, prise de terreur à la pensée de ce qui pourrait arriver.

Son patron ne bougea pas d'un millimètre.

— S'il m'abat, il devra alors te tuer aussi et deux cadavres, ça fait beaucoup pour un shérif de son acabit. Allez, Orson, rengaine ton joujou.

À son soulagement, l'officier rangea son arme.

— Je ne sais rien. Combien de fois devrai-je le répéter ?

— Et moi, j'ai l'intuition que vous en savez beaucoup plus. Pourquoi ce silence ? s'obstina Aaron.

— Il n'y a rien à dire. Ou plutôt, *je* ne peux rien dire, répondit Orson, livide.

Visiblement, le shérif avait peur, mais de qui, de quoi donc ?

— Laisse. Nous ne tirerons rien de plus de lui, dit-elle à Aaron.

Ce dernier acquiesça d'un hochement de tête.

— C'est bon, Orson. Si jamais j'apprends que vous êtes mêlé de près ou de loin à la disparition de mon frère, alors vous aurez intérêt à vous dénicher le meilleur avocat du pays, car vous m'aurez à vos trousses et jusqu'en enfer s'il le faut.

Qu'Aaron puisse empoigner un policier par la chemise et le menacer des pires maux ne manqua pas de l'impressionner.

— Orson ? Mlle Monroe et moi nous passerons la

nuit au motel voisin, chambre 14. Sait-on jamais, la mémoire pourrait vous revenir ?

Le shérif fut sur le point d'exploser.

— Vous deux, fichez le camp de ma ville. Et vite.

Aaron le fixa d'un œil noir.

— Nous partons à l'aube, Orson. Et vous auriez intérêt à parler avant que je ne vous tire du lit par les pieds.

L'orage avait éclaté en soirée et la pluie tombait sans discontinuer.

Couché avec Kasey, Aaron peinait à s'endormir et ses pensées convergeaient toutes vers Jason.

Des coups discrets frappés à la porte de leur chambre le mirent en alerte.

— Tu as entendu ? demanda Kasey d'une voix ensommeillée.

— Oui, et il est plus de minuit, répondit-il.

Tous deux enfilèrent leurs vêtements puis il alla ouvrir.

Devant eux se trouvait une jeune blonde protégée par un imperméable ruisselant… La policière du commissariat.

— Je peux entrer ? Au fait, je m'appelle Jen.

Aaron s'effaça pour laisser passer leur visiteuse qui tenait un sac à la main puis lui fit signe de s'asseoir sur l'un de fauteuils.

— Qu'y a-t-il, Jen ? Vous avez quelque chose à nous dire de la part d'Orson ?

— S'il me savait ici, j'ignore ce qu'il me ferait, mais il fallait que je vous parle.

— Nous vous écoutons, fit Kasey.

Un soupir s'échappa des lèvres de Jen.

— Mon père a été shérif de Durango City pendant

une bonne partie de sa vie. C'est seulement à sa mort qu'Orson l'a remplacé.

Kasey et lui échangèrent un regard surpris.

— Continuez, dit-il, plus attentif que jamais.

— Mon père croyait en la loi, en la justice, reprit Jen, mais Orson, lui, a les mains sales. L'enquête qui a suivi le crash de cet avion a été truquée.

— Truquée ?

— Oui, que voulez-vous dire par là ? demanda Kasey.

La policière soupira.

— En cas d'accident, une équipe de secours est envoyée sur place pour retrouver les victimes. Dans ce cas précis, personne n'a été chargé de se rendre sur les lieux et c'est Orson et l'un de ses proches qui se sont occupés de tout.

Kasey fronça les sourcils.

— N'y avait-il pas deux passagers à bord ?

— À ma connaissance, non. En tant qu'adjointe du shérif, je suis allée à la morgue, mais le corps avait déjà été expédié à la maison funéraire pour une crémation d'urgence programmée le lendemain.

— Une procédure inhabituelle ? demanda-t-il.

— Et même illégale, car un proche du défunt aurait pu se manifester, répondit Jen.

Ce dossier, décidément, était plus que suspect !

— Quoi d'autre ?

— Il n'y avait pas de photo de la victime sur le rapport d'accident et ses effets personnels ont disparu, aucun objet qui aurait pu lui appartenir.

Jen marqua une courte pause.

— Vous vous en êtes rendu compte, le shérif n'a pas l'habitude de se justifier. Je l'ai entendu dire au patron de la maison funéraire que la victime était sans proches, sans famille, qu'elle devait être incinérée au plus vite et que lui, Orson, paierait le prix de la crémation.

— Incroyable, fit Aaron en se massant la joue.

La policière approuva de la tête.

— L'autre nuit, j'ai voulu en avoir le cœur net et je me suis introduite dans la maison funéraire où était entreposé le corps. J'ai ouvert le tiroir du compartiment frigorifique et, à l'aide d'un coton-tige, j'ai effectué plusieurs prélèvements de salive dans la bouche du malheureux, de quoi faire des tests ADN.

La jeune femme tira de son sac une grande enveloppe.

— Voici les résultats signés d'un labo indépendant. J'espère qu'ils vous permettront de progresser dans vos recherches, mais j'ai une dernière chose à ajouter.

— Laquelle ? demanda-t-il anxieusement.

Jen lui renvoya un regard navré.

— L'homme tué dans ce crash vous ressemblait beaucoup…

Alors que la policière achevait sa phrase, Kasey jeta un coup d'œil furtif à Aaron devenu soudain très pâle.

Elle le vit chanceler, mais, quand elle voulut l'aider, son air la persuada de rester à distance.

— La victime portait une bague très particulière, reprit Jen.

— Tungstène noir serti dans une monture en or rose. Deux cœurs entrelacés gravés à l'intérieur ? interrogea Aaron d'une voix blanche.

La jeune femme tira de son sac une seconde enveloppe.

— Vous y trouverez la bague en question et deux flacons scellés contenant les échantillons supplémentaires de salive, au cas où vous souhaiteriez effectuer une comparaison d'ADN.

Aaron ouvrit l'enveloppe et, à son expression, elle comprit que le bijou qui s'y trouvait corroborait ses pires craintes.

— Pourquoi faire ça pour nous, Jen ? Vous risquez votre place, intervint-elle.

— Comme je vous l'ai dit, mon père était shérif et j'ajouterais, l'homme le plus honnête que j'aie jamais connu.

— Sachez qu'Aaron et moi-même, nous vous serons toujours reconnaissants pour ce que vous avez fait.

Leur interlocutrice prit son sac et se leva.

— AU fait, vous venez bien de la ville de Royal, au Texas ?

— En effet, répondit Aaron.

Jen hocha la tête.

— Eh bien, apprenez que c'est dans cette ville qu'Orson a fait envoyer l'urne contenant les cendres de la victime du crash.

Une fois la policière partie, Aaron s'effondra sur le lit et elle alla s'étendre à ses côtés.

Ah, pouvoir réconforter cet homme, lui apporter son soutien inconditionnel, sa compassion…

— Je suis avec toi, murmura-t-elle à son oreille.

Aaron la fixa, l'air dévasté.

— Je le sais, Kase, et je te remercie pour tout.

Muette, elle le regarda lacer ses chaussures.

— Que fais-tu ?

— Je sors, déclara ce dernier alors que la pluie redoublait d'intensité.

— Accorde-moi cinq minutes. Je t'accompagne.

— Non, ce que j'ai à faire ne concerne que moi, répondit-il en se levant et en décrochant sa parka avant de se diriger vers la porte.

Décontenancée, elle se recroquevilla sur le lit, menton posé sur ses genoux joints.

Elle aurait pu insister, mais quelque chose l'incitait à ne pas se manifester trop ouvertement, en un pareil moment.

Alors que le battant claquait sur les talons d'Aaron, l'évidence de ce qu'elle éprouvait pour lui l'illumina.

Elle aimait cet homme.

Elle l'aimait d'amour et, probablement, depuis la première seconde de leur rencontre.

Qu'importait leur pacte sujet à caution, son statut de maîtresse à la demande, puisque son cœur avait déjà choisi.

Hélas, Aaron venait de lui prouver une fois de plus que le sien était verrouillé, sans espoir pour elle d'en détenir jamais la combinaison.

En dépit de ses efforts pour rester éveillée, Kasey sombra dans le sommeil vers 4 heures du matin.

Sa montre marquait 7 heures à son réveil et elle sursauta en voyant Aaron debout, l'air défait, devant la fenêtre.

Il ne lui fallut que quelques secondes pour sortir du lit.

— Comment te sens-tu ? demanda-t-elle tout en lui caressant le dos.

Question stupide et saugrenue puisqu'Aaron était certain ou presque de la mort de son frère.

Sous sa main, les muscles dorsaux frémirent.

— Ma foi…

Pleine de compassion, elle s'obligea à le regarder en face.

— Aaron…

— Oui.

Las, mal rasé, les traits marqués de détresse et ses magnifiques yeux verts dépourvus de leur éclat habituel, il n'en demeurait pas moins séduisant et, dans d'autres circonstances…

Elle lui caressa le bras.

— Je suis là, avec toi.

— Merci, Kase. J'ai faxé à Cole les infos concernant l'ADN de la victime, et je lui ai demandé de comparer cet ADN à celui des cendres reçues par Meg.

— Les cendres supposées de Will ?

— Exactement, celles qu'accompagnait la fausse lettre de Jason.

— Il ne faut pas perdre tout à fait espoir, dit-elle, prête à tout pour consoler ce colosse affaibli par le chagrin.

— Non, Kase, je sais que Jason est mort. Je connais d'avance le résultat de l'analyse ADN.

— Jason est vivant jusqu'à preuve du contraire, s'obstina-t-elle.

— Jason est mort, je te dis. Cette bague que la victime du crash avait au doigt est la sienne. Et puis, jamais il n'aurait laissé Savvie si longtemps sans nouvelles.

Aaron soupira.

— Le plus dur sera de prévenir Meg et Savannah. Déjà à l'époque, annoncer à mon frère et à ma sœur le décès de nos parents avait été difficile, mais là…

Elle ne put s'empêcher de réagir.

— C'est étrange, mais à t'entendre, tu serais presque

responsable de leur accident de la route. N'est-ce pas absurde ?

— Peut-être, mais c'est ainsi, répondit Aaron d'un ton sec.

— Tu n'y étais pour rien, n'est-ce pas ? Alors, pourquoi te sentir aussi coupable ?

Aaron échangea un long regard avec elle.

— Tu ne sais pas tout.

— Alors, parle-moi. Aie confiance, une fois au moins ! dit-elle avec véhémence.

D'une voix en apparence dépourvue d'émotion, Aaron commença à parler.

— Le rapport de police stipule que mes parents ont trouvé la mort sur la route conduisant à Berkeley, à peu près à trente kilomètres de cette ville universitaire.

— Tu vois bien que tu n'y es pour rien et que…

D'un geste, il lui imposa silence.

— Je me suis bien gardé de dire à mon frère et à ma sœur que, ce soir-là, mes parents, très en colère contre moi, voulaient me rencontrer.

— Continue, dit-elle, persuadée que parler lui ferait du bien.

— À l'époque, je préparais un master en Business Management et j'effectuais mon stage de fin d'études dans une petite société d'investissement dirigée par Kate, une femme plus âgée que moi.

— Kate… Celle qui allait devenir ta femme ?

— C'est ça. Kate, qui avait de l'ascendant sur moi, m'avait convaincu d'abandonner la fac et de m'associer avec elle. En l'apprenant, mes parents ont sauté dans leur voiture pour tenter de me faire revenir sur ma décision. Tout en conduisant, mon père m'a appelé et nous nous sommes disputés. Je lui ai hurlé d'aller au diable et d'emmener ma mère…

Aaron s'effondra, le visage entre ses mains.

— C'était terrible ! Je criais, je disais n'importe quoi tellement j'étais en colère et puis, soudain, ce fracas de tôle…

— Mon Dieu !

— L'accident, je l'ai entendu en direct. Et les cris de ma mère, tu comprends… Et puis plus rien : le silence.

Par un prodigieux effort de volonté, elle retint ses larmes.

— Tu ne savais pas, Aaron. Tu ne pouvais pas te douter que le pire allait arriver.

Une fois de plus, il la fit taire d'un geste.

— Jamais je n'aurais dû dire à mes parents ce que je leur ai dit ce soir-là. Ils sont morts par ma faute et depuis lors, j'ai des remords. Le pire peut-être est que je n'ai pas su non plus prendre soin de mon frère cadet, pas plus du reste que de Megan. Et, aujourd'hui, de Savannah.

Elle réprouva cette autoflagellation.

— Tu n'es pour rien dans la décision du destin. Si tes parents ont jugé bon de monter dans leur voiture et de prendre la route pour venir te voir, c'était leur choix, pas le tien. Leur choix aussi s'ils t'ont appelé en conduisant pour te faire des reproches.

Allait-il l'agonir d'injures ? Lui crier de partir pour ne plus revenir ?

Mais non et, sur les traits fatigués, la surprise, l'étonnement même, fit place à une expression plus sereine, presque soulagée.

— Je n'aurais jamais dû parler à mes parents comme

je l'ai fait. Après tout, n'étais-je pas l'aîné de la fratrie, celui qu'on donnait en exemple aux cadets ?

Elle l'étreignit.

— Et alors ? En quoi es-tu responsable d'être né le premier ? Non, crois-moi, tu peux dormir tranquille, car le destin, ce soir-là, ne t'a pas demandé ton avis. Ni ta permission pour frapper…

Aaron la regarda avec espoir.

— Tu crois, sincèrement ?

— J'en suis sûre. Tes parents sont morts dans un accident. Un concours de circonstances a fait que Megan épouse un imposteur. Et Jason a disparu sans te consulter, alors en quoi serais-tu responsable de la détresse de sa fille ?

Aaron réfléchit.

— Peut-être as-tu raison, mais moi, je me sens coupable. Et je me sentirai coupable toute ma vie.

C'était dit !

Elle étreignit Aaron.

— Crois-tu que je m'attacherais autant à toi si tu étais ce personnage méprisable que tu t'obstines à décrire ?

Ah, l'obliger à expulser ce remords qui le rongeait !

— Kase, tu m'es si précieuse, répondit Aaron d'une voix émue.

— Toi aussi, mon chéri, et je te désire en ce moment précis comme jamais je ne t'ai encore désiré.

Huit mois plus tôt, lors de ce gala au Texas Cattleman's Club, Aaron l'avait distraite de ses pensées sombres.

Leur folle nuit d'amour l'avait énormément aidée à panser ses plaies.

Aujourd'hui, la moindre des choses était qu'elle lui

rende la pareille, qu'elle l'aide à surmonter l'épreuve qui l'avait mis, lui l'homme d'acier, K-O.

Aussi entreprit-elle de caresser une certaine partie de son anatomie qui, sous ses doigts habiles, prit du volume.

— Je n'ai pas la tête à ça, Kase...

— Viens, insista-t-elle, plus décidée que jamais à mettre du baume sur son cœur blessé.

À travers l'étoffe du pantalon, le sexe se tendit en diffusant une chaleur virile.

— Mais... Que fais-tu donc ?

— Tu en as besoin, Aaron ! Laisse-moi faire, laisse ma bouche, mes mains, tout mon corps, panser tes plaies...

Ah, prendre sur ses épaules une partie de son fardeau !

— Le moment est...

— Fais-moi confiance, je saurai m'occuper de toi.

Sans s'arrêter à sa mine défaite, à ses yeux inexpressifs, à cette lassitude au coin de ses lèvres, elle entreprit de déshabiller cet homme qui l'attirait tant puis elle embrassa avec ferveur son torse nu.

— J'aime tes baisers, murmura Aaron.

— Et moi j'aime t'en donner.

C'était vrai et elle aurait volontiers continué ainsi pour le restant de ses jours.

Aaron !

Elle l'aimait corps et âme.

À tort sans doute, à ses risques et périls aussi tant elle était convaincue de ne pas être payée en retour, mais qu'y pouvait-elle si ses sentiments pour lui étaient plus forts que la prudence ?

Lui ôter son pantalon ne lui prit que quelques secondes

et comme Aaron avait, dans sa précipitation récente, oublié d'enfiler son boxer, elle massa d'emblée ce sexe prodigieusement viril dont la vue la fascinait.

Au fil de ses caresses, Aaron se détendit enfin et lui sourit.

Ses testicules étaient lourds dans sa paume, doux au toucher, et au fur et à mesure que ses doigts remontaient le long de la hampe, le regard aimé fut moins perdu et plus confiant.

Elle voulait tant lui dire que tout finirait par s'arranger, lui redonner espoir et force en la faculté qu'ont nos rêves de nous faire oublier l'inacceptable.

— Kase ! murmura Aaron.

— Oui…

Elle poussa un petit cri quand Aaron entreprit de lui caresser la poitrine comme il savait si bien le faire.

Ses doigts mâles s'activaient sous le T-shirt, pinçant les pointes de ses seins durcies par le désir, et ce fut la montée inexorable vers le plaisir.

— Viens ! fit-il en l'attirant à lui.

Il la fit ployer sous sa puissante étreinte tandis qu'elle s'offrait toujours plus à lui.

Elle aimait sa bouche sur ses seins, sa main s'égarant entre ses cuisses.

Comme il savait lui faire du bien, tellement de bien !

— Kase, je ne t'ai jamais sentie aussi réceptive.

— Parce que je ne t'ai jamais désiré autant.

Il la débarrassa de sa culotte puis, une fois qu'elle fut nue, il l'enleva dans ses bras et la porta sur le lit.

— Prends-moi ! clama-t-elle.

Sans se soucier de préliminaires, Aaron la couvrit de son corps viril puis la pénétra avec rage.

C'était terrifiant de volupté, aussi puissant et inquiétant que le déferlement d'un ouragan tropical et, avec un cri, elle noua ses cuisses autour de sa taille.

— Je ne vais pas tenir longtemps, souffla-t-il. Ensemble, Kase, vite !

Alors qu'un « bang » retentissait jusqu'en ses tréfonds, son plaisir à elle fut au moins aussi intense que l'était le sien.

— Je suis là... Je serai toujours là pour toi, murmura-t-elle à son oreille.

Elle caressa ce dos viril, ce cou musclé aux muscles frémissants, et eut le cœur serré quand, après avoir tourné la tête pour lui cacher ses larmes, Aaron, secoué de sanglots, laissa libre cours à son chagrin d'homme blessé.

Comme elle aurait voulu lui dire que, désormais, sa place à lui était là, contre son sein, contre son cœur, pour toujours !

9

En dépit du fait qu'il tournait le dos à la porte et alors même qu'aucun bruit de pas, aucun son, n'était perceptible, Aaron sut que Kasey était entrée dans la pièce.

Tous deux étaient rentrés à Royal dans la matinée, après un vol fatigant.

Il avait eu la confirmation par Cole que, conformément au rapport de l'adjointe du shérif, la victime du crash de Durango City était bien Jason et les cendres reçues par Megan celles de leur frère.

Jason était mort !

Will s'était chargé d'aller récupérer Savannah et Megan dans la banlieue résidentielle de Royal et, tandis que Kasey s'occupait de distraire Savvie, il avait mis sa sœur au courant de l'affaire en précisant que, selon toutes probabilités, l'assassin de Jason était le mari de Megan, l'imposteur qu'elle avait cru être Will.

Megan avait éclaté en sanglots, mais, alors qu'il s'apprêtait à la consoler, c'était vers Will que cette dernière avait cherché du réconfort.

S'il avait vite surmonté sa jalousie, le plus dur, le plus pénible, restait à accomplir.

— Kase ?

— Je suis là, fit en écho la voix familière de sa maîtresse.

La honte le submergea.

Comment lui annoncer que tout était fini entre eux ? Qu'il voulait qu'elle s'en aille au plus tôt ?

La laisser s'installer ici à demeure et devenir la maman dont Savvie avait tant besoin était la faute à ne pas commettre, d'autant plus qu'il craignait par-dessus tout de tomber définitivement amoureux de sa jolie assistante.

Plus il attendrait, plus le départ de Kasey lui serait douloureux tant il s'était déjà attaché à elle, tant il redoutait de souffrir en la perdant comme il avait souffert en perdant ses parents, Kate et, à présent, son frère Jason.

— Aaron ?

— Oui…

Kasey lui adressa un regard infiniment triste.

— Savannah s'est enfin endormie. Megan se refait une beauté dans la salle de bains et ne devrait pas tarder.

— Et Will ?

— Dans ton bureau, au téléphone.

Sur la suggestion de Megan, Kasey avait été présente quand ils avaient, la gorge serrée, expliqué à Savannah que son papa était mort.

Savvie s'était jetée spontanément dans les bras de Kasey et cette dernière avait pris soin de la fillette et l'avait aidée à s'endormir, preuve s'il lui en fallait une de l'attachement croissant entre son assistante et sa nièce, et de la nécessité pour lui de réagir s'il ne voulait pas que la situation devienne inextricable.

Restait à choisir le moment le plus opportun pour lui signifier que sa place n'était plus chez lui, ni du reste auprès de la petite.

Arrête de te raconter des histoires, Phillips. Tu tentes de chasser Kasey non pour préserver Savvie d'un nouveau chagrin, mais parce que tu as peur de tomber amoureux d'elle.

— Que puis-je faire pour aider ? s'enquit-elle en quêtant une approbation sur son visage.

Oserait-il lui dire de boucler ses valises ?

La honte l'empêcha de la regarder en face.

— Rien, merci. J'attends le retour de Will.

Pour sa nièce qui n'avait désormais plus de parents, perdre Kasey serait à coup sûr une épreuve douloureuse et, une fois de plus, il se demanda si sa décision était la bonne.

L'arrivée de Will le força à faire dériver ses pensées et quand, à son tour, Megan franchit le seuil, il s'obligea à chasser au loin ses remords.

Alors qu'il se levait pour prendre sa sœur dans ses bras, ce fut vers Will qu'elle choisit d'aller et il ressentit le même pincement de jalousie que quand Savvie lui avait préféré Kasey.

Pourquoi ses proches en venaient-ils à le repousser ainsi sinon parce qu'il n'avait jamais été « à la hauteur », comme on dit ?

Admets plutôt qu'après la trahison de Kate, tu as décidé de couper les ponts avec eux pour vivre en égoïste.

C'était, hélas, la vérité.

N'empêche que la réaction de Savvie, tout à l'heure,

et celle de Meg maintenant, ulcéraient son cœur déjà en piteux état.

Alors qu'il faisait tout bas son mea culpa, la pression douce des doigts de Kase sur son épaule mit le comble à son amertume.

— Laisse-moi, explosa-t-il. Tu m'agaces à la fin !

Ne devait-il pas commencer dès aujourd'hui à marquer ses distances avec elle ?

Cole, qui venait de les rejoindre dans le salon, mit une fin provisoire à ses atermoiements, mais pas à l'expression d'incompréhension de Kasey qui, après lui avoir adressé un regard lourd de reproches, s'approcha avec lui, Megan et Will du détective.

Après s'être servi un whisky, Cole s'éclaircit la voix.

— Comme vous le savez à présent, l'ADN de Jason est identique à celui du corps récupéré dans l'avion accidenté près de Durango City. Ce même ADN correspond aussi à celui des cendres reçues par Megan et qu'on croyait alors être celles de Will.

La tension était palpable.

— Si vous le désirez, nous pouvons procéder à de nouvelles analyses, continua Cole.

Il prit la parole.

— D'après l'adjointe du shérif de Durango City, la victime du crash me ressemblait beaucoup et le doute n'est plus permis, hélas. Une chose, toutefois…

Cole dressa l'oreille.

— Oui, Aaron ?

D'un regard qui semblait décrypter ses pensées les plus secrètes, Kasey l'encouragea à poursuivre.

— C'était samedi dernier, au restaurant le Glass House, à Royal… Kasey et moi dînions avec les Ward, de futurs clients, quand soudain, j'ai remarqué un grand gaillard qui ressemblait étrangement à Will : même stature, même nuque... Seuls ses cheveux étaient plus courts.

— Moi ? s'étonna Will. Comment aurais-je pu me trouver à Royal alors que je travaillais sur l'affaire avec Cole, dans mon ranch ?

— C'est exactement ce que je me suis dit, d'autant plus que j'avais reçu un texto de Cole à ce sujet-là.

Le détective se frotta le menton.

— Curieux ! Êtes-vous sûr, Aaron, de ne pas avoir été victime d'une illusion d'optique ?

— Quand celui que je prenais pour Will s'est tourné de mon côté, j'ai remarqué des cicatrices sur son visage comme après un accident...

— Et ses yeux ? demanda Will.

— L'homme portait des lunettes teintées et je n'ai pas pu les voir.

Cole finit son whisky.

— Bon. Donc, un inconnu ressemblant à Will se trouvait au Glass House samedi soir. Remontons un peu dans le temps, si vous voulez bien. Il y a quelques mois de ça, une femme, Abigail Stewart, a dit avoir vu se battre Jason et Richard Lowell, l'imposteur qui se faisait passer pour Will.

— Nous savons ça, dit-il avec impatience, mais c'est la suite qui compte, non ?

— J'y arrive, Aaron. Un autre témoin aurait vu Richard Lowell embarquer dans un petit aéroplane en compagnie de Jason. Pas de plan de vol, un départ précipité. Quelque temps après, le shérif de Durango City, dans la Sierra Nevada, reporte le crash d'un avion de tourisme et là, curieuse réaction, ce même shérif récupère l'une des victimes, la seule trouvée à bord, et s'empresse de la faire incinérer.

— Et donc ? demanda-t-il au détective.

— Sans doute s'agit-il du même avion, Aaron.

Il réfléchit.

— Qu'est devenu l'autre passager ?

— Après avoir assommé Jason, Rich, si c'est bien lui, a enclenché le pilote automatique puis sauté en parachute. Ni vu ni connu.

— Très bien, admettons. Mais pourquoi le shérif de Durango City aurait-il été si pressé de se débarrasser du corps de Jason ?

— C'est à découvrir. Une affaire d'argent ou de vengeance. D'argent, sans doute, puisque Richard Lowell avait été accusé de voler les fonds du Texas Cattleman's Club.

Will prit la parole.

— D'après vous, Cole, c'est bien Rich qui aurait envoyé ou fait envoyer à Megan une urne contenant les cendres de Jason accompagnées d'une lettre imitant l'écriture de son frère ?

— Ça ne peut être que lui. Megan pensait alors avoir les cendres de Will, pas celles de son frère, de la sorte, Rich, l'imposteur, pouvait vaquer à ses occupations incognito.

Megan sursauta.

— Rich serait donc de retour à Royal ? Si jamais il croise ma route, qu'il se méfie, car j'ai des envies de meurtre…

— Calme-toi, mon cœur, glissa Will à Megan, et surtout, reste en dehors de cette sale affaire.

— Si c'est bien Rich qu'Aaron a aperçu samedi soir au Glass House, et si ce dernier est revenu à Royal au risque de se faire remarquer, alors il faut croire qu'il avait une raison très sérieuse, déclara Cole.

— Oui, mais laquelle ? demanda-t-il.

Le privé écarta les bras.

— Ça, il est encore trop tôt pour le dire. Argent, trafic d'influence ?

— Rich en a lourd sur la conscience, trancha Will, et sans doute a-t-il agi, dans cette triste affaire, tant pour l'argent que pour se venger, mais de qui, de quoi ?

Agacé par l'autorité soudaine que Will, pourtant son ami, semblait exercer tant sur sa sœur que dans sa propre maison, il s'adressa tout de go à l'enquêteur.

— Votre avis, Cole ? Serions-nous les uns et les autres en danger, puisqu'un lien nous unissait à Jason ?

— Probablement, en ce qui concerne Megan et Will, répondit le détective. Vous, Aaron, vous n'êtes pas mêlé directement à cette affaire et vous n'avez en principe rien à craindre.

C'était aussi sa conclusion.

— Dans ce cas, Megan serait davantage en sécurité chez moi que chez elle ?

Will afficha un air belliqueux.

— Et pourquoi pas dans mon ranch, le Ace in the Hole, où je pourrai veiller sur elle ?

Confronté à la détermination de Will et voyant Megan indécise, il préféra ne pas envenimer les choses.

— Après tout, ma sœur est assez grande pour faire ses propres choix.

Restait une dernière question à trancher, et non des moindres.

— Que faisons-nous pour les funérailles de Jason ?

Cole leva la main.

— Permettez ? Tant que nous ne saurons pas avec certitude où se trouve Rich et ce qu'il mijote, mieux vaudrait ne pas répandre la nouvelle.

— Vous perdez la tête, Cole, réagit Megan avec fougue. Notre frère a droit à des funérailles.

Le privé haussa les épaules.

— Jason ne ressuscitera pas et que la cérémonie ait lieu demain ou dans dix jours ne changera rien à votre chagrin.

— Cole a raison, approuva-t-il.

— Merci, Aaron, fit le détective. En gardant le secret, nous endormons la méfiance de Rich et nous augmentons d'autant nos chances de le coffrer.

Oui, sans doute, mais quand ?

Il se tourna vers Will puis vers Cole.

— Je sais de source sûre que vous deux avez déjà collaboré avec le FBI dans certaines affaires, dit-il en regardant alternativement les deux hommes.

Will eut un mouvement de recul.

— J'ignore de quoi tu parles.

— Ne fais pas l'innocent. Et vous, Cole, qu'en pensez-vous ?

Le détective se frappa les genoux du plat de la main.

— Le FBI ne travaille pas sur des présomptions, Aaron. L'autre soir, vous avez cru reconnaître Rich, mais, quelle preuve en avez-vous ?

— Mes yeux l'ont vu, Cole.

— Vous étiez fatigué, stressé par la disparition de Jason.

— Celui que j'ai aperçu au Glass House est Rich !

s'exclama-t-il avec une telle force que Kasey, assise à ses côtés, sursauta.

— Je ne mets pas en doute votre bonne foi, fit Cole, mais je dis qu'un témoignage, quel qu'il soit, est faillible et que toute cette affaire risque fort d'apparaître aux yeux de la police, sans parler du FBI, comme une construction de l'esprit.

Son poing s'abattit sur la table.

— Nom d'un chien, Cole, l'homme qui s'est écrasé dans la Sierra Nevada est notre frère.

— Je sais, Aaron, mais il me faut la preuve absolue que Rich était dans le coup.

Dépité par le sang-froid du détective, il se leva et partit en direction du jardin.

De l'air, voilà ce qu'il lui fallait !

Et oublier, oublier tout ça…

Il aspirait à se retrouver seul, à réfléchir, à faire le point quand une voix familière retentit dans son dos.

— Aaron, je suis là avec toi…

Kasey !

Il brûlait d'envoyer valser ses sacro-saints principes et de s'épancher sur cette épaule amie, mais ce fut un visage fermé, dur, qu'il opposa à la jeune femme.

— Vas-tu enfin me laisser en paix ? Tu es la nounou de Savannah, pas la mienne que je sache ! Alors de l'air, de l'espace… Du vent !

Il n'avait pas lésiné et, tout en s'efforçant de retenir ses larmes, Kasey repartit, la tête haute.

Un c… Voilà ce qu'il était.

Et en plus, il s'était comporté avec une impolitesse rare.

Quand la silhouette aux cheveux auburn eut

disparu de sa vue, il se mordit la lèvre puis, poings serrés, siffla les deux chiens qu'il entraîna au plus profond du jardin.

— Je n'ai plus faim, fit Savannah, le regard triste, en repoussant son bol de céréales.

— Très bien, alors restons-en là, lui répondit Kasey avec un sourire indulgent.

Comment aurait-elle pu lui reprocher son manque d'appétit après ce que la fillette venait de vivre ?

Réveiller Savannah, l'inciter à faire sa toilette, puis choisir ses vêtements n'avait pas été facile tant cette dernière était encore sous le choc de la mort de son père.

Aussi, pas question de l'ennuyer à cause d'un petit déjeuner sauté.

— Et je dois vraiment aller à l'école, Kasey ?

— Oui, mon cœur.

Savannah aurait préféré rester ici, avec elle, à la maison, mais la conseillère en éducation l'avait persuadée que la fillette surmonterait plus vite son chagrin en étant confrontée à des camarades de son âge et en participant aux jeux collectifs.

Une semaine déjà s'était écoulée depuis l'annonce officieuse de la mort de Jason et à aucun moment, Aaron ne s'était proposé pour l'aider.

Il lui avait fallu répondre, seule, aux amis et partenaires d'affaires inquiets de son silence.

— Je voudrais rester toujours avec toi, Kasey, murmura Savannah en pliant sa serviette.

Une boule d'émotion obstrua sa gorge.

— Moi aussi, ma puce, mais il est temps d'enfiler ton manteau.

Savannah était devenue tout pour elle : une amie, une confidente, l'opposé d'un Aaron qui, jour après jour, lui témoignait sa froideur et la traitait comme la dernière roue du carrosse.

— Tante Megan vient me chercher en voiture ?

— Oui. Elle t'accompagnera à l'école et, tout à l'heure, elle te ramènera ici.

Plutôt que d'aller s'installer dans le ranch de Will et quitte à passer outre la menace que représentait Rich, ce dangereux personnage, Megan avait choisi de rester chez elle, à Royal, et lui avait offert son aide et son soutien.

Au coup de sonnette, Savvie se précipita vers la porte d'entrée.

— Alors, fifille, qu'allez-vous faire aujourd'hui à l'école ? lança Megan.

— Un spectacle de marionnettes, répondit Savannah. Dis, tante Meg, crois-tu que je pourrais rire sans faire de la peine à mon papa qui est là-haut ?

— Bien sûr que oui, ma chérie ! s'exclama Megan, interloquée.

Après avoir donné le signal du départ vers la voiture, elle interrogea Savvie.

— Pourquoi cette question, mon cœur ?

— Quelqu'un de l'école ? renchérit Meg en fronçant les sourcils.

Fixant ses baskets roses qu'elle avait choisies identiques aux siennes, la fillette hocha négativement la tête.

— Hier, je regardais un dessin animé à la télévision

et oncle Aaron a eu l'air très fâché parce que je riais. Il s'est levé d'un coup et il est sorti.

Elle prit l'enfant par les épaules.

— Ton papa serait très heureux de t'entendre rire. Il t'aimait plus que tout au monde et c'est ton bonheur qui lui importe.

Une expression doute se peignit sur les traits lisses de Savvie.

— Oncle Aaron semblait très en colère contre moi. Il est triste que papa soit mort, alors il voudrait que je sois toujours triste moi aussi.

Comme elle aurait aimé tanner le cuir d'Aaron !

— Non, mon cœur, tu n'as rien à te reprocher et rien à craindre non plus. Oncle Aaron a des soucis, comprends-tu, et il n'était pas fâché contre toi, mais contre lui-même.

— Tu crois, Kase ? demanda la petite avec espoir.

Elle étreignit celle qui lui devenait de jour en jour aussi précieuse que sa propre fille.

— J'en suis sûre, ma puce ! Et maintenant, vite, à la voiture, sinon tu arriveras en retard à l'école.

Et elle échangea avec Megan, aussi émue qu'elle, un regard de connivence.

— Installe-toi, fit Meg à l'attention de l'enfant. Et si tu es sage, tantine te racontera des histoires drôles sur les bêtises qu'elle faisait quand elle était petite avec ton papa.

Le visage de Savannah s'éclaira.

— Papa faisait des bêtises ?

— Oh oui ! assura Meg, mais il ne faut parler de lui à personne, tu entends ?

— À personne sauf à toi et à Kasey parce qu'il

faut du temps pour attraper le méchant homme ? demanda Savvie.

Elle posa un baiser sur la joue de la fillette.

— Exactement, ma princesse. Et maintenant, vite sur ton siège et boucle ton harnais.

Savannah obéit et, tandis que la voiture démarrait, elle la vit lui adresser un salut de la main qui lui fit chaud au cœur.

Et maintenant, Phillips, à nous deux !

Le maître des lieux n'étant pas dans la maison, elle fila sur le patio et le découvrit nageant dans la vaste piscine sur le bord de laquelle Savvie avait abandonné trois de ses poupées favorites.

La première qu'elle jeta sur Aaron manqua son but, la deuxième aussi, mais la troisième atteignit ce dernier en pleine tête.

— Tu es folle ou quoi ? lui demanda-t-il d'un ton furieux tout en se massant l'occiput.

Debout dans l'eau et les muscles frémissant sous le soleil, Aaron avait-il jamais été plus viril, plus séduisant ?

Et elle qui s'était juré de ne plus le ménager, jamais !

— Maintenant, tu vas m'écouter.

Aurait-elle le courage d'aller jusqu'au bout ? De passer outre la soudaine chaleur qui embrasait sa féminité ?

— Tu vas d'abord m'expliquer la raison de ton geste ! Pourquoi m'avoir jeté cette poupée à la tête ?

— Pour que tu cesses de m'ignorer. Sors de cette piscine et viens t'asseoir près de moi.

Aaron obéit et, incapable de soutenir la vision de

ce corps athlétique, elle lui tendit une serviette dont il se drapa.

Comme elle le désirait !

— Je t'écoute, mais fais vite, dit-il d'un ton rogue.

Et cette façon qu'il avait de la traiter comme la dernière des domestiques…

Les bras croisés dans une attitude de défi, elle plongea ses iris au plus profond des siens.

— Tu te conduis comme un salaud et tu le sais. Passe encore que tu ne m'aies pas adressé plus de trois mots depuis notre retour de Durango City, mais que tu rudoies moralement Savannah, ça, je ne le permettrai pas.

Il la foudroya du regard.

— Es-tu en position de dire ce que je dois faire ou non, Monroe ? Aux dernières nouvelles, tu es mon employée, rien de plus.

— Je suis plus que ton employée et tu le sais très bien. Qui se lève la nuit pour consoler ta nièce quand celle-ci sanglote dans son lit ? Qui lui parle à l'oreille quand elle veut entendre des mots de réconfort ? Toi, peut-être ?

— Tu mélanges tout et…

— Je dis ce qui est, Phillips, et tu as intérêt à traiter Savvie avec plus d'égards. Par exemple, qu'est-ce qui t'a pris de lui battre froid parce qu'elle riait, l'autre soir ? Aurais-tu oublié qu'elle a seulement six ans ?

— Moi, j'aurais ignoré Savvie ?

— Elle regardait un dessin animé et ça t'a énervé. Elle se demande si elle était coupable de vouloir s'amuser un peu, de vouloir oublier, le temps d'un dessin animé, que son père était mort, comprends-tu ?

— Je comprends, mais en ce qui me concerne, tu te trompes et je n'ai jamais été fâché contre ma nièce.

Elle soupira.

— Savvie pense le contraire. Tu sais, Aaron, la petite est vulnérable et cinq jours seulement se sont écoulés depuis qu'elle a appris la nouvelle. Ménage-la, sois patient, essaie pour une fois de te mettre à sa place.

Aaron ne lui parut plus aussi si farouche ou déterminé.

— Oui, mais ça n'est pas facile.

— Qui a dit que ça devait l'être ? insista-t-elle. Savvie a besoin de sentir ta présence, ta force où elle puisera son propre réconfort. Elle doit savoir que tu es là pour elle et qu'au bout du chemin, l'espoir brille.

— J'essaierai…

— Tu feras bien plus qu'essayer, Aaron, crois-moi, sinon gare à toi. Et cesse de te conduire comme un grincheux. Savvie a besoin de se changer les idées, pas d'avoir face à elle un oncle boudeur et râleur.

Vas-y, idiote ! Lance-toi et vide ton sac une fois pour toutes.

— Savvie a besoin de toi, de sentir ton amour pour elle et… et moi aussi, Aaron, j'ai besoin de toi, de ta présence, de ton corps… Te toucher, te parler… Je… Tu me manques comme ami et comme amant.

Dans son regard blessé, elle vit poindre ce qui pouvait passer pour de la compréhension.

— Tu as raison, Savannah avant tout. Je te promets de faire de mon mieux avec elle.

— Donne-lui de l'affection, Aaron, et n'oublie pas de lui parler de Jason…

— Pas ça. C'est trop dur, je ne pourrai pas, rétorqua-t-il en secouant la tête.

De la part d'un homme tel que lui, ces atermoiements lui apparurent déplacés et elle plaqua ses deux mains sur le torse de l'entêté.

— Il ne s'agit pas de ce que tu veux ou ne veux pas, Aaron, mais de l'équilibre futur d'une petite fille — ta nièce — qui vient d'apprendre une terrible nouvelle. Savvie est si jeune et c'est à toi, l'adulte, de faire la part de choses.

L'espace d'un instant, elle crut qu'Aaron allait exploser, mais, finalement, son expression s'adoucit.

— OK. Je vais faire des efforts en ce sens.

Et en ferait-il aussi avec elle, la nounou ?

— Aaron, tu me manques…

Il fit un pas en arrière.

— Pas question, Kasey.

Vite, jouer son va-tout.

— T'ai-je seulement demandé quelque chose ?

— Tu t'es parfaitement fait comprendre, mais c'est non, non et non.

— Nous aurions pu essayer, Aaron.

— Ah, bien sûr… Toi, moi et Savvie ici, dans cette maison, sans oublier ces stupides chiens qui n'arrêtent pas de mettre les chaussures en pièces.

Chacun de ses mots la blessait, mais elle se reprit vite.

— Je ne suis pas le genre de femmes qui s'impose, Aaron.

— Tant mieux ! Savvie a besoin de toi, mais moi, vois-tu, je n'ai nul besoin d'une nounou, aucune envie d'être materné et encore moins consolé, alors tiens-le-toi pour dit.

— Oui, patron, rétorqua-t-elle avec insolence.

Un éclair de colère traversa le regard d'Aaron.

— Contente-toi de veiller sur ma nièce et d'assurer mon secrétariat. Dès que la situation se sera améliorée, dès que Savvie ira mieux, je prendrai le relais ici, chez moi, avec elle, et toi, tu regagneras ta maison et seras de nouveau mon assistante à distance.

Ces mots blessants auraient dû la persuader de partir sur-le-champ et de se trouver un nouvel emploi, mais ce qu'elle ressentait pour cet homme, pour Savvie aussi, l'emporta sur son amour-propre.

— Je t'aime, Aaron, plus que j'ai jamais aimé quelqu'un et ton comportement imbécile ne me fera pas renier mes sentiments pour toi.

La stupeur se peignit dans le regard fiévreux de son interlocuteur.

— Je n'attends pas de l'amour en retour, s'empressa-t-elle d'ajouter, mais je t'aime et je n'admettrai pas que tu me traites comme une moins que rien.

Allait-il signifier son licenciement immédiat ?

— J'ai mal agi envers toi, mais que proposes-tu, Kase ? demanda-t-il d'une voix plus douce.

— Nous allons continuer comme avant. J'emmènerai Savvie à l'école quand Meg ne sera pas là pour nous aider, et j'irai l'y rechercher.

— Pendant combien de temps ?

— Le temps qu'il faudra. Le temps pour Savannah de surmonter son deuil, de retrouver des forces. Quand je la sentirai maîtresse d'elle-même, alors et alors seulement, je quitterai cette maison pour regagner la mienne.

— Tu partiras pour de bon ?

Rêvait-elle ou bien était-ce une nuance de regret qu'elle avait décelée dans son ton ?

— Pas d'un coup. Nous espacerons mes séjours ici et puis, quand Savannah sera tout à fait remise, je cesserai de venir et j'endosserai de nouveau ma casaque de parfaite assistante.

— Je ne sais que dire...

— Alors, ne dis rien, Phillips, et arrête de refouler tes sentiments comme tu le fais sinon tu vas mourir de constipation chronique, émotionnellement parlant.

— Très drôle !

— Et mérité. Donc, nous appliquerons mon programme à la lettre. Que tu le veuilles ou non, Savvie est devenue ma fille et si tu essaies de m'empêcher de la voir, tu me trouveras sur ta route et tes millions n'y pourront rien changer.

— Bien, bien...

— Oh ! ne fais pas cette tête, Phillips, car je n'ai pas l'intention de t'infliger ma présence plus longtemps que nécessaire. Le moment venu, je démissionnerai et tu n'entendras plus parler de moi. Je me suis passée de Michelle, de Dale, et je me passerai aussi de toi.

Le regard d'Aaron s'assombrit.

— Tu penses ce que tu dis ?

— Jusqu'à la dernière syllabe, oui. Je t'aime, j'aime Savvie et j'apprécie Megan, mais j'ai besoin moi aussi de me sentir aimée et respectée, ce qui, avec toi, n'est pas gagné.

— Kase !

— Trop tard ! Il ne fallait pas me traiter comme tu l'as fait depuis notre retour de Durango City. Un jour peut-être, tu t'apercevras que j'étais la femme qu'il te fallait et que tu t'es conduit comme un idiot.

L'air catastrophé d'Aaron ne lui mit aucun baume au cœur, loin de là, et, tournant les talons, elle se dirigea, la tête haute, vers la maison qui avait abrité ses espoirs fous d'un bonheur futur.

10

Quand, avec une ondulation gracieuse des hanches, Kasey disparut dans la maison, un long soupir s'échappa des lèvres d'Aaron.

Quelle femme !

Et elle croyait l'aimer, en plus ?

Sûrement, elle se trompait sur la portée de ses sentiments.

Oui, c'était le plus probable, car depuis la trahison de Kate, la dangerosité des femmes en général, et de celles qui prétendaient ressentir quelque chose à son égard en particulier, ne faisait pour lui aucun doute.

Kate ne lui avait-elle pas répété qu'il était le seul, l'unique, et qu'elle l'aimerait jusqu'à la fin des temps ?

Et lui, naïf et imbécile qu'il était, était tombé dans le panneau.

Oh ! bien sûr, Kasey n'était pas Kate et s'il avait pu remarquer ses nombreuses qualités, le risque qu'elle puisse se tromper sur ses sentiments envers lui demeurait grand.

Dans tous les cas, force lui était d'admettre qu'elle l'avait admirablement secondé et que, sans elle, qui sait comment il aurait pu aider Savvie à surmonter son chagrin.

Et Jason qui hantait encore et toujours ses pensées !

Je te promets d'essayer d'être à la hauteur, Jay. Sois patient et laisse-moi faire mon apprentissage de père.

Un apprentissage qu'il était résolu à accomplir sans intervention extérieure et, à l'avenir, en se passant des services de Kasey.

Une fois celle-ci partie, il aurait enfin le champ libre et pourrait exercer son rôle d'oncle et de mentor sans entraves.

L'autre solution aurait été de composer avec elle, mais, telle qu'il la connaissait, jamais elle ne se satisferait du peu qu'il avait à lui offrir, lui l'indépendant solitaire déterminé à ne plus jamais se frotter aux conséquences et contraintes d'une relation.

L'amour, très peu pour lui !

Il avait donné en la matière et, désormais, ne faisait plus confiance à personne.

Pas même à Kasey.

Du reste, alors que tous deux collaboraient main dans la main depuis déjà un an, il ne s'était toujours pas résigné à lui communiquer les codes bancaires de ses principaux clients, signe du manque évident de confiance qu'il lui témoignait.

Si tu ne lui fais pas confiance dans le travail, comment pourrais-tu lui faire confiance dans l'intimité ?

Tout était là.

Une fois avait suffi.

Depuis Kate, depuis que le désespoir avait failli avoir raison de lui, il était d'une méfiance absolue et sa plus grande peur restait de tomber de nouveau amoureux d'une femme, fût-ce de Kasey.

Ose dire que tu n'es pas déjà fou amoureux d'elle...

S'il avait survécu à la trahison de Kate, à la mort de

ses parents dont il se sentait responsable, s'il comptait bien, un jour, accepter la disparition de Jason, il savait fort bien que jamais il ne se remettrait d'un nouvel échec sentimental.

Alors, que faire ?

L'enjeu était tel que son pouls s'accéléra et que, deux ou trois fois, il lui fallut inspirer pour recouvrer un semblant de sang-froid.

Kasey !

Oui, il tenait à elle et, non, il ne lui confierait jamais les codes bancaires de ses meilleurs clients.

Qu'elle parte, et au plus tôt !

Pour le bien de Savvie, mais, aussi, pour elle et lui.

La certitude d'aimer Aaron tout en sachant que ce bonheur ne lui serait jamais accordé était pour Kasey la plus grande des souffrances.

— C'est la vie ! dit-elle avant de porter à ses lèvres sa tasse d'un café déjà froid.

Dehors, le ciel était sombre, les nuages lourds, mais la pendule n'indiquait pas encore midi.

Négligé depuis des semaines, le jardin de son cottage était en friche — comme du reste son cœur.

Comment avait-elle pu parler si durement à Aaron, l'autre jour, près de la piscine ?

Elle en avait pleuré, mais cet état de fait avait instauré entre eux une distance nouvelle qui contribuait à panser ses plaies.

Pendant que Savvie était à l'école, elle revenait travailler chez elle et passait ses nuits dans la chambre d'ami de la grande villa d'Aaron — en tout bien tout honneur.

Tous deux communiquaient dorénavant par e-mail et par Skype, un retour à la situation des débuts.

Tu veux la guerre, Phillips ? Eh bien, tu l'auras.

Désormais, les dîners ressemblaient à des veillées funèbres et les rares propos qu'elle échangeait avec le maître des lieux sonnaient tristes et guindés.

Aaron !

Souffrait-il toujours autant d'avoir perdu son frère ? Et se sentait-il capable de prendre soin de Savvie, d'être pour elle le père de remplacement qu'aurait souhaité Jason ?

— Aaron, si tu savais combien…

Les mots restaient bloqués dans sa gorge et elle n'osa pas aller au bout de sa pensée.

Certes, elle avait eu du chagrin en apprenant que Dale, son mari, l'avait trompée avec Michelle, sa meilleure amie, mais ça n'était en rien comparable avec ce qu'elle expérimentait aujourd'hui, privée qu'elle était de la présence d'Aaron dans sa vie.

Dans son lit, aussi.

Au fond, qu'aurait-elle donc été pour lui ?

Une assistante efficace et dévouée ?

Une nounou disponible vingt-quatre heures sur vingt-quatre doublée d'une maîtresse pleine de sève ?

Ou, finalement, une femme encombrante ?

— Tu m'as si mal traitée !

Et c'était vrai.

Pourtant, lui et elle n'étaient-ils pas faits pour s'entendre ? Pour partager le même bonheur, le même idéal ?

— Tu m'aurais parlé, Aaron, confié tes tourments, dit combien tu redoutais de souffrir de nouveau, et je l'aurais compris…

Car elle l'aimait toujours, envers et contre tout.

Elle ne lui en voulait pas de son intransigeance, non, ce qu'elle lui reprochait était de refuser l'évidence, à savoir qu'ils étaient faits l'un pour l'autre.

Après avoir machinalement allumé sa lampe, elle se rendit compte que, dehors, le ciel s'était assombri comme durant une éclipse.

Le vent soufflait en force et les cimes des arbres ployaient à rompre.

Une tempête ?

Un orage d'été, pour le moins, qui emporterait au loin une partie de sa souffrance, une partie seulement.

Ah, sa souffrance !

Un signal de Skype la tira de ses pensées et Aaron, les traits las et les yeux cernés, la regarda par écran interposé.

— La météo annonce un ouragan, Kase. Il faut prendre des dispositions tout de suite.

La pluie se mit à crépiter sur son toit.

— Peut-être s'agit-il d'un simple orage d'été ?

— Ne dis pas n'importe quoi ! Profite de ce que Savannah est en sécurité à l'école pour rappliquer ici avant qu'il ne soit trop tard, insista-t-il d'un ton inquiet.

— Pas question.

— Kase, je…

— Est-ce pour moi que tu as peur ou pour ton assistante ? Dans ce cas, je…

Le carillon de sa porte l'empêcha de poursuivre.

— Grimpe dans ta voiture et viens vite à la maison, lui intima Aaron.

— On sonne ! Je dois te quitter, dit-elle en se levant précipitamment.

Trop émue pour réfléchir, elle en oublia d'interrompre la session et se dirigea vers sa minuscule entrée d'un pas mal assuré.

Que pouvait-on lui vouloir, à cette heure-ci, alors que l'orage grondait ?

— Toi !

Ruisselant, Dale grimaça un sourire.

Sa première réaction fut de s'inquiéter pour la santé de son ex-mari sujet aux rhumes et autres bronchites.

— Il fallait que je te parle, Kase, déclara Dale d'un air larmoyant.

Alors que la foudre s'abattait non loin et que la pluie redoublait, elle s'effaça pour le laisser passer et elle dut s'arc-bouter pour fermer la porte au vent.

— Je t'écoute, mais fais vite.

Dale secoua son imperméable.

— Je sais que tu m'en veux, Kase, mais crois bien que je regrette ce que j'ai fait. Je t'aime et je suis sincère. Je t'ai toujours aimée.

L'aveu était confondant.

— Ne me dis surtout pas que tu regrettes notre divorce et que tu espères reprendre la vie commune !

— C'est pourtant le cas.

Il avait l'air si sérieux, si pénétré de ce qu'il venait de lui proposer, qu'elle ne put s'empêcher de rire.

— Qu'y a-t-il de si drôle ? s'étonna-t-il.

D'autres éclairs plus violents que les précédents zébrèrent le ciel et, bientôt, l'ouragan battit son plein.

— Comment peux-tu prétendre m'aimer après m'avoir trompée avec ma meilleure amie ? Où est donc l'honnêteté dans tout ça ?

Dale la fixa avec colère.

— Qui es-tu pour me parler ainsi ? Je suis sincère et ton amoureux riche à millions ne pourrait sûrement pas en dire autant.

Elle pâlit.

— Comment oses-tu me juger ? Qui t'a seulement dit que j'avais un amoureux ?

— Je suis bien informé. Il s'appelle Aaron Phillips.

Les bras croisés, elle toisa celui qui, un temps, avait partagé sa vie.

— J'aime Aaron. J'aime sa nièce Savannah qui a six ans et dont je prends soin. C'est ça, l'amour, Dale, pas la piètre comédie que tu m'as jouée et que tu me joues encore aujourd'hui.

Un rictus déforma ces traits naguère familiers.

— L'amour a bon dos quand il s'agit d'un type riche à millions.

Furieuse, elle repoussa son ex-mari vers la porte.

— Si Aaron me le demandait, je vivrais avec lui même dans une cabane sans électricité, mais, voilà, il ne veut pas de moi…

— Dans ce cas, reviens, insista Dale avec espoir.

— Je ne t'aime plus, si jamais j'ai pu t'aimer. Aaron, lui, je l'aime envers et contre tout, je l'aime même si lui ne m'aime pas. Et je l'aimerai toujours, car le véritable amour est intemporel.

Alors que Dale hochait la tête d'un air peu convaincu, elle éprouva le besoin de vider son sac, de dire une fois pour toutes à cet homme qu'elle méprisait aujourd'hui des vérités qu'elle aurait dû dire hier.

— Aaron veut que je disparaisse de sa vie. Même si je souffre terriblement, je l'aime et c'est plus fort que tout.

— Es-tu sûre de ne pas te tromper, Kase ?

Sûre ?

Elle ne l'avait jamais été autant.

— Aaron pourrait me demander n'importe quoi, n'importe quand, et je répondrais présente, dit-elle avec ferveur.

— Vraiment ?

— Sa nièce et lui passent avant tout le reste, Dale. Oh ! tu peux bien te moquer, mais crois-moi, je ne te reviendrai jamais.

Elle le vit essuyer sa joue mouillée d'un revers rageur.

— Pauvre idiote ! Dans six mois, tu viendras me brouter dans la main.

— Entre toi et moi, c'est fini, terminé, martela-t-elle en regardant son ex-mari dans les yeux.

Ce dernier afficha un vilain sourire qui ne présageait rien de bon.

— Dans ce cas, il y a une chose que tu ignores au sujet de Michelle et moi.

Son cœur battit plus fort.

— Quoi ?

— Ce fameux soir, ça n'était pas la première fois qu'elle et moi faisions l'amour…

Tandis que la grêle s'abattit sur la maison et que le vent redoublait de violence, Dale la dévisagea avec haine.

— Michelle et moi, nous nous connaissions avant que toi et moi soyons ensemble. Par la suite, nous avons continué de nous voir en cachette.

Cette révélation aurait dû la faire bondir ou du moins réagir, mais non, elle ne ressentit aucun chagrin particulier.

— Ce que je viens de t'apprendre t'indiffère ? s'étonna Dale.

Tant son ex-mari que sa prétendue amie figuraient désormais, telles des statues de cire, dans un musée imaginaire où elle comptait bien les laisser prendre la poussière.

— Absolument, répondit-elle plus déterminée que jamais alors qu'un énorme grêlon brisait la vitre d'une fenêtre.

— Kasey, il n'est pas trop tard !

Si, justement, et c'était fort heureux.

— J'en ai fini avec vous deux et, dans tous les cas, je mérite mieux qu'un type comme toi, Dale. Puis, je suis fatiguée, comprends-tu ?

— Nous avons tant partagé !

— Tu ne signifies plus rien pour moi, pas plus que Michelle du reste.

Dans la lumière vacillante annonciatrice d'une coupure de courant, Dale lui sembla un tout petit garçon privé de son jouet favori.

Un éclair, le tonnerre, un nouvel éclair encore plus violent que le précédent et la maison fut plongée dans l'obscurité, la laissant à la merci de son ex-mari.

Juste ce qu'elle n'aurait jamais voulu revivre !

Kasey n'ayant pas clôturé la communication Skype, Aaron la suivit des yeux tandis qu'elle allait ouvrir à son visiteur.

Jamais sa chute de reins ne lui avait paru plus belle.

L'image se brouilla sur l'écran, mais le son fonctionnait toujours et il reconnut la voix de Dale qui, visiblement, était déterminé à reconquérir celle qu'il avait si bien trompée.

Toute la question était de savoir si Kasey serait ou non sensible à ses arguments.

— *Je ne t'aime plus, si jamais j'ai pu t'aimer. Aaron, lui, je l'aime envers et contre tout, je l'aime même si lui ne m'aime pas. Et je l'aimerai toujours, car le véritable amour est intemporel.*

— *Es-tu sûre de ne pas te tromper, Kase ?*

— *Aaron pourrait me demander n'importe quoi, n'importe quand, et je répondrais présente…*

Quitte à vivre dans une cabane sans confort, sans électricité…

Alors que l'ouragan déferlait et que l'intensité des ampoules fluctuait, ce fut soudain comme si son cœur se déverrouillait, libérant ses sentiments enfouis.

Ces mots…

Il voulait que Kasey les redise pour lui, pour lui seul, il voulait pouvoir les entendre tout en la regardant, tout en se fondant en elle, dans cette confiance enfin réciproque.

Quelle femme !

Elle croyait qu'il ne l'aimait pas, mais elle, elle l'aimait sans contrepartie.

— Du calme, mon vieux !

Il avait envie de chanter, rire, se lever et traverser l'écran désormais opaque pour aller rejoindre sa belle.

Et Dale ?

— Ta place est ici, Kase, avec Savvie et moi, martela-t-il à voix haute.

Il ne s'agissait pas d'un prétexte pour lui confier de nouveau la garde de Savannah, mais bien d'une déclaration à une femme qui, tout comme lui, avait horreur du mensonge et des faux-semblants.

Tous deux étaient faits pour se comprendre et se compléter sans que l'argent ou le pouvoir entrent en ligne de compte et la place de Kase était ici, chez lui, avec Savvie, et nulle part ailleurs.

Peu après, luttant contre le vent, il se dirigea vers son garage dont il commanda l'ouverture avec son biper.

Vite, il lui fallait retrouver Kasey avec l'espoir qu'elle répéterait pour lui seul les mots si tendres, si remplis d'amour, qu'il avait pu capter à distance.

Mais elle, qu'attendait-elle de lui ?

Sans aucun doute la sécurité et la conviction qu'elle ne serait pas trompée, trahie, comme du temps de Dale et de Michelle.

Leur entente était profonde, leur complicité évidente, et en ce qui concernait la famille, les enfants, n'avaient-ils pas déjà une adorable petite fille — Savannah — qui méritait tout leur amour ?

Phares allumés, les essuie-glaces balayant le pare-brise inondé de pluie, il accéléra en direction du cottage avec la certitude d'être enfin sur la bonne route.

En une demi-heure, l'ouragan déchaîné avait atteint sa puissance maximale et fait un nombre considérable de dégâts.

La pelouse de Kasey ressemblait à un lac et un chêne gisait en travers de l'allée piétonnière que Dale remontait en s'arc-boutant contre le vent.

Comme elle avait eu raison de lui imposer silence durant cette malencontreuse coupure d'électricité, heureusement assez brève.

Alors que son ex-mari grimpait dans sa voiture garée en face du cottage, elle sut que c'était sans doute la dernière fois que tous deux se voyaient, et c'était tant mieux.

Dale… Michelle… Des fantômes d'un passé proche qui ne faisaient pas le poids en comparaison de Savannah, sa chère petite fille qu'elle irait bientôt chercher à l'école.

Et il lui resterait tout le week-end pour nettoyer les dégâts causés par la tempête.

L'apparition du SUV d'Aaron tempéra son optimisme.

Que lui voulait-il alors que l'ouragan menaçait toujours ?

En tout cas, pas question de lui parler !

Bénissant le retour de l'électricité qui autorisait l'ouverture de sa porte de garage, elle se glissa au volant de sa voiture avant de sortir en marche arrière.

Aaron, qui s'était engagé dans son allée, klaxonna plusieurs fois avant de descendre de son véhicule.

— À quoi joues-tu ? demanda-t-elle d'un ton brusque à Aaron, une fois rendue à sa hauteur.

— Tu n'as pas vu qu'une grosse branche cassée barre ton chemin ?

C'était bien sa chance !

— D'accord, mais que fais-tu chez moi ?

Cette façon qu'il avait de lui sourire, comme avant…

— Te dire que tu n'as pas de raison de me fuir. Ou du moins, que tu n'en as plus.

Prise de court, elle jeta un coup d'œil à sa montre.

— Dans une demi-heure, Savannah sort de l'école, Aaron. Il faut que j'y aille…

— Pas avant que nous ayons discuté. Alors seulement, je jouerais les preux chevaliers et dégagerai ton allée de cette branche.

Et Dale, dans la rue, qui les observait à travers la vitre de sa voiture !

— Nous parlerons une autre fois. Aide-moi d'abord à passer.

— Dans cette voiture, là-bas, c'est bien ton ex-mari ? lui demanda-t-il sans faire mine de venir l'aider.

— Oui, et il allait partir quand tu es arrivé. Pour la dernière fois, aide-moi. Je dois aller chercher Savvie et avertir ma compagnie d'assurances des dégâts causés par l'ouragan.

— Je t'aiderai, mais pas avant que toi et moi, nous ayons eu une véritable explication.

À quoi bon lui dire que la seule solution était de vivre séparés l'un de l'autre, elle s'occupant de Savvie, lui de ses affaires ?

S'il craignait qu'elle en vienne à le harceler à domicile, ou à lui faire un quelconque chantage affectif, alors c'était bien mal la connaître.

— Aide-moi à enlever cette branche et laisse-moi partir ! répéta-t-elle.

— Ah, tu le prends ainsi ?

Avant qu'elle ait pu réagir, elle se retrouva soulevée par les bras puissants d'Aaron, jetée sur son épaule et conduite manu militari à l'intérieur du cottage.

— Lâche-moi, idiot !

— Pas avant de t'avoir parlé.

La tête à l'envers, elle assista à la fuite de Dale, visiblement peu désireux de chercher noise à son rival.

— Je te dis de me lâcher, et vite !

Une fois à l'intérieur, Aaron referma la porte du pied et la déposa au sol, juste contre son érection.

— Mais tu...

— Tu me fais beaucoup d'effet, Kase.

Qui aurait imaginé qu'elle pouvait l'exciter autant ?

Leurs regards se croisèrent.

Cet éclat soudain dans ces yeux vert pâle…

Avant qu'elle ait pu dire un mot, la bouche d'Aaron se pressa sur la sienne et elle crut défaillir.

Cette chaleur, cette tendresse qui déferlaient en elle…

— Ça n'est qu'un début, fit-il en l'asseyant sur le bureau.

Sa surprise fut encore plus grande quand il s'empara d'un marqueur, lui attrapa le poignet et inscrivit sur son bras une série de chiffres et de lettres.

— Le code d'accès secret à toutes mes opérations financières, y compris celles de mes meilleurs clients.

Son sésame qu'il s'était toujours interdit de lui communiquer.

— OK, Aaron, mais pourquoi maintenant ?

Tel un chevalier de l'ancien temps, il mit un genou à terre.

— Parce que j'ai totalement confiance en toi.

Après l'avoir si brutalement congédiée de chez lui, l'autre jour ?

— Je ne comprends pas…, balbutia-t-elle. Je ne comprends plus.

Il plongea son regard dans le sien.

— J'ai entendu ce que tu disais à Dale, un peu plus tôt.

— Tu as espionné notre conversation ?

— Skype était toujours actif quand tu t'es levée pour aller ouvrir et je n'ai pu m'empêcher d'écouter. Alors, est-ce vrai que tu m'aimes, que tu m'aimeras toujours sans forcément être payée de retour ?

Quelle imbécile de s'être livrée ainsi !

— Tu aurais dû éteindre ton ordinateur, Phillips. Ce que tu as fait n'est pas digne d'un gentleman.

— Je m'en moque. Pensais-tu oui ou non ce que tu as expliqué à Dale, tout à l'heure ?

Elle s'efforça de se ressaisir.

— Mais qu'ai-je dit, au juste ? Il me semble avoir beaucoup parlé sous le coup de la colère.

— Ne joue pas les innocentes.

Piégée, elle était piégée.

— Je t'en prie, n'insiste pas, balbutia-t-elle alors que le rouge lui montait au front.

D'une étreinte puissante, il la tint encore plus serrée contre lui.

— Regarde-moi, Kase. Pensais-tu pour de bon ce que tu as dit à Dale ?

— Oui, hélas…

— Et pourquoi donc hélas ? Comment pourrais-je t'en vouloir de m'aimer, Kase ?

La chaleureuse pression des bras d'Aaron lui procura un merveilleux sentiment de sécurité.

— Tu pourrais m'en vouloir d'avoir transgressé notre arrangement.

— Quel arrangement ?

— Le sexe quand nous en aurions envie ; m'occuper de Savvie, de la maison…

— Idiote ! répliqua-t-il en la serrant plus fort contre lui. Et maintenant, je veux que tu m'écoutes sans m'interrompre.

— Parle, dit-elle, le souffle court.

Il l'obligea à relever la tête.

— Je suis fou de toi et j'en ai pris conscience en écoutant ce que tu disais tout à l'heure à ton ex-mari.

Eût-elle voulu s'échapper, elle n'y serait pas parvenue tant Aaron l'emprisonnait entre ses bras puissants.

— Quand je pense que tu as espionné une conversation qui ne te concernait pas…

— Bien sûr qu'elle me concernait ! Soudain, j'ai compris tout ce que tu étais pour moi, tout ce que tu apportais à ma vie, Kase.

Incroyable !

Aaron avait-il perdu la tête ?

— Serais-tu en train de me dire que…

— … Que je t'aime ? Oui, trois fois oui. Et d'un amour total, absolu.

Elle scruta le vert pâle des yeux qui n'avaient cessé de la fixer avec tendresse.

— Tu penses ce que tu dis ?

— Et je le penserai jusqu'au dernier jour de ma vie.

La fatigue et l'émotion la submergèrent soudain et les larmes jaillirent de ses yeux.

— Je… Je ne sais que dire.

Le regard d'Aaron se fit insistant, presque suppliant.

— Je te veux pour la vie et, cette fois-ci, je ne te laisserai plus partir.

Le front posé sur son épaule, elle éclata en sanglots.

— Oh ! Aaron, si tu savais combien je t'aime !

— Et moi donc ! Et Savvie va sauter de joie en apprenant que sa Kase chérie est de retour au bercail.

— Quand le lui annoncerons-nous ?

Aaron consulta sa montre puis lui sourit.

— Après l'école, ce qui nous laisse un peu de temps.

Aurais-tu par hasard une petite idée sur la meilleure façon d'employer ce répit ?

Et sans attendre sa réponse, il la porta dans ses bras jusqu'à la chambre à coucher.

Épilogue

Kasey avait passé sa journée à Royal.

De retour à la maison, en fin d'après-midi, son premier mouvement fut d'aller retrouver Aaron dans son bureau.

Elle le surprit en plein échange téléphonique et reconnut la voix de Scarlett McKittrick, la sœur de Will, une vétérinaire vivant à Paradise Ranch, en Californie.

Il l'accueillit d'un large sourire avant de reprendre sa conversation.

— Ainsi, Luke et toi vous vous êtes mariés ? C'est une grande nouvelle ! dit-il à Scarlett.

Allongée sur le tapis, près des deux chiens, Savannah coloriait un album avec application et dans cette pièce se trouvait tout ce qui comptait désormais dans sa vie.

— Oui, fit Scarlett, et nous ne manquons pas de projets. Comment va la petite ?

Sans laisser à Aaron le soin de répondre, Savvie se dressa sur ses courtes jambes.

— Je ne suis pas si petite que ça, tante Scarlett, car j'ai six ans passés. Et j'ai hâte que vous veniez nous rendre visite avec Carl, à Royal.

Carl, le bébé de Scarlett et de Luke.

— Nous allons faire mieux que ça, mon chou, car Luke et moi comptons nous installer bientôt à Royal, annonça Scarlett.

Savvie se jucha alors sur les genoux de son oncle qu'elle tint familièrement par le cou.

— Chic alors ! Et tu pourras t'occuper de Kanga et de Roo s'ils tombent malades.

— Bien sûr, répondit Scarlett. Et je leur ferai leurs vaccins.

Alors que Savvie retournait à ses coloriages, Kasey s'approcha tout près d'Aaron dont la main se glissa sous sa jupe puis remonta le long de sa cuisse.

— Nous vous accueillerons avec plaisir, dit-il à l'attention de Scarlett tout en la dévorant des yeux.

— Merci. Nous comptons sur toi pour nous présenter Kasey dont tu parles si souvent. Et maintenant, excuse-moi si j'abrège, mais j'ai des tas de choses à faire.

— Compris ! conclut Aaron avant de couper la communication.

Tandis que Savvie, le regard malicieux, entraînait les deux chiens à l'écart, elle se jucha à son tour sur les genoux d'Aaron qu'elle embrassa et qui lui rendit son baiser.

— Tu m'as manqué, lui dit-il. Comment s'est passée l'entrevue avec Michelle ?

— Mieux que je l'aurais cru. Michelle m'a suppliée de changer d'avis, puis elle a de nouveau prétendu que Dale m'avait menti et que rien de sérieux ne s'était produit entre eux.

— Vraiment ?

— Oui, et elle avait les larmes aux yeux. Elle s'imaginait peut-être que j'allais mordre à l'hameçon, mais j'ai tenu bon et, désormais, elle ne fait officiellement plus partie de ma vie.

Aaron l'avait pensivement écoutée.

— Es-tu certaine ? Ne risques-tu pas de regretter ta décision ?

— Être trahie n'est jamais facile à accepter, mais, oui, je suis sûre de vouloir tirer un trait sur ce passé.

— Tu mérites mieux qu'une Michelle ou un Dale, remarqua Aaron, et puis, à Royal, je sais déjà que tu vas te faire de nouveaux amis, des vrais.

Elle lui sourit.

— Et qui te dit que ça n'est pas déjà fait ?

— Amanda et les membres du club littéraire ?

— Ces dames ont de l'humour et je les aime bien, dit-elle.

Les yeux vert pâle la scrutèrent.

— Kase, il faut que tu saches une chose : tout à l'heure, quand tu es entrée dans le bureau, j'ai eu comme une vision de ce qu'était le bonheur, le vrai bonheur. Ma vie a commencé avec toi, grâce à toi.

Un sentiment d'inquiétude s'empara d'elle.

— Très bien, mais à quoi rime ce préambule ?

— Es-tu prête à vivre avec un homme tel que moi ? À assumer l'éducation de Savannah ?

Aaron la croyait donc capable de changer d'avis ?

— Je vous aime, dit-elle avec force.

Il parut soulagé.

— Merci, mon cœur. Et sois sûre que je ne jouerai pas au détective amateur dans le but d'épingler le responsable de la mort de mon frère.

— Tu m'as déjà donné ta parole à ce sujet-là, dit-elle, confiante, et je sais que tu laisseras Cole et Will mener l'enquête même s'il t'en coûte de rester passif.

Aaron hocha la tête.

— Toi et Savvie êtes prioritaires. Que dirais-tu de m'épouser ?

Elle l'embrassa avec ferveur.

— C'est mon vœu le plus cher, Aaron, et je suis impatiente de vivre ce que nous avons à vivre tous les trois. Ensemble, nous serons forts et rien ni personne ne pourra nous diviser.

— Et si nous avions d'autres enfants ?

— Ils auront tous leur place dans mon cœur, mais Savvie, elle, restera la première, toujours.

À peine eut-elle prononcé ces mots qu'Aaron la serra plus fort contre elle.

— Kase, si tu savais combien tu me rends heureux !

— Toi aussi, dit-elle, aux anges.

Un nouveau baiser brûlant scella cette déclaration, et ce fut comme si la chaleur du soleil l'inondait de la tête aux pieds.

Enfin la paix, une certitude de bonheur !

De l'autre côté de la porte filtra la voix flûtée de Savvie.

— Regardez ce que vous avez fait de ces belles baskets, les chiens ! Jamais Kasey ne permettra que vous assistiez au mariage…

Elle partagea un sourire avec Aaron.

— Tu as entendu ? fit-elle, faussement courroucée. Pas question d'inviter les « monstres » à nos noces…

— Je parie que, le jour dit, nos deux lascars nous feront escorte avec Savvie jusqu'à l'autel.

— Et que me donneras-tu en échange ?

Aaron la serra plus fort contre lui.

— De l'amour vrai. Pour la vie entière.

MAISEY YATES

Opération bague au doigt

Traduction française de
ROSELINE AULIAC

HARLEQUIN

Titre original :
WANT ME, COWBOY

Ce roman a déjà été publié en 2019

1

Copper Ridge, Oregon,
Le 1er novembre 2018

RECHERCHE FEMME EN VUE MARIAGE

Riche rancher et homme d'affaires peu sociable, je souhaite rencontrer une femme dans la perspective d'un mariage. Elle devra m'accepter tel que je suis, avec ma barbe, mes sautes d'humeur, mon soi-disant manque de sensibilité et mes escapades en montagne. J'attends d'elle qu'elle soit bonne cuisinière et qu'elle me donne un enfant ou deux, le nombre exact étant négociable.

Le 5 novembre 2018
Version révisée pour approbation le 6 novembre :

Rancher et homme d'affaires prospère, je souhaite trouver une épouse appréciant la vie à la campagne. Bien que content de mon existence actuelle, je commence à ressentir la solitude et désire rencontrer une femme qui accroîtra mon sentiment de satisfaction. J'aime le camping, les longues randonnées en montagne et je préfère une nuit à la belle étoile à une soirée en ville. J'aspire à une vie de famille traditionnelle avec une épouse et des enfants.

— Ce texte est très mauvais !

Poppy Sinclair leva les yeux de son ordinateur et

affronta le regard gris ardoise de son patron, lequel agitait furieusement sous son nez le brouillon de l'annonce qu'il avait lui-même rédigée et qu'elle avait jugé bon de corriger.

— L'*original* était très mauvais, répliqua-t-elle froidement.

— Mais il avait le mérite de la franchise.

— Sauf qu'il te faisait passer pour un rustre.

— Mais j'en *suis* un, répliqua Isaiah, nullement perturbé par cette constatation peu flatteuse.

Il était en paix avec lui-même, songea Poppy avec une pointe d'admiration. Mais son attitude poserait problème s'il voulait trouver une épouse. Car peu de personnes l'acceptaient tel qu'il était.

— Je n'aurais jamais mentionné : « une femme qui accroîtra mon sentiment de satisfaction ». À quoi cela rime-t-il, Poppy ? s'exclama-t-il, furieux.

Poppy connaissait Isaiah depuis qu'elle avait dix-huit ans. Elle était habituée à ses sautes d'humeur. À sa brusquerie. À son manque total de subtilité.

Mais d'une certaine façon, elle n'avait jamais réussi à s'habituer à *lui* en tant qu'homme.

Chaque fois qu'elle le voyait, elle en avait le souffle coupé. Pas seulement parce qu'il était beau. Beaucoup d'hommes l'étaient, notamment son frère Joshua, lequel était aussi plus sociable.

Mais Isaiah était… comme une sorte d'herbe-à-chats pour Poppy. Il lui donnait envie de ronronner et de se frotter contre lui pour qu'il la caresse.

Même quand il était en mode ermite.

Car les contacts humains n'étaient pas son fort. C'était une des raisons pour lesquelles Poppy avait toujours été un atout pour lui sur le plan professionnel. Son travail consistait, entre autres, à prendre des notes pendant les réunions puis à donner à Isaiah son point de vue sur le déroulement de la séance et les participants. Il était un homme d'affaires brillant, très doué pour les chiffres. Mais pour ce qui était des relations humaines… il avait des progrès à faire.

Comme le prouvait son annonce. Elle avait de quoi surprendre par sa forme et son contenu, mais elle révélait surtout sa détermination à trouver une compagne.

La faute à ses frères, Joshua et Devlin.

Il y a deux ans, Devlin avait épousé Mia, la meilleure amie de leur sœur Faith.

Puis, c'était Joshua qui avait succombé au mariage, victime d'un projet insensé de leur père. En effet, le patriarche de la famille Grayson avait mis une annonce dans un quotidien national pour trouver une épouse à son fils. En représailles, Joshua avait mis sa propre annonce, mais en prenant le contre-pied de son père pour lui apprendre à se mêler de ses affaires.

Sauf que son annonce s'était retournée contre lui. Ou plus exactement, elle avait tourné à son avantage puisqu'il avait épousé Danielle, une des candidates. Depuis, tous deux vivaient très heureux avec le demi-frère de Danielle, encore bébé, qu'ils élevaient comme leur fils.

C'était après leur mariage qu'Isaiah avait formé son projet.

Un beau matin, il avait expliqué à Poppy que ces unions avaient clarifié un certain nombre de choses dans son esprit. Le mariage était une institution vénérable dont il souhaitait faire partie. Il voulait de la stabilité et des enfants, mais il n'avait aucune inclination pour l'amour.

Et il n'avait pas besoin de lui dire pourquoi.

Elle le *savait*.

Rosalind.

Mais elle se gardait bien de prononcer le prénom de celle qu'elle considérait comme sa sœur de foyers d'accueil, et lui aussi. Il n'empêche qu'elle se souvenait des terribles conséquences de la trahison de Rosalind.

Le chagrin d'Isaiah. Son refus d'aimer à nouveau.

À cet instant, il la contemplait fixement, son regard dur reflétant une énergie qu'elle avait du mal à définir. Une grande froideur se peignait sur ses traits. Cette froideur n'était pas là avant Rosalind. Et elle proclamait haut et fort à la gent féminine que son cœur était indisponible.

Cela n'empêchait pas le cœur de Poppy de tressauter dans sa poitrine chaque fois qu'Isaiah pénétrait dans une pièce ou qu'il se penchait vers elle — comme maintenant —, tandis que lui parvenait un soupçon de sa senteur boisée, si érotique pour ses sens en émoi.

Il était une véritable contradiction, depuis son chapeau de cow-boy jusqu'à ses bottes. Un homme doué pour les chiffres, mais aimant les activités de plein air et bâti comme un bûcheron.

Seigneur ! Il était son tourment secret.

Rien qu'à le regarder, elle avait la tête qui tournait. Il avait de larges épaules auxquelles elle brûlait d'envie de se raccrocher ; une taille et des hanches minces, autour desquelles elle rêvait d'enrouler ses jambes ; et des avant-bras musclés qu'elle aurait voulu lécher.

Il la transformait en un être pétri de frustration

sensuelle. Lui seul lui faisait cet effet, et ce depuis qu'elle le connaissait. Mais à son grand désespoir, elle le laissait indifférent.

— Je ne veux tromper personne, expliquait-il.

— Soit. Mais ton objectif *est* de séduire une femme, non ?

Cette pensée sinistre lui noua l'estomac. Mais la jalousie était inutile. Si Isaiah avait voulu d'elle, il aurait eu tout le temps de s'en rendre compte.

À son grand soulagement, il se redressa et se mit à arpenter le bureau.

— Mon argent contribuera à la séduire.

Comme si l'argent résolvait tous les problèmes !

— Ne préférerais-tu pas que cette femme s'intéresse à toi en tant qu'être humain ?

Elle savait que c'était stupide de poser cette question à Isaiah Grayson. Mais elle était son amie en même temps que son employée. Il était donc de son devoir de l'aider à rédiger son annonce. Même si elle n'en avait aucune envie.

Même si elle préférait qu'il ne trouve personne.

Mince ! Dire qu'elle se targuait d'être son amie !

Mais son attirance pour lui ne l'incitait pas à l'altruisme.

— Comme tu l'as précisé tout à l'heure, je suis un rustre, répliqua-t-il, pince-sans-rire.

— C'est toi qui l'as dit. Je t'ai simplement fait remarquer que ton annonce risquait de te *faire passer* pour un rustre.

Il eut un geste impatient de la main.

— Quoi qu'il en soit, je ne trouverai pas la femme parfaite, et nous le savons tous les deux. Je serai content si une femme accepte de m'épouser et de dépenser mon argent.

Elle exhala un lourd soupir, ignorant stoïquement que son pauvre cœur mutilé ressemblait à une boule de papier froissé, jetée négligemment à la poubelle.

— Et d'abord, pourquoi *veux-tu* te marier, Isaiah ?

— Je te l'ai déjà expliqué. Pour suivre l'exemple de Joshua et Devlin.

— D'accord. Mais pourquoi maintenant ?

— Je n'ai jamais eu l'intention de demeurer célibataire toute ma vie, répondit-il simplement.

— Est-ce ton horloge biologique qui te rappelle à l'ordre ? plaisanta-t-elle.

— D'une certaine façon. Mais l'explication est avant tout logique. Je suis proche de ma famille. Tôt ou tard, mes frères et ma sœur auront des enfants. Joshua et Danielle ont déjà un fils. C'est une bonne chose que les cousins soient d'un âge rapproché.

Elle se mordit l'intérieur de la joue.

— Tu as donc décidé qu'il était temps de te marier ?

— Oui. Et l'expérience de Joshua prouve qu'on peut réussir un mariage à condition d'avoir un objectif commun. En somme, c'est un peu comme une équation mathématique.

Ah, Isaiah et ses maudits chiffres, songea-t-elle, dépitée.

Elle s'abstint sagement de répondre, persuadée qu'il avait tort. Non qu'elle s'y connaisse beaucoup en matière de relations… de quelque nature que ce soit.

Enfant, elle avait été ballottée de foyer d'accueil en foyer d'accueil. Il lui avait fallu attendre l'époque du lycée pour connaître enfin deux années de stabilité dans la même famille. C'était là qu'elle avait rencontré

Rosalind, la seule sœur d'accueil avec qui elle avait noué des liens d'amitié durables. Elles avaient partagé une chambre et discuté longuement de leurs avenirs respectifs qu'elles espéraient plus radieux que celui d'enfants placées.

Depuis, Poppy considérait qu'elle s'était forgé une vie agréable… si l'on exceptait le fait qu'elle n'avait jamais eu de relation amoureuse.

Car fantasmer sur son patron ne comptait pas.

— La seule chose qui me plaît quand je sors avec une femme, ce sont les rapports sexuels, remarqua-t-il.

Elle était tellement mortifiée qu'elle l'aurait volontiers frappé pour cette précision inutile.

— En fait, quand on y réfléchit bien, poursuivit-il, une relation s'apparente à une transaction. Le mariage est un accord juridique qui procure plusieurs avantages : le sexe, bien sûr, mais aussi la tenue du ménage, les enfants…

— Bien sûr, les enfants.

Elle avait ignoré sa première allusion aux enfants, mais cette fois-ci, elle ne put en supporter davantage. Inconsciemment, elle pressa ses mains sur son ventre avant de les retirer promptement.

Elle devait à tout prix éviter de penser à Isaiah, aux enfants et au fait qu'il avait l'intention d'en avoir avec une autre femme qu'elle.

Hélas, comment y parvenir alors qu'il suscitait en elle ce genre de réaction viscérale ?

Alors qu'elle était éperdument amoureuse de lui ?

Mais il ne l'avait jamais regardée avec les yeux de l'amour.

Elle l'avait rencontré par l'intermédiaire de Rosalind.

Quand Poppy avait eu dix-huit ans, elle était sortie du système de placement sans nulle part où aller. Tout ce qu'elle possédait était contenu dans un sac fourre-tout en tapisserie qu'une mère d'accueil lui avait offert des années auparavant.

Elle n'avait eu personne vers qui se tourner, mis à part Rosalind. Elles étaient toujours restées en contact, même quand son amie avait trouvé un emploi à Seattle et qu'elle avait commencé à sortir avec un homme merveilleux sur lequel elle ne tarissait pas d'éloges.

Elle avait répondu à l'appel de détresse de Poppy et l'avait hébergée chez elle. Elle avait même demandé à son petit ami de lui faire passer un entretien d'embauche car il recherchait une assistante pour le seconder dans l'entreprise de construction où il travaillait.

C'était ainsi qu'en l'espace d'un après-midi, Poppy avait trouvé un logement, décroché un emploi et perdu son cœur.

Elle l'avait perdu de façon immédiate et irrévocable — comme le prouvaient les dix années écoulées —, pour un homme inaccessible.

Son patron. Le petit ami de Rosalind. Isaiah Grayson.

Mais son statut de patron de Poppy avait duré plus longtemps que son statut de petit ami de Rosalind. Peu après, il était devenu son fiancé, puis son ex.

Cela faisait si longtemps que Poppy vivait avec un cœur partagé. Même après la séparation d'Isaiah et de Rosalind, elle continuait de se soucier d'eux deux. Toutefois, elle évitait toute allusion à Rosalind devant son patron.

En revanche, Rosalind ne s'interdisait pas d'évoquer Isaiah. Cela dit, c'était elle qui l'avait trompé. Par sa faute, Isaiah avait perdu une importante transaction commerciale et failli ruiner la start-up qu'il avait créée avec son frère, ce qui avait occasionné une brouille momentanée entre les deux hommes.

Quant à Poppy ?

Elle avait aimé Isaiah pendant qu'il fréquentait Rosalind. Elle l'avait aimé pendant qu'il soignait son cœur blessé après la trahison de cette même Rosalind. Elle avait continué à l'aimer bien qu'il ait décidé d'exclure l'amour de sa vie. Et elle l'aimerait pendant qu'elle ferait passer un entretien aux postulantes souhaitant devenir son épouse.

Alors, oui, elle avait toutes les raisons d'être désespérée.

Pour couronner le tout, il avait prononcé le mot *sexe* devant elle comme si cela ne risquait pas de la blesser dans sa chair. Il avait parlé d'enfants comme si cela ne risquait pas d'attiser sa nostalgie d'une vie de famille.

Décidément, les hommes étaient stupides. Mais celui-ci les surpassait tous !

— Occupe-toi de faire paraître l'annonce originale.

— Non, je ne le ferai pas.

— Je pourrais te virer.

Il se pencha à nouveau vers elle, et elle sentit son souffle se bloquer dans sa gorge.

— Pour insubordination, martela-t-il.

Son cœur s'affola dans sa poitrine. Elle aurait voulu mettre son trouble sur le compte de la colère. De la contrariété. Mais elle savait que ce n'était pas le cas.

Elle fit un effort pour se ressaisir.

— Puisque tu ne m'as pas virée à ce jour, tu ne le feras jamais. Et de toute façon, ajouta-t-elle sur un ton appuyé, je suppose que c'est moi qui serai chargée de faire passer un entretien aux candidates et de les sélectionner en fonction de tes critères. Si c'est le cas, la publication de l'annonce révisée me faciliterait grandement la tâche.

À sa grande surprise, il parut considérer son argument.

— En effet. C'est toi qui te chargeras des entretiens.

Elle avait beau s'y attendre, sa déclaration lui fit l'effet d'un coup de poignard en plein cœur. C'était donc décidé. Elle devrait s'entretenir avec l'épouse potentielle d'Isaiah. L'homme dont elle était tombée amoureuse quand elle était une adolescente stupide et qu'elle continuait d'aimer alors qu'elle était une presque trentenaire stupide.

Il existait une foule de raisons qui l'avait toujours empêchée de lui dévoiler ses sentiments, la trahison de Rosalind et ses conséquences mises à part.

Elle aimait son travail. Elle aimait la famille d'Isaiah, qu'elle avait appris à bien connaître au cours des dix années écoulées et qu'elle considérait presque comme sa famille.

Qui plus est, elle n'était pas le genre de femme pouvant prétendre à l'amour d'Isaiah. Pas avec le lourd bagage qu'elle traînait. Sa mère avait disparu quand elle avait deux ans, la laissant à la garde de son père qui la négligeait.

Malgré tout, elle menait une vie agréable.

Ses moyens de subsistance étaient bien supérieurs à ceux qu'elle avait imaginé avoir un jour. Gray Bear Construction était une entreprise florissante, et la fusion entre Jonathan Bear et l'entreprise Grayson deux ans auparavant avait été un succès encore plus grand que celui escompté. Et tous les employés en avaient profité.

Elle habitait dans la petite ville de Copper Ridge,

Oregon. Au début, elle avait trouvé cela déroutant, ayant toujours vécu à Seattle, mais elle s'y était habituée. Si le rythme de vie était moins stressant, il y avait aussi moins d'occasions de faire des rencontres, et les gens finissaient par passer beaucoup de leur temps libre avec leurs collègues de travail. Elle n'avait rien à redire à cela. Elle appréciait Faith et avait sympathisé avec la femme de Joshua. C'était simplement... qu'elle aurait préféré une coupure plus franche avec Isaiah.

Cela dit, elle ne faisait rien pour modifier cet état de choses.

— Rédige l'annonce comme tu veux, dit-il à la fin. Quand tu auras trouvé la candidate idéale, tu le sauras.

— Je le saurai, répéta-t-elle, sans conviction.

— Oui. Personne ne me connaît mieux que toi, Poppy. Je te fais confiance pour choisir l'épouse qu'il me faut.

Sur quoi, il sortit du bureau, la laissant anéantie.

Le plus terrible, c'est qu'elle était *apte* à lui choisir une épouse parfaite. Une femme qui lui faciliterait la vie et qui lui accorderait les moments de liberté dont il avait besoin. Une femme belle et fabuleuse au lit.

Oui, elle savait exactement comment Isaiah Grayson imaginait l'épouse parfaite.

Hélas, elle possédait très peu des qualités requises.

Quel dommage ! Elle aurait tant voulu être l'heureuse élue.

Mais les rêves étaient pour les autres femmes. Il en avait toujours été ainsi. Ce serait donc une autre femme qui réaliserait le rêve de Poppy reléguée au rôle d'entremetteuse.

2

— J'ai fait passer une annonce dans le journal, déclara Isaiah.

— Pour quoi faire ?

Joshua leva les yeux de son ordinateur et contempla son frère, intrigué.

Assis dans le salon attenant à leurs bureaux, Joshua, Isaiah et leur jeune sœur Faith savouraient leur café du matin.

— Pour trouver une épouse.

Faith recracha son café dans sa tasse.

— Quoi ?

— J'ai fait passer une annonce pour trouver une épouse, répéta-t-il.

Franchement, il ne comprenait pas sa réaction disproportionnée. Après tout, c'était par le biais d'une petite annonce que Joshua avait trouvé son épouse Danielle.

— Tu n'es pas sérieux ! s'exclama Joshua.

— Je m'attendais à ce que toi, au moins, tu sois solidaire !

— Pourquoi *moi* ?

— Parce que c'est par ce moyen que tu as rencontré Danielle. À moins que tu ne l'aies oublié ?

— Non, je ne l'ai pas oublié. Cependant, je n'ai pas passé cette annonce en pensant sérieusement que j'allais trouver une épouse. Je voulais prouver à papa que *son* annonce était une idée stupide.

— Mais il s'est avéré qu'elle ne l'était pas, rétorqua Isaiah. Je souhaite me marier et j'ai pensé que c'était un moyen commode de me trouver une épouse.

Faith le contempla, sidérée.

— Voyons, tu ne parles pas sérieusement !

— Bien sûr que si.

À cet instant, la porte d'entrée s'ouvrit, et Poppy pénétra dans la pièce, vêtue d'une robe à pois lumineuse. Ses cheveux bruns étaient ramenés en un chignon sur la nuque, à l'exception de quelques boucles qui encadraient son visage.

— Je t'en prie, Poppy, intervint Faith. Dis-moi que mon frère plaisante et qu'il n'a pas mis une annonce pour trouver une épouse.

Poppy regarda tour à tour Isaiah et Faith.

— Il ne plaisante pas, et tu le sais.

— Tu étais au courant ? insista Joshua.

— Bien sûr. À ton avis, qui va se charger des entretiens ?

Cette question valut à Isaiah deux regards horrifiés.

— Et alors ? Qui d'autre allait s'en charger ? répliqua Isaiah, nullement perturbé.

— Tu ne vas même pas t'entretenir avec ces femmes dont l'une d'elles deviendra ton épouse ? s'indigna Faith.

— Je fais confiance à Poppy. Si ce n'était pas le cas, elle ne serait pas mon assistante.

— Tu es complètement cinglé ! lança Faith avant de sortir en trombe de la pièce.

Comme Joshua continuait à siroter son café, Isaiah se tourna vers lui.

— Pas de commentaire ?

— Oh ! si, j'en ai. Mais je te connais suffisamment pour savoir qu'ils ne changeront rien. Alors, je les garde pour moi. Qui plus est, j'ai du travail, dit-il, récupérant son ordinateur et son café.

Isaiah se retrouva donc seul dans la pièce avec Poppy. Elle ne le regardait pas ; elle fixait le couloir, son expression indéchiffrable. Elle avait un profil délicat, une peau sombre et veloutée, de longs cils recourbés et des lèvres pulpeuses. Son cou était long et élégant, et le corsage de sa robe soulignait sa poitrine généreuse.

Il serra les dents. Il n'avait pas l'habitude de détailler Poppy de cette façon. Mais elle était belle. Il l'avait toujours su. Même quand il était avec Rosalind.

Elle avait quelque chose d'indéfinissable. De spécial.

Peut-être parce qu'elle lui donnait l'impression d'être un peu plus ancrée dans la réalité. Ou parce qu'elle avait une liberté de parole avec lui que n'avaient pas la plupart des gens.

Quoi qu'il en soit, elle était irremplaçable. Elle était son baromètre dans la gestion de ses affaires. Elle l'aidait à analyser chaque situation pour qu'il en tire le meilleur parti. Elle avait le souci du détail. Elle s'occupait de tout ce qu'il n'aimait pas faire, lui permettant ainsi de se consacrer aux tâches dans lesquelles il excellait.

Bref, elle était son meilleur atout dans l'entreprise.

Il faudrait qu'il le lui dise un jour. Ou qu'il lui achète un autre collier de perles. Mais la dernière fois, elle s'était mise en colère. Il n'empêche qu'elle portait son collier. D'ailleurs, elle le portait aujourd'hui.

— Ils ont raison, dit-elle finalement.

— À quel sujet ?

— Quand ils disent que tu es cinglé.

— Qu'importe ce qu'ils pensent. Je me trouve sain d'esprit.

— Évidemment, soupira-t-elle. En réalité, je ne pense pas que tu sois cinglé, mais c'est une mauvaise idée d'avoir mis cette annonce.

— Pourquoi ?

— C'est une façon tellement impersonnelle de trouver une épouse !

— Quels autres choix me reste-t-il ? Je dois rencontrer une femme que je ne connais pas, sortir avec elle, lui faire un brin de cour. Nous devrons découvrir nos points communs et nos divergences. Au moins, l'annonce me facilitera les choses.

— Peut-être mérites-tu mieux que cela, dit-elle avec une gentillesse inhabituelle.

— Peut-être cette méthode *me* convient-elle mieux.

— Je n'en sais trop rien.

— Je te fais entièrement confiance dans le domaine professionnel. Mais pour le reste, je sais ce qui est le mieux pour moi.

— Ce n'est pas ce que je souhaite pour toi.

À cet instant, un étrange courant passa entre eux, et l'étincelle qui traversa son regard marron éveilla quelque chose en lui, qu'il ne sut définir.

— J'apprécie ta sollicitude.

— Oui, ma sollicitude, répéta-t-elle.

— Bon. Il est temps de nous mettre au travail. Tu as des candidatures à examiner.

— Entendu.

— Oh ! tu accorderas une préférence aux blondes.

Poppy cilla, puis toucha lentement sa chevelure brune.

— Bien sûr.

Sur quoi, elle pivota sur ses talons et sortit de la pièce.

Isaiah ne s'était pas attendu à ce que son annonce remporte autant de succès. Finalement, Poppy avait peut-être eu raison de la reformuler. Il avait, semblait-il, reçu un nombre record de candidatures, même s'il ignorait combien de femmes avaient répondu à celle de son frère.

Il ne se sentait pas vraiment en concurrence avec lui car il était presque impossible de comparer leurs efforts. D'une part, l'annonce qu'avait fait publier leur père dépeignait Joshua de façon plus flatteuse que ne l'avait fait Poppy avec lui.

D'autre part, quand Joshua avait rédigé la sienne, il avait proposé un mariage factice assorti d'une compensation financière importante.

Ce genre d'annonce avait dû attirer un plus grand nombre de femmes, supposait Isaiah.

Mais la qualité l'intéressait davantage que la quantité.

Et il était confiant dans le succès de sa démarche.

Il croyait aux vertus du mariage. C'était la romance qu'il excluait.

Ou plutôt, le genre de romance qu'il avait connue.

Car il ne pouvait pas nier l'existence de l'amour. Après tout, ses parents s'aimaient toujours après quarante années de mariage. Mais il n'était pas comme ses parents, d'un naturel chaleureux. *Compatissant.*

Il était un homme aux opinions et aux sentiments tranchés dans un monde tout en nuances. Il ne se souciait pas de ces nuances, et il n'aimait pas être obligé d'en tenir compte.

Mais il n'était pas irrationnel pour autant.

Pourtant, il l'avait été une fois. Avec Rosalind. Les cinq années qu'il avait vécues avec elle avaient été les plus belles de sa vie. Du moins, c'est ce qu'il avait pensé jusqu'à ce qu'elle le trahisse et manque détruire la start-up qu'il avait créée avec son frère.

Ou plus exactement, c'était lui qui avait failli la détruire sous le coup du désespoir.

Du moins, cette expérience avait eu le mérite de lui apprendre comment lui et ses instincts réagissaient sous l'influence de l'amour. Et il n'était pas près d'oublier la leçon.

Âgé de vingt-six ans lors de cette mésaventure, il lui avait été facile d'ignorer que ses difficultés relationnelles et son refus de s'ouvrir à nouveau à l'amour signifiaient qu'il demeurerait célibataire toute sa vie. Mais maintenant qu'il en avait dix de plus, cette réalité devenait plus difficile à ignorer. Et quand il songeait à l'avenir, il n'aimait pas l'idée de finir ses jours seul.

Il avait donc décidé de changer la donne. Après tout, c'était la chose logique à faire quand on n'était pas satisfait de son sort. Un changement de situation ne lui paraissait pas hors de portée. Et il s'employait à le mettre en œuvre.

Voilà pourquoi Poppy faisait actuellement passer un entretien à la troisième candidate. Isaiah avait insisté pour que toute personne répondant à l'annonce vienne à Copper Ridge pour être interrogée. Si elle ne se donnait pas la peine de se déplacer, c'est qu'elle n'était pas digne de considération.

Il se renversa contre le dossier de son fauteuil et contempla avec satisfaction son bureau soigneusement rangé. Tout était à sa place, comme toujours. Comme cela devait être. Et bientôt, sa vie personnelle serait en ordre, elle aussi.

La porte du bureau de Poppy s'ouvrit, et une jeune femme blonde et svelte en sortit. Sur le plan physique, elle correspondait tout à fait à son type de femme, et c'était important. Sur le plan émotionnel, il était peut-être un peu détaché, mais pour le reste, tout fonctionnait parfaitement, merci bien.

Dans un mariage, le sexe était un facteur important.

Il avait l'intention d'être fidèle à son épouse. Et puisqu'il s'engagerait avec elle sur le long terme, il était important qu'elle corresponde à son type de femme.

Peu après le départ de la candidate, Poppy déboula dans le couloir, ébouriffée et visiblement furieuse. Avec le temps, il avait appris à reconnaître ses humeurs. Parce que c'était souvent une question de survie. Poppy était une des rares personnes qu'il n'intimidait pas. Il devrait en être contrarié. Après tout, elle était son employée et à ce titre elle devrait se montrer plus respectueuse.

Mais il ne lui en voulait pas. Il l'appréciait telle qu'elle était.

Cependant, à cet instant, on aurait dit qu'elle avait envie de le tuer. Quand son regard orageux accrocha le sien, il songea brièvement qu'un homme moins courageux serait tenté de s'enfuir à toutes jambes.

Mais il n'était pas ce genre d'homme.

Il se cala donc dans son fauteuil, prêt à l'affronter.

— Elle était stupide, décréta Poppy.

Il haussa un sourcil interrogateur.

— As-tu testé son QI ?

— Je ne parle pas de son intelligence, répliqua Poppy

d'un ton cinglant. Quoique. Toute femme répondant à ce genre d'annonce…

— Douterais-tu de mon charme ?

— Non. Je doute de ton bon sens.

— Explique-moi plutôt pourquoi tu la trouves stupide.

— Parce qu'elle n'a aucune idée de ce dont tu as besoin. Tu es un homme occupé et tu vis en zone rurale. Tu ne vas pas l'emmener dans des réceptions tous les soirs. Or, elle semble persuadée que parce que tu es riche, les mondanités feront partie du marché. Je lui ai donc expliqué que tu ne te rendais qu'à un nombre limité de manifestations à caractère professionnel, que tu le faisais à contrecœur et que la personne qui t'accompagnerait devrait se montrer polie et gracieuse pour compenser ton côté ours.

L'espace d'un instant, il se demanda s'il devait se formaliser du franc-parler de Poppy. Puis il décida que non. Parce qu'elle avait raison. Il connaissait ses forces et ses faiblesses.

— Elle a été déçue, poursuivit Poppy. Voilà pourquoi je dis qu'elle est stupide. Elle considère ce mariage sous l'aspect d'un job. Un job à perpétuité. Et elle veut y trouver son intérêt.

Il fronça les sourcils, perplexe.

— À l'évidence, chacun de nous devra y trouver son intérêt. Il est question d'un *mariage* et non d'un poste dans l'entreprise.

Toutefois, il comprenait pourquoi elle voyait les choses sous cet angle. Son annonce comportait des conditions strictes. Et au départ, il l'avait rédigée en pensant à *lui*.

— Vraiment ? J'en doute. Tu ne veux pas d'une femme qui risquerait de te causer des désagréments.

— Je ne suis pas en train d'acheter une voiture !

— Non, mais tu cherches avant tout à faire un mariage arrangé dans ton intérêt.

— Considère plutôt ces entretiens comme des rencontres en ligne, avec un objectif plus pointu et plus direct, suggéra-t-il.

— Tu demandes à ton assistante de te choisir une épouse, riposta-t-elle, scandant chaque mot, comme s'il ne comprenait pas ce qu'il lui demandait.

Elle le fixait, fronçant ses sourcils délicats et affichant une moue boudeuse.

Physiquement, Poppy n'était pas du tout son type. Elle n'était pas grande et ne possédait pas de longues jambes comme il les aimait, mais elle arborait souvent des talons aiguilles avec ses robes vintage des années 1950 et elle avait des courbes généreuses. Ses cheveux bruns et bouclés étaient coiffés en un chignon sophistiqué d'où s'échappaient quelques mèches rebelles au fil des heures.

Il la trouvait belle, même si elle n'était pas le genre de femmes qui l'attirait en temps normal.

Il ne savait pas trop pourquoi il remarquait tous ces détails maintenant. Peut-être à cause du rai de lumière qui mettait en valeur son visage à l'ovale délicat et sa peau veloutée couleur acajou rehaussée d'une pointe de rose au niveau des joues, sans doute due à la colère, mais qui lui allait bien.

Ses lèvres étaient délicatement ourlées — boudeuses ou non — et du même rose que ses joues.

— Je ne vois pas ce que tu veux dire, remarqua-t-il, mettant fin à son examen.

— Simplement que tu montres aussi peu d'intérêt

personnel pour trouver une épouse que si tu achetais un véhicule utilitaire.

Il s'abstint de préciser que s'il achetait une voiture il ferait un essai sur route et qu'il n'avait rien suggéré d'aussi grossier avec les femmes qui venaient se présenter.

— Combien de candidates te reste-t-il à voir aujourd'hui ? demanda-t-il, décidant d'ignorer la petite démonstration d'indignation de Poppy.

— Trois.

Il y avait quelque chose dans la crispation de sa mâchoire et dans son regard buté qui l'incitait à lui demander ce qui la contrariait.

Mais là encore, il s'abstint sagement.

— Est-ce que ma sœur t'a remis l'estimation du coût de son dernier projet ?

Poppy cilla, surprise.

— Quoi ?

— Faith t'a-t-elle remis le coût estimatif de son projet ? De toute façon, je finirai par le corriger, mais j'aimerais savoir à combien elle l'évalue.

— Je connais la marche à suivre, Isaiah. Je suis simplement déroutée par ta façon de sauter du coq à l'âne.

— Je m'implique dans mon travail. Ces projets sont importants. C'est même grâce à eux si je suis milliardaire.

— Et aussi grâce au talent d'architecte de Faith. Crois-moi, je respecte le travail que chacun fait ici. Mais le changement de sujet m'a paru un peu abrupt.

— Que cela ne t'empêche pas de te remettre au travail.

Elle lui lança un regard courroucé.

— Tu es impossible, tu le sais ?

Bien sûr. Il l'avait toujours été. La question lui semblait superflue, mais il y répondit quand même :

— Oui, je le sais.

Elle tapa du pied — un pied fin et élégant, chaussé de talon aiguille.

— Faith ne me l'a pas remis, fulmina Poppy.

— Tu viens de trépigner devant moi.

Elle écarta les bras d'un geste impuissant.

— Parce que tu te conduis envers moi de façon stupide.

— Explique-toi. Je ne comprends pas, dit-il, perplexe.

— Je n'ai pas besoin que tu me comprennes.

— Mais tu as besoin que je te verse ton salaire. Je suis ton patron.

Contre toute attente, elle blêmit.

— Évidemment, j'en ai besoin. Parce que tu es mon patron.

— En effet.

— Rien que mon patron.

— Je le suis depuis dix ans, remarqua-t-il, ne comprenant pas très bien pourquoi elle se hérissait.

— C'est vrai.

Sur ce, elle fit volte-face et retourna dans son bureau, fermant la porte avec force.

Isaiah se redressa.

Il avait du travail à faire. Voilà pourquoi il avait confié à Poppy le soin de lui choisir une épouse. Mais avant d'aller trouver Faith pour lui réclamer son estimation chiffrée, il avait besoin de caféine. Il envoya un texto à Poppy dans ce sens.

Il vit apparaître trois points de suspension sur son écran, puis ils disparurent.

Ils réapparurent et disparurent à nouveau. Enfin, il y eut un laconique :

Bien sûr.

Restait à espérer que son café ne serait pas empoisonné.

Trois heures et trois entretiens plus tard, Poppy regrettait de ne pas avoir cédé à son envie d'envoyer une émoticône « doigt d'honneur » à Isaiah en réponse à sa demande de café.

C'en était trop ! Comment un patron osait-il demander à son assistante de lui choisir une épouse ? Aucune assistante qui se respectait ne devrait se voir confier une mission aussi insensée. A fortiori Poppy pour qui ces entretiens constituaient une véritable torture émotionnelle. Elle devait interroger chacune des candidates pour établir leur éventuelle compatibilité avec Isaiah. Puis elle devait leur parler de celui qu'elle connaissait mieux que n'importe quel être au monde. Et pendant tout ce temps, ses paroles résonnaient à ses oreilles : « Je suis ton patron. »

Elle était son e*mployée.*

C'était ainsi que cet homme pragmatique et rigide la voyait alors qu'elle le considérait comme un ami.

Son meilleur ami. Presque un parent.

À une exception près : elle était amoureuse de lui et avait parfois des fantasmes érotiques à son sujet.

Mais s'il lui prenait l'envie de faire la sieste aujourd'hui, les seuls rêves qu'elle ferait seraient violents. Oh ! comme elle aimerait lui planter un stylo dans la poitrine !

Bon. Peut-être pas dans la poitrine. La blessure risquerait d'être mortelle. Mettons, dans le bras. Mais alors, l'encre et le sang tacheraient sa chemise. Elle devrait la lui ôter…

D'accord. Manifestement, elle était capable d'avoir en même temps des rêves de vengeance et des rêves érotiques.

— Je ne transigerai pas sur les chatons.

La remarque de la sixième blonde de la journée interrompit ses divagations.

Toutes ces blondes se ressemblaient, comme des boîtes de coloration alignées sur un rayonnage de supermarché.

— Je...

Poppy cilla, éberluée, s'efforçant de comprendre ce que son interlocutrice voulait dire.

— Comme... un jouet sexuel... Ou... ?

La blonde fronça le nez.

— Je veux simplement avoir un chaton. Ce n'est pas négociable.

Poppy tenta d'imaginer Isaiah Grayson avec un chaton chez lui. Il avait des chats dans l'écurie de son ranch. Il avait aussi des chevaux et du bétail, mais pas de chaton. Toutefois, puisqu'il avait déjà plusieurs animaux, il ne verrait sans doute pas d'inconvénient à en avoir un de plus.

— Je... J'en prends note.

— Oh ! poursuivit la blonde prénommée Lola, je peux aussi faire un nœud avec une queue de cerise au moyen de ma langue.

Poppy ferma les yeux et se retint de se ruer hors de la pièce pour aller assommer Isaiah.

— Ça plaît aux hommes, précisa Lola.

Bon. Si elle n'avait pas de chance avec les hommes, c'était peut-être parce qu'elle ne faisait pas de tours avec sa langue. À vrai dire, elle n'avait jamais essayé.

— C'est bon à savoir, remarqua Poppy.

Elle serra les poings, s'efforçant de maîtriser ses pulsions meurtrières et son chagrin.

Il se pouvait très bien qu'une des femmes avec qui elle avait discuté aujourd'hui dorme avec Isaiah Grayson pour le reste de sa vie. Ce serait la seule et unique femme avec qui il coucherait désormais. Celle qui le rendrait à jamais inaccessible pour Poppy.

Celle qui réduirait à néant ses fantasmes.

Bien sûr, elle l'avait su dès la publication de l'annonce. Mais à cet instant, cette évidence la frappait avec une force accrue.

« Je suis ton patron. »

Son patron. Et non son ami. Et non son amant. Jamais il ne serait son amant.

Peut-être ne choisissait-il pas sa future épouse comme il choisirait une nouvelle voiture, mais une chose était sûre, il avait autant de considération pour Poppy qu'il en avait pour une agrafeuse. Efficace et utile quand il en avait besoin.

— Bien. Je vous recontacterai, déclara sèchement Poppy.

— Pourquoi est-ce *vous* qui faites passer les entretiens aux postulantes ? S'agirait-il d'une sorte de concubinage ?

Poppy faillit s'étouffer tant elle était horrifiée.

— Non. Je suis l'assistante de M. Grayson. Pas sa femme.

— Cela me serait égal, poursuivit Lola. Je trouve ce mode de vie intéressant. Avoir quelqu'un avec qui partager la charge des enfants et de la maison. Et aussi le sexe.

— Encore une fois, je ne suis pas sa femme, martela Poppy à travers ses dents serrées.

— Il devrait envisager la question.

— Vous voulez dire, me prendre pour épouse ?

— Nous prendre toutes les deux comme concubines.

— Je lui en ferai part, assura Poppy, pince-sans-rire.

Elle exhala un long soupir de soulagement et de rage mêlés quand Lola partit enfin.

Elle avait cru qu'elle pourrait mener à bien cette tâche, mais elle s'était trompée. C'était au-dessus de ses forces.

« Je suis ton patron. »

Dire qu'elle travaillait pour lui depuis dix ans !

Pourquoi était-elle restée aussi longtemps ? Elle avait acquis une bonne expérience professionnelle. Elle avait aussi des économies. Certes, elle était très bien payée, mais elle pouvait gagner la même chose dans une grande entreprise à Seattle. Elle n'avait aucune raison de demeurer à Copper Ridge aux côtés d'un homme qui ne l'appréciait pas, piégée dans cet enfer sans fin, désirant quelque chose qu'elle n'aurait jamais.

Rien ni personne ne la retenait ici.

Sauf l'idée ridicule qu'Isaiah avait de l'amitié pour elle.

Bon. Les paroles d'Isaiah avaient peut-être dépassé sa pensée. Après tout, elle s'était montrée insolente, et il l'avait remise à sa place. Mais ce n'était pas une raison pour qu'elle continue de le côtoyer douze heures par jour.

Il faisait partie de sa vie professionnelle et de sa vie sociale. Il était son fantasme vivant. C'était trop pour un seul homme. Beaucoup trop.

Quand elle fit irruption dans son bureau, le cœur battant, il leva les yeux de son ordinateur, l'air intrigué. Cet homme avait le don d'enflammer son sang dans ses veines et de mettre tous ses sens en émoi. Oh ! oui, elle le désirait. Même à cet instant. Elle brûlait d'envie de se jeter dans ses bras.

Non ! Il fallait que cela cesse.

— Je démissionne, annonça-t-elle, les mots sortant de sa bouche en un triomphe glorieux.

Ils frappèrent leur cible.

Mais ils la frappèrent aussi par un effet boomerang, et elle comprit qu'elle ne pourrait pas les retirer. Peut-être devrait-elle essayer.

Non, surtout pas.

— Tu *démissionnes* ?

— Oui. Te trouver une épouse ne devrait en aucun cas faire partie de mes attributions. Tout ceci est ridicule ! Je viens de passer les vingt dernières minutes à discuter avec une femme qui veut que je précise dans la rubrique « talents particuliers » qu'elle peut nouer une queue de cerise avec sa langue !

Il esquissa un sourire amusé.

— Eh bien, c'est un talent qui pourrait avoir des applications intéressantes…

— Je m'en doute. Mais pourquoi suis-je obligée de discuter avec une femme visiblement obnubilée par ton pénis ?

À peine eut-elle prononcé ces mots qu'elle prit conscience de leur énormité. Ses mains se mirent à trembler et le rouge de la honte colora ses joues. Elle n'arrivait pas à croire qu'elle venait de lui parler de son pénis. Les yeux dans les yeux.

— Je ne m'étais pas rendu compte que ces entretiens pourraient te poser un problème.

— Bien sûr que non. Tu ne te rends compte de *rien* ! Tout ce qui t'intéresse, c'est le chiffre d'affaires. Et accessoirement, trouver une épouse qui t'aidera à gérer ta maison et à organiser ta vie. Or, selon ces critères, je peux dire que *j'ai été* ton épouse pendant ces dix dernières années, Isaiah. N'est-ce pas ce que tu recherches ? Une assistante personnelle pour ta maison. Un clone de *moi* capable de préparer tes repas, s'occuper du ménage et… et… faire les choses que font les épouses.

Les sourcils froncés, il se renversa contre le dossier de son siège.

Voyant qu'il ne disait rien, elle poursuivit sa diatribe :

— Je démissionne. Tu devras te charger toi-même de te trouver une épouse. Tout à l'heure, tu as dit que tu étais mon patron. Eh bien, tu ne l'es plus.

— Voyons, Poppy, sois raisonnable, dit-il, plaquant ses grandes mains viriles sur le plateau de son bureau et se levant.

Elle s'obligea à détourner les yeux de ses mains, aussi problématiques que le reste de son corps.

— Non ! Cette situation est tellement insensée qu'il est injuste de ta part de me demander d'être raisonnable.

Ils demeurèrent un moment à s'affronter du regard, puis elle pivota lentement sur ses talons, le cœur meurtri.

— Attends ! dit-il.

Elle s'arrêta mais ne se retourna pas. Elle sentait le regard d'Isaiah rivé entre ses omoplates.

— Tu as raison. Je n'y avais pas pensé jusqu'à maintenant, mais ce que je recherche, c'est une version personnelle de toi. Une assistante qui régira tous les domaines de ma vie.

Une étrange sensation s'empara d'elle, comme si son

destin se jouait à cet instant. Elle retint son souffle, luttant contre le besoin de se retourner.

— Poppy, dit-il lentement. Je pense que tu devrais m'épouser.

3

Quand Poppy se retourna pour lui faire face, son expression était calme. Placide. Il n'était pas très physionomiste, mais il connaissait Poppy. Son visage était expressif. Elle avait un sourire éclatant et des froncements de sourcils menaçants, et l'absence de l'un ou de l'autre avait de quoi l'inquiéter.

— Pardon ?

— Tu as dit toi-même que j'avais besoin de quelqu'un comme toi, et tu as raison. Et comme je ne suis pas homme à choisir un pis-aller, pourquoi chercherais-je ailleurs ? Tu es la meilleure assistante personnelle que j'aie jamais eue.

— Je doute que tu en aies eu une avant moi.

— C'est hors de propos, dit-il, balayant sa remarque d'un revers de la main. J'apprécie la façon dont nous travaillons ensemble. Et je ne vois pas pourquoi nous ne pourrions pas étendre notre coopération à la sphère privée. Nous formons une bonne équipe, toi et moi.

Finalement, l'expression de Poppy s'anima, mais de façon ténue.

— Une bonne équipe, répéta-t-elle, les mots sonnant creux dans sa bouche.

— Oui, depuis le début. Tu m'as accompagné lors de chaque évolution de notre activité. Depuis l'époque où nous travaillions dans une grande entreprise jusqu'au jour où nous avons créé la nôtre. Depuis le moment où nous nous sommes développés jusqu'à la fusion avec Jonathan Bear. Et c'est en partie grâce à toi et à ta maîtrise de tous les détails pratiques que je dois ma belle réussite.

— Et tu penses que je pourrais… faire la même chose sur un plan plus personnel ?

— Oui, répondit-il simplement.

— Il y a néanmoins un petit problème, remarqua Poppy dont les joues virèrent au rose foncé.

Elle demeura là, à le fixer pendant un long moment avant de reprendre la parole :

— Une épouse ne se contente pas de s'occuper du ménage et des repas. *C'est* le rôle d'une gouvernante.

— J'en suis conscient.

— Une épouse est censée…

Elle baissa les yeux, s'empourprant de plus belle.

— Tu n'éprouves pas ce genre d'attirance pour moi.

— Tu sais très bien que mon désir de me marier n'a rien à voir avec l'amour et la romance.

— Le sexe.

Le mot retentit comme une mini-explosion dans la pièce.

— Être une épouse a quelque chose à voir avec le sexe.

Bien sûr, elle avait raison. Quand il lui avait fait sa demande en mariage inopinée, il n'avait pas pensé à cet aspect des choses, mais maintenant qu'elle en parlait…

Il se mit à l'examiner, comme il l'avait fait tout à l'heure. Mais cette fois, au lieu de se contenter d'apprécier sa beauté d'un point de vue abstrait, il s'autorisa une exploration un peu plus personnelle.

Sa peau lisse paraissait veloutée, comme un beau fruit. Il l'avait déjà remarqué. Mais ce n'était pas son seul atout. Ses seins semblaient être d'une taille parfaite pour épouser la paume de ses mains, et ses hanches avaient une courbe extrêmement sensuelle. Ses jupes, trop longues à son goût, ne dévoilaient guère ses jambes mais elles soulignaient la finesse de ses chevilles.

Il s'imaginait agenouillé devant elle pour lui ôter ses talons aiguilles. Et lui mordiller une cheville.

Oh ! oui. Ce qu'il voyait lui convenait.

— Je ne pense pas que ce sera un problème, dit-il.

Sous le coup de la surprise, Poppy entrouvrit ses lèvres pulpeuses avant de se ressaisir.

— Qu'en sais-tu ? Nous n'avons… jamais échangé un baiser ni même une accolade, Isaiah.

— Parce que tu es mon assistante.

— Et toi, l'ex-fiancé de Rosalind.

Isaiah serra les dents, en proie à un soudain accès de colère. Pourquoi diable évoquait-elle Rosalind ? Que venait-elle faire dans cette discussion ?

Bien sûr, c'était à la demande de son ex-fiancée qu'il avait engagé Poppy, mais sa rupture avec Rosalind était de l'histoire ancienne, et il ne faisait plus le lien entre les deux jeunes femmes.

Par ailleurs, il n'avait pas le cœur brisé. À l'époque, il avait éprouvé du chagrin, mais surtout de la colère et de l'humiliation. Il en avait voulu à Rosalind de l'avoir ridiculisé et détourné de son travail. Il avait failli ruiner la start-up qu'il venait de créer avec son frère et que Faith devait rejoindre.

Parce qu'il s'était conduit comme un imbécile. Parce

que, pour la seule et unique fois de sa vie, il avait laissé son cœur lui dicter sa conduite.

Mais il ne referait plus jamais cette erreur.

— Rosalind n'a rien à voir avec le sujet qui nous occupe, répliqua-t-il.

— Elle fait partie de ma vie.

— C'est un détail dont nous pourrons discuter plus tard.

Ou pas du tout.

— Tu n'as aucune envie de m'épouser, argua Poppy.

— Détrompe-toi. Plus j'y réfléchis, plus cette décision me paraît pertinente. Et tu me connais suffisamment pour savoir que quand j'ai décidé quelque chose, je m'y tiens.

— Entêté et pervers, voilà ce que tu es ! riposta-t-elle, exaspérée. Comment oses-tu me demander de t'épouser après m'avoir obligée à faire passer des entretiens à des candidates au mariage à longueur de journée ?

— Tu as menacé de démissionner. Et je ne *veux* pas que tu partes. Je préfère t'avoir auprès de moi dans tous les domaines de ma vie plutôt que de ne plus te voir du tout.

— Je n'ai pas menacé de rompre notre amitié, Isaiah.

— Je te vois essentiellement au bureau.

— Et tu apprécies davantage la satisfaction que te procure mon travail que celle que te procure notre amitié, c'est ça ?

Une question épineuse s'il en fut ! Il avait le sentiment qu'une réponse honnête de sa part lui attirerait les foudres de Poppy.

— Les deux sont indissociables, dit-il, espérant se montrer diplomate. En effet, puisque nous passons la plupart de notre temps ensemble au bureau, le plaisir de ta compagnie va de pair avec la satisfaction que me procure ton travail.

Poppy exhala un petit cri rageur.

— Tu es… Oh ! tu es…

Bon. Puisqu'elle lui objectait qu'ils ne s'étaient jamais embrassés ni donné l'accolade, et qu'il en avait assez de l'entendre argumenter, il ne voyait qu'une solution à cette situation.

Il s'avança jusqu'à l'endroit où se tenait Poppy, telle une rose fragile, puis il noua ses bras autour de sa taille et l'attira contre lui.

— Voici l'accolade qui te faisait défaut.

Prise de court, elle le contempla, les yeux écarquillés et les lèvres entrouvertes.

Contre toute attente, il sentit son cœur s'affoler, et le vague trouble qu'il ressentait depuis un moment s'accrut et se transforma en autre chose. De l'excitation. Du désir. Jamais il n'avait regardé Poppy de cette façon. Jamais.

Et maintenant, il se demandait s'il avait délibérément fait preuve de réserve envers elle ; s'il avait volontairement ignoré combien elle était belle à cause de toutes les raisons qu'elle venait de mentionner.

Le fait qu'elle était son assistante et l'amie de Rosalind.

— Isaiah…

Il prit sa joue soyeuse au creux de sa paume et s'inclina vers elle. Il émanait d'elle une délicate fragrance florale mêlée d'incertitude. Et il se sentit encore plus attiré par elle.

— Et voici ton baiser.

Il posa ses lèvres sur les siennes, attendant… il ne savait quoi.

Il avait toujours considéré l'attirance sexuelle comme une pulsion directe et sans équivoque. C'était une des choses qu'il appréciait dans la relation sexuelle. On ne se perdait pas en conjectures. C'était honnête et nullement choquant. S'il voyait une femme qui lui plaisait, il l'abordait. Il ne se demandait jamais s'il aimerait l'embrasser. Parce qu'il en avait envie rien qu'en la regardant. Mais avec Poppy…

Une seconde avant que leurs lèvres se touchent, il s'était demandé comment ce serait d'embrasser une femme qu'il connaissait depuis si longtemps. Qu'il avait toujours considérée comme un élément essentiel de sa vie, mais jamais sous l'angle de la sexualité.

Puis toutes ces pensées s'envolèrent parce que les lèvres de Poppy étaient d'une douceur et d'une saveur incomparables. Il ne se souvenait pas d'avoir goûté quelque chose d'aussi exquis.

Tout naturellement, il lui releva la tête pour avoir un meilleur accès à sa bouche et prolonger son baiser. Puis il attira son corps moelleux tout contre le sien, grisé de sentir le doux renflement de sa poitrine contre son torse.

Il attendit un moment pour voir si elle allait planter ses griffes sur lui et le repousser.

Mais elle n'en fit rien. À la place, elle exhala un doux soupir. Puis elle entrouvrit sa bouche, comme une invitation à aller plus loin.

Et c'est ce qu'il fit. Il glissa sa langue entre ses lèvres et prit un avant-goût des tendres profondeurs de sa bouche.

Aussitôt, un éclair de plaisir le traversa de part en part, l'onde de choc se répercutant jusque dans son bas-ventre.

Il eut soudain l'impression de se retrouver au milieu d'un violent orage alors que l'instant d'avant le ciel était dégagé.

Il n'avait jamais rien ressenti de tel. L'idée que Poppy — cette femme qui avait été une constante dans sa vie — dissimule un tel pouvoir de séduction le bouleversa jusqu'au tréfonds de son être. Il n'aurait jamais cru cela possible.

Dans son univers, l'alchimie avait toujours été évidente et instantanée. Il n'aurait jamais imaginé qu'elle puisse exister de façon latente, sous la surface.

Et pourtant, il devait se rendre à l'évidence, il existait une alchimie entre Poppy et lui, qui avait été dormante tout ce temps.

Soudain, elle enserra son visage entre ses paumes douces et lui rendit son baiser avec une ferveur qui le surprit et l'émerveilla.

Et il allait en profiter.

Parce que si c'était une éventuelle absence d'alchimie entre eux qui inquiétait Poppy, il était plus qu'heureux de la rassurer sur ce point.

La soulevant prestement du sol, il la déposa sur le plateau de son bureau. Puis il captura à nouveau sa bouche et profita de sa stupeur pour s'immiscer entre ses jambes.

Ou peut-être n'avait-il rien calculé. Peut-être tout ceci était-il dans l'ordre des choses, sans retour en arrière possible maintenant que leurs lèvres s'étaient touchées.

Après tout, pourquoi reviendraient-ils en arrière ? Si elle ne pouvait pas nier l'alchimie entre eux… et si cette alchimie aboutissait à sa conclusion naturelle…

elle n'aurait plus aucune raison de refuser sa demande en mariage.

Glissant une main le long de sa cuisse en direction de son genou, il lui souleva une jambe et l'enroula autour de sa hanche tandis qu'il se plaquait contre elle.

Par chance, l'ampleur de sa jupe lui facilitait la manœuvre. Son sexe était tellement dur qu'il en était douloureux.

À trente-six ans, il avait une beaucoup plus grande maîtrise de soi que quand il était jeune. Pourtant à cet instant, il n'avait jamais eu autant de mal à se dominer.

C'était illogique. Une erreur mathématique.

Mais il s'en fichait.

Lentement, il fit remonter son autre main le long de son flanc et la referma sur son sein. Oh ! oui, il avait vu juste. D'une rondeur parfaite, son sein remplissait sa paume. Il le pressa doucement, et Poppy poussa un grognement de protestation avant de détacher sa bouche de la sienne.

Ses yeux remplis de larmes le fixaient avec reproche.

— Arrête, dit-elle, le repoussant pour lui échapper.

— Quoi ?

Il prit une profonde inspiration pour essayer de retrouver son sang-froid.

Arrêter était la dernière chose qu'il voulait. Il brûlait d'envie de la déshabiller et d'embrasser chaque parcelle de sa peau si soyeuse. Il brûlait d'envie qu'elle se trémousse sous lui et qu'elle le supplie. Il brûlait d'envie de se fondre en elle et de lui faire perdre toute retenue.

Poppy.

Son amie. Son assistante.

— Comment oses-tu ? s'insurgea-t-elle. Comment

oses-tu me manipuler avec… le sexe ? Tu es mon ami, Isaiah. Je te faisais confiance. Et tu essaies de me contrôler comme tu contrôles tout dans ta vie.

— Non. Il ne s'agit pas de manipulation, se défendit-il. Au début, je voulais simplement nous prouver quelque chose à tous les deux.

Puis il s'était laissé emporter par le flot de désir qu'elle avait fait naître en lui.

— Je n'en crois rien. Tu es… Je démissionne, lança-t-elle, passant en trombe devant lui et sortant de la pièce.

Pour la première fois depuis longtemps, il se sentit rejeté.

Et cela le blessa beaucoup plus qu'il n'aurait cru.

Ce soir-là, après avoir troqué sa robe contre un pyjama, Poppy se lova sur son canapé, en proie au désespoir.

D'habitude, sa petite maison au bord de l'océan lui était d'un grand réconfort. Elle représentait un symbole de sécurité inespéré pour une fille comme elle.

Mais maintenant, plus rien ne lui apparaissait comme un refuge. La ville tout entière lui faisait l'effet d'une prison.

Une prison dont les barreaux étaient Isaiah Grayson.

Il fallait que cela cesse.

Elle déglutit avec peine, le cœur au bord des lèvres. Elle allait démissionner, vendre sa maison et s'installer dans une autre ville. Elle resterait encore un peu en contact avec Isaiah, puis elle couperait les ponts.

Car elle ne représentait pas pour lui ce qu'il représentait pour elle. Et pas seulement sur le plan amoureux. Non. Isaiah ne la comprenait pas. De la même façon qu'il avait du mal à comprendre ses interlocuteurs. Parce qu'il voyait le monde selon sa propre logique.

En revanche, il avait su profiter de l'attirance qu'elle éprouvait pour lui — son secret le plus intime.

Jamais une femme n'aurait réagi aussi passionnément à son baiser si elle n'avait pas été très attirée par lui.

Elle s'était trahie. À moins qu'il n'ait su depuis toujours à quel point elle était éprise de lui. Peut-être s'était-il même... moqué d'elle.

Non. Il n'aurait pas fait cela. Il n'était pas cruel. Mais il avait peut-être attendu le moment propice où ses sentiments lui seraient d'une quelconque utilité.

Exhalant un gémissement de désespoir, elle s'enroula dans une couverture et se pelotonna sur le canapé.

Elle avait embrassé Isaiah Grayson.

Mais pas seulement.

Il l'avait touchée.

Et il avait eu une érection, juste là, contre son ventre.

Mais après tout, il était un homme, et beaucoup de ses congénères fantasmaient sur des poupées gonflables. Sa réaction n'avait donc rien de très étonnant.

Sauf qu'elle l'avait prise au dépourvu.

Elle ferma les yeux. Isaiah. Cet homme qui représentait absolument tout pour elle l'avait *demandée en mariage* !

Elle pourrait l'épouser et empêcher une autre femme de l'avoir.

Ainsi, tu serais prête à épouser un homme qui ne t'aime pas. Qui te considère comme un élément de confort dans sa vie.

Cette pensée la fit rire. Bien sûr, il y avait quelque chose de pathétique dans ce constat. Mais elle avait passé presque toute son enfance et son adolescence dans des familles d'accueil. La plupart du temps, elle avait vécu avec des personnes qui ne l'aimaient pas. Certaines l'avaient même trouvée encombrante. Alors, en épousant Isaiah, elle aurait des conditions de vie nettement meilleures que celles qu'elle avait connues, enfant.

Mais il y avait eu Rosalind. Grande et blonde. Le type de femme d'Isaiah. Tandis que Poppy était tout le contraire.

Comment pouvait-elle lutter contre ce handicap ? Isaiah ne manquerait pas de faire des comparaisons entre elles deux.

Il la déteste, mais pas toi.

Bon. C'était vrai. Rosalind avait toujours cherché à obtenir ce qu'elle voulait. À l'époque, elle était tombée éperdument amoureuse d'un milliardaire. Sa trahison avait anéanti Isaiah et blessé Poppy par la même occasion. Car elle avait beau vouloir Isaiah pour elle seule, elle ne supportait pas de le voir malheureux.

Aujourd'hui, Rosalind avait épousé son milliardaire et menait une vie dorée, dont elle n'aurait même pas osé rêver étant enfant.

Rosalind prenait ce qui l'intéressait sans se soucier des sentiments d'autrui.

Certes, c'était faire preuve d'égoïsme, mais à cet instant, Poppy était très tentée de se comporter comme son amie.

Réaliser son rêve en faisant fi des sentiments et des conséquences. Isaiah deviendrait son mari. Il l'embrasserait. Elle le verrait nu…

Elle serait *sienne*.

Elle lui appartiendrait de cette façon intime qui la faisait tant fantasmer.

Elle ne serait plus seule.

Bien sûr, elle ne l'était pas vraiment. Rosalind avait de l'affection pour elle. Sinon, elle ne l'aurait pas aidée quand elle s'était retrouvée dans le besoin. Mais Rosalind pensait surtout à elle. Si toutes deux restaient en contact, c'était surtout grâce à Poppy.

Il n'empêche que Rosalind était sa seule famille. Mis à part les Grayson.

Et si elle épousait Isaiah, elle ferait partie de leur clan.

Soudain, on frappa à la porte d'entrée. Trois coups sonores. Elle savait qui était son visiteur.

À croire qu'elle l'avait fait surgir comme par magie.

Sauf qu'elle ne se sentait pas prête à l'affronter.

Elle examina sa tenue : un pyjama, un T-shirt et pas de soutien-gorge. Non, décidément, elle n'était pas prête à l'affronter. Malgré tout, elle se leva.

Parce qu'elle ne pouvait *pas* l'ignorer alors qu'elle n'arrivait pas à y voir clair dans ses pensées et ses sentiments. Il se pouvait qu'en le regardant, la réponse fuse, telle une évidence : *il faut vraiment que je démissionne.*

À moins… qu'elle se laisse tenter.

Et qu'elle le tente, par la même occasion.

Désemparée, elle enroula la couverture autour de ses épaules et alla ouvrir la porte.

— Que fais-tu ici ?

— Je suis venu te raisonner.

— Tu perds ton temps, maugréa-t-elle.

— Pourquoi ?

— Parce que je suis une femme déraisonnable.

Sur quoi, elle pivota sur ses talons et pénétra dans sa petite cuisine, suivie d'Isaiah.

Elle se retourna pour lui faire face, et sa respiration se bloqua dans sa gorge. Il était superbe avec ses yeux gris ardoise, ses pommettes sculptées et sa barbe qui le rendait plus accessible — parce que sans elle, il serait trop beau. Et ses lèvres…

Elle les avait embrassées.

Bon. Elle avait intérêt à reprendre ses esprits. D'autant qu'il l'observait attentivement.

— Tu m'as mise dans tous mes états, accusa-t-elle.

Il se contenta de la fixer sans broncher.

— Je suis même capable de me rouler par terre pour évacuer mon trop-plein d'émotions, et tu n'aimerais pas cela du tout. Alors, il vaut mieux que tu t'en ailles.

Une étincelle traversa le regard d'Isaiah, lui communiquant de la chaleur et alimentant le désir douloureux qui brûlait en elle.

— Il faut que tu revoies ta position, Poppy.

Sa voix grave et envoûtante lui donnait envie d'accepter tout ce qu'il lui ordonnerait de faire.

— Démissionner ou t'épouser ? demanda-t-elle, reculant d'un pas.

Mieux valait qu'elle se tienne un peu à distance. Elle était capable de se jeter sur lui — pour le frapper ou l'embrasser, allez savoir.

— Les deux.

Juste au moment où elle pensait que la situation ne pouvait pas être pire que ce qu'elle était !

— Ta demande en mariage est très déconcertante. Tu le sais, n'est-ce pas ?

— Oui. Tu me l'as bien fait comprendre.

— Je veux dire par là qu'un patron qui veut inciter une employée à demeurer dans l'entreprise lui propose une augmentation de salaire. Mais une demande en mariage… !

— Ce n'est pas uniquement pour t'empêcher de partir que je t'ai demandé de m'épouser, argua-t-il.

Elle eut une moue dubitative.

— Je n'en crois pas un mot.

— C'est pourtant la vérité, assura-t-il, son regard rivé au sien.

Son cœur s'affola dans sa poitrine. Elle n'avait aucune raison de douter de sa parole. Isaiah était un homme franc et sincère, et c'était une des qualités qu'elle appréciait le plus chez lui. Il disait toujours ce qu'il pensait. Ce n'était pas dans sa nature de tricher ou de manipuler les gens. Et cet après-midi, dans la confusion du moment, elle avait commis une erreur en l'accusant de l'avoir manipulée.

Il n'empêche qu'il était autoritaire et sûr de lui.

Et il mettrait tout en œuvre pour arriver à ses fins.

— Est-ce que tu as poussé le baiser aussi loin pour me prouver quelque chose ?

— Non. C'est à *moi* que je voulais prouver quelque chose. Parce que tu as raison. Si nous nous marions, il faut qu'il y ait une attirance entre nous.

— En effet, admit-elle, la gorge sèche.

— Pour être honnête, je n'avais jamais pensé à toi de cette façon.

Son aveu lui fit l'effet d'un coup de couteau en pleine poitrine. Réprimant un gémissement de douleur, elle se contenta de hocher la tête.

— Mais il y a indéniablement une alchimie entre

nous, poursuivit-il. Et elle m'a pris au dépourvu. Je suppose qu'il en a été de même pour toi.

Elle cilla, stupéfaite. Il ignorait vraiment que sa réponse à son baiser n'avait pas été soudaine et imprévisible ?

Oui, elle se rendait compte qu'il n'en avait pas eu conscience.

Isaiah donnait souvent l'impression d'être insensible, voire brutal, parce qu'il ne se donnait pas la peine de mesurer ses propos pour les rendre plus acceptables à ses interlocuteurs. Cela signifiait que si elle l'avait pressé de questions pour savoir s'il avait voulu utiliser ce baiser contre elle, il l'aurait admis sans détour.

— Je suis désolée, dit-elle.

Il la contempla avec perplexité.

— Pourquoi t'excuses-tu ?

— Parce que je t'ai accusé de me manipuler, et c'était injuste. Bien sûr, tu es loin d'être un modèle de gentillesse ou de sensibilité, mais tu n'es pas fourbe.

— Tu m'apprécies, remarqua-t-il, l'air satisfait.

— Évidemment. Sinon, je ne t'aurais pas supporté pendant dix ans, que le salaire soit bon ou non. Mais je suppose que toi aussi tu m'apprécies. Du moins, jusqu'à un certain point.

— Nous allons bien ensemble. Tu ne peux pas le nier.

— Vraiment ? Ce matin, tu voulais que je donne la préférence aux blondes. Alors, tu comprendras que ta soudaine demande en mariage me laisse dubitative.

— Es-tu amoureuse d'un autre homme ?

Quelle idée risible ! Elle n'était pas sortie avec un homme depuis… Elle préférait ne pas compter. C'était trop déprimant.

— Non, admit-elle, la gorge nouée. Mais est-ce si illusoire de vouloir rencontrer le grand amour ?

— Je pense que l'amour ne convient qu'à un nombre restreint de personnes et que la majorité des couples nouent une sorte de partenariat. C'est, selon moi, la forme de mariage la plus viable.

— Mais tu ne peux pas considérer l'amour comme quantité négligeable !

Il balaya son argument d'un revers de la main.

— La passion s'émousse avec le temps. Ce qui compte dans un couple c'est la complicité et la volonté de se soutenir l'un l'autre. Mes parents en sont le meilleur exemple.

Elle le dévisagea un long moment, le cœur meurtri. Il se tenait devant elle, la demandant en mariage, mais c'était comme s'il se tenait de l'autre côté d'un mur, inaccessible.

— Et tu… ne seras jamais amoureux ?

— Je *l'ai été*, répondit-il simplement.

Seigneur ! Il y avait quelque chose de terriblement douloureux dans cette vérité. Il avait aimé Rosalind, et elle avait bénéficié de la seule tentative qu'il était prêt à faire dans ce domaine. Comme c'était injuste ! Si Poppy avait eu droit à l'amour d'Isaiah, elle l'aurait préservé jalousement et l'aurait fait fructifier pour qu'il dure l'éternité.

Mais elle n'aurait jamais cette chance. Parce que Rosalind l'avait précédée et avait tout gâché.

À l'époque, elle avait été un peu jalouse de Rosalind, puis elle lui en avait voulu d'avoir blessé Isaiah. Mais maintenant, après l'aveu terrible qu'il venait de faire, elle était absolument furieuse contre elle.

Parce qu'à la suite de cette expérience malheureuse, Isaiah avait verrouillé son cœur à double tour.

Soudain une pensée terrible lui traversa l'esprit. Si le cœur d'Isaiah lui était inaccessible, il se pouvait qu'une autre femme très spéciale sache lui redonner le goût du bonheur.

Face à cette affreuse perspective, elle était partagée.

Si tu ne l'épouses pas, tu lui offriras une chance de rencontrer cette femme.

Elle serra les dents et ferma les yeux pour essayer d'endiguer son chagrin. Le voir épouser une autre femme était déjà assez douloureux. Mais l'idée qu'il tombe amoureux d'une autre la crucifiait.

Bien sûr, si elle était généreuse et désintéressée, elle voudrait le voir heureux.

Mais elle ne l'était pas. Et elle n'avait aucune envie de perdre la seule chance d'être aimée par lui, si infime soit-elle.

— J'y réfléchirai, dit-elle finalement.

4

— Je ne partirai pas d'ici avant d'avoir réglé cette affaire, dit-il.

— Je ne suis pas une transaction commerciale, Isaiah !

Il fit un pas en avant, et elle sentit sa résolution faiblir. Après tout, à quoi bon se rebeller ?

C'était lui qui était aux commandes. Il l'avait toujours été.

Parce qu'elle l'aimait.

Parce qu'il était son patron.

Parce qu'il parvenait à rester détaché, et elle non.

Elle voyait bien qu'il réfléchissait à sa prochaine manœuvre. Qu'il était difficile pour lui de considérer ce mariage autrement que comme une transaction commerciale.

Avec du sexe.

— Tu n'es pas sérieux, dit-elle.

— Si, je le suis toujours.

— Tu penses pouvoir te marier en faisant abstraction des *sentiments*, mais il y a aussi la question du sexe, et pour moi elle est insurmontable. Je ne peux pas, Isaiah.

Il y avait plusieurs raisons à cela, notamment son inexpérience en la matière. Mais elle s'abstiendrait de l'évoquer.

— Le baiser était très agréable, argua-t-il.

Comme si cela devait calmer toutes ses inquiétudes !

— Tu ne peux pas comparer un baiser au sexe, répliqua-t-elle, consciente que c'était un piètre argument.

— Tu penses que ce sera un problème ?

— En tout cas, ce sera bizarre.

Terrifiant serait un terme plus approprié.

— Tu fais une fixation sur le sexe, dit-il simplement. Laissons ce sujet de côté.

— Tu ne peux pas l'écarter d'un revers de main, protesta-t-elle.

— Pourquoi ?

— Parce que c'est un sujet important. Omniprésent.

— Laissons-le de côté, insista-t-il. Parlons plutôt des avantages que peut te procurer un mariage avec moi.

— Des avantages pour *moi* ?

— Oui, évidemment. Je me doute que tu n'accepteras pas un arrangement qui ne profiterait qu'à moi. Jusqu'à maintenant, je ne t'ai présenté aucun argument décisif, susceptible de te donner envie de m'épouser.

— Et tu penses que mon problème est là ?

— En partie. Ma famille t'aime beaucoup, Poppy, et c'est une bonne chose. Car je suis très proche d'elle. Il est donc important que mon épouse s'entende bien avec mes parents et avec mes frères et ma sœur. Et j'ai le sentiment que tu les aimes aussi…

Elle ferma les yeux. Oh ! oui, elle aimait les Grayson ! C'était la seule famille fonctionnelle qu'elle avait rencontrée au cours de son existence. C'était grâce à eux si elle savait que ce genre de famille existait en dehors des sitcoms. Sans les Grayson, elle n'aurait eu aucun cadre de référence pour ce type de normalité. Un couple vivant ensemble depuis des décennies. Des enfants adultes aimant leurs parents et leur rendant régulièrement visite. Des frères et une sœur travaillant ensemble en bonne intelligence et se souciant les uns des autres.

Des fêtes en famille, joyeuses et turbulentes, où elle était invitée.

Oh ! oui, faire partie de la famille Grayson était un argument de poids.

Mais ce qu'Isaiah ne semblait pas comprendre, c'est que l'argument décisif, c'était lui.

Un homme de chair et de sang. Avec des exigences charnelles. Et il lui avait demandé de laisser le sexe de côté ! Comme si c'était possible.

— Et puis, tu aimes mon ranch, poursuivit-il. Tu aimes y faire des randonnées à cheval. Imagine un peu. Tu en profiterais tous les week-ends.

— Mais j'aime ma maison, protesta-t-elle.

— Mon ranch est beaucoup mieux.

Que cet homme était exaspérant ! Sauf qu'il avait raison.

Sa maison conçue par sa sœur était un bijou de technologie et d'ingénierie architecturale, mélangeant harmonieusement le rustique et le moderne. Poppy ne lui trouvait absolument aucun défaut.

Bâtie dans la montagne au milieu d'un paysage enchanteur, elle était une sorte de paradis sur terre pour Poppy.

Il avait aussi fait construire une écurie hébergeant plusieurs chevaux. Et l'année dernière, il lui avait appris à monter à cheval.

— Et je suppose que tu veux des enfants.

Sa remarque la ramena brutalement à la réalité.

— Je croyais que nous ne parlerions pas de sexe.

— Il n'est pas question de sexe mais d'enfants.

— Tes parents ne t'ont-ils pas appris comment se font les bébés ?

Il se renfrogna.

— J'avoue que je n'ai pas suffisamment réfléchi à la question des enfants quand j'ai décidé de trouver une épouse par le biais d'une petite annonce.

Elle leva les yeux au ciel, exaspérée.

— Vraiment ?

— Oui. Je savais que je voulais des enfants, mais j'y pensais de façon abstraite, sans réfléchir au genre de mère que je souhaiterais pour eux. Une chose est sûre, tu seras une mère fabuleuse.

Elle cligna des yeux pour refouler ses larmes.

— Qu'est-ce qui te fait dire cela ?

— Je te connais bien. Durant ces dix années, j'ai observé la façon dont tu t'occupais de moi et de l'entreprise. La façon dont tu gérais les détails de ma vie professionnelle et celle de Joshua et Faith. Je t'ai observée avec le fils de Joshua.

— J'ai grandi dans des foyers d'accueil, remarqua-t-elle. Je ne connais pour ainsi dire rien à la famille.

— Cela fera de toi une mère encore plus attentionnée parce que tu sauras précisément ce qu'il ne faut pas faire.

Elle eut un rire sans joie.

— Comme disparaître dans un brouillard d'héroïne. Oui, je ne le sais que trop.

— Tu te sous-estimes, Poppy. Tu sais communiquer avec les gens, anticiper leurs désirs et leurs besoins. Tu es organisée et efficace.

— On croirait que tu vantes les mérites d'un logiciel !

— Tu es chaleureuse et parfois gentille. Mais pas avec moi.

— Tu ne m'apprécierais pas si j'étais trop gentille.

— C'est vrai. Et tu n'hésites pas à me tenir tête. Pour toutes ces raisons, nous irions très bien ensemble.

Il paraissait si sincère et si confiant, alors qu'elle ne savait plus où elle en était.

C'était trop beau. Cela ressemblait trop à ses rêves les plus fous — sans l'ingrédient essentiel. L'amour.

Bien sûr, elle avait vu de nombreuses personnes réaliser leurs rêves. Mais pour une fille comme elle, ballottée de foyer d'accueil en foyer d'accueil, comment aurait-elle pu imaginer avoir un jour…

Une vie avec Isaiah ?

Des enfants ?

Une famille à elle ?

Isaiah avait été tout simplement inaccessible.

Et aujourd'hui, il lui proposait de réaliser son rêve.

Comment pourrait-elle refuser ?

— Tes parents ne doivent pas savoir que tout ceci est factice, dit-elle.

— Tu acceptes de m'épouser ?

Bouleversée, elle s'efforça à nouveau de refouler ses larmes.

— Ils ne doivent pas savoir, répéta-t-elle.

— Rien n'est factice puisque nous aurons un vrai mariage.

— Ils ne doivent pas savoir que tu as fait passer une annonce et que tu… élargis simplement le champ de mes attributions. D'accord ?

— Poppy…

— Ils ne doivent pas savoir que tu n'es pas amoureux de moi.

Elle en mourrait de honte si jamais ses merveilleux parents apprenaient que ce mariage n'était qu'un arrangement. Ils avaient toujours souhaité ce qu'il y avait de mieux pour leurs enfants et ils voulaient très certainement qu'Isaiah rencontre le grand amour, comme Joshua et Devlin.

— Ils ne le sauront pas.

Le désespoir la submergeait. Elle ne savait plus vraiment ce qu'elle attendait de lui. Qu'il accepte ses conditions ? Qu'il lui dise qu'il avait des sentiments pour elle ? Qu'il l'embrasse ?

— Sinon, tout est fini entre nous.

— C'est d'accord.

— Bien.

L'espace d'un instant, elle pensa qu'il *allait* l'embrasser à nouveau. Craignant de ne pas pouvoir le supporter, elle lui tendit la main. Il fronça les sourcils, perplexe, mais il la prit et la serra lentement.

Des fiançailles en pyjama, scellées par une poignée de main. Question romantisme, il y avait mieux !

Il relâcha sa prise, et elle crut qu'il allait partir. Mais il l'attira contre lui et captura sa bouche, faisant naître en elle un flot de sensations.

Puis le baiser prit fin aussi vite qu'il avait commencé.

— Non. Ce ne sera pas un problème, dit-il.

Cette fois, elle croyait vraiment qu'il allait partir. C'est ce qu'il était censé faire. Mais contre toute attente, il l'embrassa à nouveau.

Elle se sentait étourdie. Et elle avait envie de continuer à l'embrasser. Pourtant, elle ferait mieux de le repousser.

Elle avait vu avec quelle facilité elle s'était abandonnée dans ses bras, cet après-midi.

Mais ils étaient fiancés. Ce baiser était dans l'ordre des choses.

Chassant ses scrupules, elle savourait ce baiser ô combien exquis quand il la plaqua contre le mur en poussant un grognement guttural.

Elle ne connaissait pas cette facette d'Isaiah, se rendit-elle compte. Ce n'était plus le patron ni l'ami posé et rationnel qu'elle avait côtoyé durant toutes ces années. C'était…

Isaiah en tant qu'homme.

Bien sûr, elle avait toujours su qu'il était un homme de chair et de sang, sinon elle n'aurait jamais autant fantasmé sur lui. Mais elle n'avait pas *vraiment* su comment ce serait d'être l'objet de son désir. Elle ne se serait jamais doutée que cet homme si détaché dans la vie courante puisse se montrer aussi passionné s'agissant de sexe.

Le sexe !

Le moment était sans doute venu de lui dévoiler son petit secret.

Mais peut-être se contenterait-il d'un baiser et ne feraient-ils pas l'amour.

Il inclina la tête de côté et approfondit son baiser, mêlant sa langue à la sienne et embrasant ses sens. Puis il agrippa l'ourlet de son T-shirt et le fit passer par-dessus sa tête.

Elle haleta, prise de court. Elle n'avait pas de soutien-gorge et se sentait complètement exposée. Ses tétons se durcirent tandis qu'il les contemplait, son regard gris ardoise, d'habitude si froid et si réfléchi, s'embrasant sous le feu du désir.

— Comment ai-je pu l'ignorer ? demanda-t-il, perplexe.

— Ignorer quoi ?

Elle était tellement troublée qu'elle claquait des dents en lui posant cette question.

Alors, elle comprit qu'elle avait peur de se trahir. Peur de lui laisser deviner les sentiments qu'elle avait pour lui. Elle se sentait capable de reléguer son amour pour Isaiah dans un recoin de son cœur pendant qu'elle prendrait possession de son corps — et qu'elle se l'approprierait au lieu de permettre à une autre femme de l'avoir —, mais elle ne supporterait pas qu'il découvre à quel point elle l'aimait.

Tout au long de sa vie, elle avait trop souffert de voir son amour rejeté. Elle ne prendrait pas le risque que cela se reproduise.

— Ignorer à quel point tu es belle, dit-il.

Il paraissait si sincère, et elle avait tellement envie de le croire.

Grisée par son compliment, elle promena ses doigts sur ses joues et sa barbe soyeuse.

Désormais, elle pouvait s'autoriser ce genre de caresses. Le baiser dans son bureau avait été si abrupt et si choquant que, tout en l'appréciant, elle n'en avait pas mesuré toute la portée. Elle n'avait pas pris conscience de tous les changements qu'il impliquait.

Auparavant, elle s'abstenait de tout geste intime envers Isaiah.

Et maintenant… elle pouvait donner libre cours à son envie de le toucher. Et elle allait en profiter.

Se haussant sur la pointe des pieds, elle pressa doucement ses lèvres sur les siennes. Elles étaient chaudes, fermes et plus délectables que tout ce qu'elle avait goûté auparavant.

Lentement, elle traça le contour de sa lèvre inférieure avec sa langue, l'explorant. Le savourant.

C'était l'aboutissement de dix années de fantasmes. Et elle avait la ferme intention de les réaliser tous.

Glissant les mains dans les cheveux d'Isaiah, elle pressa ses seins nus contre son torse.

Il avait gardé son T-shirt, mais elle ne voulait aucun obstacle entre eux. Absolument rien.

En proie à la passion, elle n'avait plus aucun amour-propre.

L'espace d'un instant, elle s'écarta de lui, et le regard d'Isaiah se reporta aussitôt sur ses seins.

Cette attirance physique qu'il ressentait pour elle serait son salut. Il s'intéresserait davantage à ses charmes qu'à ses sentiments. Il ne se demanderait jamais ce qu'elle ressentait pour lui. Tant qu'il se focaliserait sur son corps, il ne remarquerait jamais la flamme de l'amour dansant dans ses yeux.

Le sexe serait pour elle le moyen d'exprimer son trop-plein de sentiments envers lui.

Et c'est ce qu'elle allait faire.

Dès maintenant.

Elle noua ses bras autour de son cou et se plaqua contre lui, revendiquant sa bouche ; donnant libre cours à tous ses fantasmes ; mettant toute son âme dans son baiser.

Avec un grognement sourd, il enroula un bras autour de sa taille et glissa l'autre sous ses cuisses, puis il la souleva de terre et la plaqua contre lui. Elle noua ses jambes autour de sa taille et ne protesta pas quand il sortit de la cuisine pour se diriger vers sa chambre.

Elle savait exactement ce qui allait suivre.

Mais le moment était venu.

Si elle était tout à fait honnête avec elle-même, elle savait pourquoi elle n'avait jamais fait cela auparavant.

Elle attendait Isaiah.

Elle l'avait toujours attendu.

Une vérité ridicule et humiliante qu'elle avait soigneusement refoulée. Mais qu'importait, désormais ?

Elle allait épouser Isaiah.

Elle allait vivre avec lui.

Une petite bulle de joie fragile se forma dans sa poitrine, grossissant au fil des secondes.

Elle allait réaliser son rêve. Avoir l'homme qu'elle aimait.

Elle poussa un petit cri quand il la fit basculer sur le lit avant d'ôter son T-shirt en un tournemain. Les yeux écarquillés, elle le contempla tout à loisir, admirant son torse sculptural recouvert juste ce qu'il fallait de duvet brun, lequel se prolongeait en une ligne médiane qui disparaissait sous la ceinture de son jean.

Cet endroit mystérieux l'intéressait au plus haut point. Et bientôt sa curiosité serait satisfaite.

Mais quand elle le vit détacher la boucle de sa ceinture, la réalité s'insinua peu à peu en elle.

C'était sans doute sa réaction instinctive face aux bonnes choses qui survenaient dans sa vie.

Le miracle ne durait jamais longtemps. Les autres femmes obtenaient ce qu'elles voulaient, mais c'était rarement son cas.

De fait, elle ne représentait pas un second choix pour Isaiah après la splendide Rosalind.

Elle ne représentait même pas son dixième choix.

Elle arrivait bonne dernière après la kyrielle de femmes qu'il avait rencontrées dans des bars au fil des ans et après les fausses blondes qui avaient défilé dans son bureau aujourd'hui, suite à la parution de l'annonce.

En somme, elle était son dernier recours.

Du moins, cette fois-ci, il te considère comme un recours possible. Est-ce si important que tu arrives en dernier ?

Finalement, non.

Parce qu'elle voulait être choisie, même si c'était en dernier ressort.

Voyant qu'il abaissait lentement la fermeture Éclair de son jean, elle chassa toutes ces pensées indésirables et l'observa, hypnotisée, pendant qu'il faisait glisser lentement son pantalon et son sous-vêtement le long de ses hanches, dévoilant une ligne de muscles presque obscènes et une toison brune avant que le tissu descende encore plus bas et l'expose complètement.

Elle s'efforça de ne pas le fixer, bouche bée. Elle n'avait jamais vu un homme nu auparavant. Et elle n'avait jamais envisagé de voir Isaiah dans le plus simple appareil. Bien sûr, elle en avait rêvé. Mais elle n'aurait jamais imaginé que cela arrive un jour.

— À ton tour, maintenant, dit-il d'une voix rauque.

— Je…

La nervosité la paralysait. Ôter son pyjama était au-dessus de ses forces.

Par chance, il eut pitié d'elle. Il s'allongea à ses côtés et tout en l'embrassant, glissa une main sous la ceinture de son pyjama. Sa paume était chaude et caressante sur ses fesses, et elle propulsa ses hanches en avant, se heurtant à son érection.

Elle haleta contre sa bouche, et il approfondit son baiser, cueillant son sein au creux de son autre main et titillant son mamelon jusqu'à ce qu'il devienne dur et hypersensible.

Timidement, elle plaqua ses mains contre son torse musclé. Elle les contempla un instant, puis leva les yeux vers lui avant de reporter son attention sur ses mains.

Elle touchait la peau nue d'Isaiah, exulta-t-elle.

C'était tellement incroyable !

Les sourcils froncés, il l'observait avec son sérieux habituel, sans la brusquer.

Alors, s'enhardissant, elle promena ses doigts le long de son torse, s'aventurant plus bas. Elle sentit sa bouche devenir sèche à mesure qu'elle palpait ses abdominaux ciselés et qu'elle poursuivait sa lente exploration. Elle marqua une pause, puis du bout du doigt, elle suivit la ligne de duvet médiane et s'arrêta juste au-dessus de son membre viril.

Elle n'osait pas le toucher faute de savoir *comment* procéder.

Alors, il posa sa main sur la sienne et la guida vers son érection.

Elle réprima un halètement quand il l'encouragea à enrouler ses doigts autour de son sexe impressionnant.

Il était si chaud. Doux et dur à la fois. Craignant d'être maladroite, elle leva les yeux vers lui. Et soudain, toute sa peur s'envola. Parce que Isaiah — cet homme si maître de lui, si sûr de sa capacité à tout contrôler — semblait totalement perdu.

La tête rejetée en arrière, il avait les traits détendus, les yeux clos, et les lèvres entrouvertes. Elle pressa doucement son pénis, et il laissa échapper un grognement guttural.

À cet instant, c'était elle qui avait le contrôle. Le pouvoir.

Une première dans leur longue relation.

Comme c'était exaltant ! Jamais elle n'avait éprouvé un tel sentiment de puissance.

Une pulsation se mit à battre au creux de son entrecuisse, et le désir la submergea. Elle se sentait vide à cet endroit. Son intimité était lisse et moite, signe qu'elle désirait Isaiah de tout son être. Mais elle n'en éprouvait ni gêne ni sentiment de vulnérabilité. Ils étaient à égalité. C'était… excitant. Grisant. Ici, dans son lit étroit, elle n'avait pas à redouter de se consumer de désir pour Isaiah.

Comment le pourrait-elle puisqu'il la désirait avec la même force ?

Maladroitement, elle caressa son pénis sur toute sa longueur, et il grogna à nouveau.

Comme cet homme était beau !

Il représentait tout ce qu'elle avait toujours désiré. Il était fait pour elle. Il avait capturé son cœur et peuplé ses fantasmes dès l'instant où elle l'avait rencontré.

Mais elle n'eut pas le temps de réfléchir plus longuement car elle se retrouva allongée sur le dos, Isaiah positionné au-dessus d'elle. D'un mouvement souple, il lui ôta son pyjama et sa culotte.

Puis il s'inséra entre ses jambes et, se saisissant de son pénis, il le pressa contre ses replis intimes. L'érotisme de ce geste et le plaisir fulgurant qui s'empara d'elle quand il titilla cet endroit si sensible lui ôtèrent souffle et pensée.

Il réitéra son geste, puis relâcha sa prise et fléchit ses hanches contre les siennes. Elle haleta, agrippée à ses épaules, ses doigts enfoncés dans sa chair.

L'expression concentrée, il cueillit un sein et taquina son téton tout en continuant de fléchir ses hanches et de frotter ce petit bouquet de nerfs si sensible.

Une étrange sensation naquit au creux de son bas-ventre, et la pulsation entre ses jambes s'accrut.

Il poursuivit son va-et-vient, bougeant les hanches dans un rythme de plus en plus soutenu.

La tension s'accrut en elle, allant *crescendo* avant de claquer, tel un élastique qui se rompt. Elle haleta, submergée par la jouissance, et il captura ce son de plaisir avec sa bouche avant de se presser à l'entrée de son intimité. Puis, sans lui laisser le temps de se crisper contre la souffrance inévitable, il donna un vigoureux coup de reins.

La brutale sensation de déchirement lui arracha un cri de douleur.

Isaiah se figea, les yeux écarquillés.

— Que signifie…

5

Isaiah s'efforçait de trouver des mots pour exprimer sa stupeur, mais il était trop submergé par la sensation exquise du corps de Poppy autour du sien. Elle était si tendue. Si moite. Et il ne pouvait faire autrement que de propulser ses hanches en avant et de s'enfouir plus profondément en elle malgré son cri de douleur, une seconde auparavant.

Il devrait s'arrêter. Mais elle l'embrassait à nouveau. Elle le maintenait contre elle tout en ondulant le bassin, comme si elle l'invitait à poursuivre leurs ébats.

Poppy était vierge.

Il devrait s'arrêter.

Mais il en était *incapable*.

Il ne se souvenait pas de la dernière fois où une telle perte de contrôle lui était arrivée, si tant est qu'elle se soit déjà produite. D'habitude, il maîtrisait parfaitement ses émotions et ses élans. C'était indispensable pour un homme comme lui.

Il devait à tout prix se ressaisir.

Mais elle s'agrippait si étroitement à lui. Et c'était si bon d'être en elle. Il avait simplement eu l'intention de l'embrasser avant de partir. Et il *avait* essayé de partir. Puis il s'était laissé emporter… non pas par un sentiment de triomphe parce qu'il l'avait convaincue de l'épouser, mais par *elle*, tout simplement.

Quel émerveillement de l'embrasser, de la déshabiller et d'explorer son corps d'une façon aussi intime.

Et en même temps, quelle surprise de découvrir qu'elle était à ce point inexpérimentée !

Poppy était audacieuse et généreuse. Elle donnait autant qu'elle recevait. Elle ne fuyait devant aucune situation. Et à cet instant, elle ne fuyait pas ses assauts.

Bien au contraire.

Elle lui agrippait les fesses et les plaquait contre elle, comme pour l'exhorter à poursuivre.

— Isaiah, murmura-t-elle. Je t'en prie, Isaiah.

Il n'eut d'autre choix que d'accéder à sa supplique.

Alors, il se mit à aller et venir en elle, lentement d'abord, s'efforçant de rendre le rapport plus confortable pour elle.

Il n'avait aucune idée de la façon dont un homme était censé faire l'amour à une vierge. Il n'avait jamais été confronté à ce genre de situation.

Il avait son type de femme. Et Poppy n'en faisait pas partie.

Pourtant, tout se déroulait pour le mieux.

Elle prit son visage entre ses paumes et l'attira vers elle pour l'embrasser. Un baiser lent et doux. Tellement délectable qu'il oublia de se contrôler.

Il s'excuserait plus tard pour ses coups de reins trop puissants et trop rapides. Mais elle ne semblait pas s'en formaliser. Elle continuait à émettre ces petits bruits de gorge si sexy, comme si elle le désirait. Comme si elle aimait ce qu'il lui faisait. Elle enroula ses jambes autour de ses hanches, l'invitant à continuer. Cela tombait bien, car il était incapable de ralentir le rythme. Incapable de s'arrêter. Incapable de mieux faire, même s'il l'avait voulu.

Il devrait la faire jouir au moins trois fois avant de prendre son propre plaisir, mais là encore, il n'était plus maître de lui.

Son plaisir montait en lui de façon inexorable, bandant ses muscles et l'empêchant presque de respirer. Il ne pouvait pas le refouler. Plus maintenant. Quand l'orgasme le balaya, il ne perçut plus que le bourdonnement de son sang dans ses oreilles et les battements effrénés de son cœur. Puis Poppy s'arc-bouta sous lui et planta ses ongles dans ses épaules avant de pousser un cri sourd, ses muscles internes resserrés autour de lui.

Il donna un dernier coup de reins, savourant la délivrance ultime avant de se retirer et de rouler sur le dos. Le souffle oppressé, il avait du mal à parler ou à réfléchir.

— Poppy…

— Je ne veux pas en parler, dit-elle, se glissant sous une couverture à côté de lui.

Elle semblait soudain si petite et si fragile qu'il se sentit dans l'obligation de calculer la différence d'âge entre eux. Elle n'était pas énorme. Huit ans. Mais il n'avait jamais réfléchi à ce qu'elle pouvait signifier.

Il ne lui avait jamais connu de relation amoureuse sérieuse. Lui-même n'en avait eu qu'une. Mais il avait eu de multiples aventures sans lendemain.

— Pourtant, il faut qu'on en parle.

— Pourquoi ?

Ses yeux étaient remplis d'une émotion qu'il ne

parvenait pas à définir. Mais elle trouvait un écho en lui, semblable à de la souffrance.

— Il n'y a rien à en dire. Tu sais déjà que j'ai eu une enfance très difficile. Alors, je ne vois pas pourquoi nous devrions discuter des conséquences qu'elle a pu avoir sur mon développement personnel.

— Tu as donc fait l'impasse sur la sexualité.

Il comprenait maintenant pourquoi elle avait fait une fixation sur l'aspect sexuel de sa demande en mariage. Il avait fréquenté beaucoup de femmes, et il avait tenu pour acquis que Poppy afficherait la même désinvolture vis-à-vis du sexe que ses partenaires d'une nuit.

Mais il s'était trompé sur toute la ligne. Attendri, il l'embrassa sur le front et la contempla, roulée en boule et si vulnérable.

Ce soir, il y avait eu autre chose que du sexe dans leur étreinte. Un supplément d'âme qui l'avait sublimée. Et par manque d'expérience, la pauvre Poppy ne s'en était pas rendu compte.

— Je suis désolé, dit-il.

— C'est inutile. Mais… j'ai besoin d'être seule.

Cette idée lui déplut.

— Je t'en prie, insista-t-elle.

Le désarroi de Poppy le plongea dans l'embarras.

D'habitude, sa difficulté à communiquer avec autrui ne le frustrait pas. Il menait une vie qui lui convenait. Il avait une famille et des amis qui le comprenaient. Et il les connaissait suffisamment bien pour les comprendre à son tour.

C'était le cas avec Poppy. Mais cette situation était si inédite pour l'un comme pour l'autre qu'il ne savait pas comment se comporter avec elle.

— Tu en as vraiment besoin ?

— Oui.

Se levant à contrecœur, il récupéra ses vêtements et sortit de la chambre. Parvenu dans le salon, il laissa tomber ses vêtements, s'allongea sur le canapé beaucoup trop petit pour lui et s'enveloppa dans une couverture.

Voilà. Elle était seule dans sa chambre. Demain, ils discuteraient de ce qui s'était passé et de leur prochain mariage.

Il ferma les yeux et essaya de ne pas penser à la sensation exquise qui l'avait submergé quand il s'était enfoui en elle.

Mais cette pensée s'imposait à lui.

Encore et encore.

Jusqu'à ce qu'il finisse par s'endormir.

Poppy se réveilla en sursaut à 3 heures du matin. Trop perturbée pour rester au lit, elle se leva et sortit de la chambre. Elle était nue. Parce qu'elle avait fait l'amour avec Isaiah quelques heures plus tôt.

Puis elle lui avait demandé de partir.

Parce que… Elle se détestait ? Elle le détestait ? Elle détestait tout ce qui pouvait lui arriver de bien ?

Elle avait paniqué. C'était la seule explication plausible à sa réaction.

Elle s'était sentie vulnérable, mise à nu, au propre comme au figuré. Elle avait eu besoin de temps pour se ressaisir.

Mais à en juger par l'ampleur de son désarroi émotionnel, elle n'aurait pas assez de l'éternité pour se reprendre en main.

Elle lui avait demandé de partir. Et il était parti.

Évidemment.

Elle l'aimait éperdument, mais il était dépourvu de tact.

Tu lui as demandé de s'en aller. Que voulais-tu qu'il fasse d'autre ?

Elle ne pouvait s'en prendre qu'à elle-même.

Elle se dirigea vers le salon à la recherche d'une diversion, que ce soit une émission de télé stupide ou une boisson forte, car elle était trop bouleversée pour se rendormir.

Quand elle pénétra dans le salon, son cœur tressauta dans sa poitrine. Il y avait une forme humaine allongée sur le canapé.

Isaiah.

Il n'était pas parti.

Décidément, il avait le chic pour la prendre de court !

Il avait dû chercher à se protéger de la fraîcheur nocturne avec une couverture, mais celle-ci était tombée par terre, et il gisait sous ses yeux, entièrement nu.

Même dans la faible lumière, elle se rendait compte à quel point il était splendide avec ses membres longs et ses muscles durs. On l'aurait dit sculpté dans le granit.

De bien des façons, il était un mystère pour elle, même si elle pouvait se vanter de bien le connaître.

Il était doué pour les chiffres. C'était en grande partie grâce à ses investissements et à sa rigueur financière si Gray Bear Construction était aussi prospère. Certes, il n'avait pas le charisme de Joshua, responsable des relations publiques, ni le talent artistique de Faith, véritable prodige dans le domaine architectural, ni le goût boulimique pour le travail de Jonathan Bear, mais c'était grâce aux efforts d'Isaiah si l'entreprise allait de l'avant et demeurait solvable.

Pour autant, il n'avait rien de l'homme de bureau, policé et élégant. Au contraire, il adorait les activités de plein air. Sitôt le travail terminé, il se rendait dans son ranch. Elle ne savait pas comment il avait fait pour vivre à Seattle. Mais même alors, il consacrait ses week-ends à faire de la randonnée pédestre, du VTT et du camping en pleine nature.

La seule chose qu'il ne maîtrisait pas parfaitement, c'était la communication avec autrui. Mis à part cela, il était un véritable génie.

Pourtant, il était resté avec elle.

Bien qu'elle lui ait demandé de partir. S'agissait-il d'une incroyable intuition ou simplement d'une marque d'entêtement de sa part ? Elle n'aurait su dire.

— Vas-tu rester plantée là à m'observer ?

Elle sursauta, prise de court.

— J'ignorais que tu étais réveillé.

— Je ne l'étais pas.

— Alors, tu savais que je te regardais, constata-t-elle, à la fois dépitée et embarrassée d'être nue devant lui.

En revanche, Isaiah ne semblait pas se soucier de sa propre nudité. Levant les bras, il joignit ses mains sur sa nuque.

— Veux-tu que nous discutions ?

— D'habitude, ce sont les femmes qui éprouvent le besoin de discuter.

— Peut-être. Mais je n'ai jamais été confronté à ce genre de situation. Je veux parler du fait que tu n'aies jamais fait l'amour auparavant. Et je suis sûr que tu dois te sentir mal à l'aise.

— Je t'ai déjà dit que je ne voulais pas en parler.

— Très bien.

Le silence s'éternisa entre eux. Il devenait si embarrassant qu'elle se décida à le rompre :

— Je n'ai jamais attaché une grande importance à cette histoire de virginité. Ni au sexe en général. J'attendais de rencontrer un homme qui se soucierait de moi. Puis, quand je suis sortie du système de placement familial et que j'ai décroché un emploi à tes côtés, je me suis sentie à ma place pour la première fois de ma vie. Cela me suffisait. Je n'avais pas besoin d'autre chose.

— Mais tu as soudainement changé d'avis avec moi ?

Elle remua, mal à l'aise, et posa une main devant son entrejambe en serrant étroitement ses cuisses.

— Ce n'est pas que j'aie changé d'avis. Je ne m'étais pas interdit d'avoir des relations sexuelles. Simplement, je n'avais jamais rencontré un homme qui m'inspire suffisamment confiance. Il se trouve que j'ai confiance en toi, et… je me suis laissé emporter par la passion.

— Et cela ne t'était jamais arrivé auparavant, remarqua-t-il, visiblement sceptique.

— Non, admit-elle.

— Mais tu avais envie de faire l'amour avec moi, n'est-ce pas ? insista-t-il en se redressant.

— Bien sûr. Comment peux-tu en douter ?

— Parce que cette envie t'a prise brusquement. Poppy, je sais que je t'ai forcé la main pour ce mariage, mais je ne voulais pas t'obliger à coucher avec moi.

— Tu n'as rien fait de tel. Après tout, nous sommes fiancés. Et cela ne pouvait m'arriver qu'avec toi.

Puis, se rendant compte de la portée de son aveu, elle ajouta précipitamment :

— Étant donné mon enfance chaotique, j'ai beaucoup

de mal à accorder ma confiance. Mais avec toi... je n'ai pas eu ce problème.

— Viens ici.

Voyant qu'elle hésitait, il l'attrapa par le poignet, l'attira vers lui et la fit asseoir sur ses genoux.

Tous deux étaient nus. Elle aurait dû trouver cela ridicule, voire déplacé. Ou pour le moins étrange. Après tout, le changement dans la nature de leur relation ne datait que d'hier !

Pourtant, elle se sentait tellement bien, serrée entre les bras vigoureux d'Isaiah.

— Je reste, annonça-t-il.

— Je t'avais demandé de partir.

— Tu ne le pensais pas vraiment.

— Qu'en sais-tu ?

Elle s'entêtait pour la forme. Car elle avait *espéré* qu'il resterait.

— Je te connais. Et je savais que tu n'avais pas vraiment envie que je te laisse *seule*.

— Tu savais cela ?

— Oui. Il m'arrive d'être intuitif, plaisanta-t-il.

Elle promena une main sur son torse, se délectant de sentir ses muscles ciselés sous ses doigts. Lui emprisonnant la main, il la posa sur son cœur, et elle le sentit battre sous sa paume.

— Tu peux rester, murmura-t-elle, en proie à un trouble délicieux.

— Je suis trop grand pour ce canapé, remarqua-t-il.

— Alors, allonge-toi par terre.

Elle se sentit soudain soulevée en l'air tandis qu'Isaiah se levait.

— Je préfère retourner dans ton lit.

Elle déglutit avec peine, la gorge nouée et le corps tremblant. Ils allaient vraiment… refaire l'amour ?

— Mon lit n'est pas très confortable, argua-t-elle faiblement.

— Je m'en accommoderai.

Puis il l'embrassa, prolongeant son baiser jusqu'à ce qu'ils parviennent à sa chambre.

Son désir de se protéger d'Isaiah se volatilisa en un instant.

Pour la première fois de sa vie, elle vivait son rêve dans les bras d'Isaiah. Elle n'allait pas se priver de ce bonheur.

6

Poppy eut beau protester quand il décida qu'ils partent ensemble au bureau le lendemain matin, il n'en démordit pas.

S'y rendre séparément eût été ridicule puisqu'il se trouvait déjà chez elle. Manifestement, elle répugnait à ce qu'il prenne la situation en main, et il pouvait le comprendre. Mais ce n'était pas une raison pour compliquer les choses.

Toujours est-il qu'elle le chassa de la chambre et qu'elle n'en ressortit que cinq minutes avant l'heure à laquelle ils étaient censés arriver au bureau.

Elle avait revêtu sa tenue classique. Une jupe rouge vif tombant jusqu'aux genoux et un top blanc. Des boucles d'oreilles et des escarpins rouges complétaient l'ensemble.

— Faith et Joshua vont se poser des questions, argua-t-elle nerveusement en s'installant sur le siège du passager de sa voiture de sport.

— Et alors ? Nous sommes fiancés.

— Nous devrons leur raconter une histoire. Et… nous devrons aussi prévenir tes parents. Ils ne seraient pas contents s'ils étaient les derniers informés.

— Nous ne sommes pas obligés de dire à Faith et Joshua que nous sommes fiancés.

— Oh ! tu crois peut-être que nous pouvons nous contenter de leur dire que nous avons couché ensemble ?

— Nous pourrions ne rien leur dire du tout. Ce n'est pas comme si l'un et l'autre me tenaient au courant de leurs exploits sexuels.

— Il se trouve que Joshua est marié et que Faith est ta petite sœur.

— Et ?

— Tu es impossible !

Elle l'était aussi, mais étant donné son humeur, ce n'était pas le moment de lui en faire la remarque.

En réalité, c'était une dispute pour la forme. Il avait déjà gagné puisqu'ils se rendaient au travail ensemble.

— Jonathan sera absent aujourd'hui, si cela peut t'aider.

Elle exhala un soupir agacé.

— Ce n'est pas tant Jonathan que je redoute d'affronter mais ton frère et ta sœur.

— Il faudra bien que nous leur annoncions la nouvelle un jour ou l'autre. Alors, pourquoi attendre ? Plus nous tarderons, plus ce sera embarrassant.

— Je sais. Mais si tu pouvais être un petit peu moins pragmatique de temps à autre, nous simples mortels nous sentirions beaucoup mieux.

— Que veux-tu dire ?

— Que tout te paraît tranché, sans nuances… Simple.

Elle avait vraiment l'air de penser ce qu'elle disait, songea-t-il, perplexe.

— C'est faux. Je considère que les choses sont simples quand je peux les définir. Et je le fais chaque fois que c'est possible. Il y a beaucoup trop de variables dans la vie. Si on les transforme en données mathématiques, on obtient une seule réponse. Et si la réponse est logique, je l'adopte.

— Mais la vie n'a *rien à voir* avec les mathématiques ! Il n'y a jamais une seule réponse. Nous pourrions dissimuler à tout le monde le changement survenu dans notre relation jusqu'à ce que nous nous sentions prêts à en parler. D'où l'intérêt des voitures séparées.

— Dissimuler nos fiançailles est illogique.

— Pas quand on est une femme un peu gênée d'avoir perdu sa virginité. On n'a pas forcément envie que tout le monde le sache.

— Tu n'es pas obligée de le crier sur les toits, plaisanta-t-il.

— Évidemment ! répliqua-t-elle, tambourinant des doigts sur son accoudoir. Veux-tu que je te dise ? Tu n'es qu'un cow-boy horripilant. Avec une voiture de sport inconfortable.

— Ne t'en déplaise, c'est un petit bijou de technologie qui a plus d'allure que mon pick-up.

Elle exhala un autre soupir agacé et ne lui adressa plus la parole durant le reste du trajet.

Il n'avait aucune raison de se formaliser de sa mauvaise humeur. En effet, après qu'elle se fut livrée à quelques confidences aux premières heures du matin, il l'avait emmenée au lit et tenue éveillée jusqu'à l'aube. Pour sa plus grande joie, elle avait répondu à chacun de ses baisers et à chacune de ses caresses.

C'était une évidence, elle le désirait. Et leur merveilleuse entente au lit serait le ciment de leur union, quelles que soient leurs dissensions par ailleurs.

Quelle idée géniale il avait eue de la demander en mariage !

Elle serait une épouse parfaite et une mère fantastique. Elle était déjà une partenaire fabuleuse au travail, et maintenant il y avait cette… passion charnelle entre eux.

Il n'aurait jamais cru qu'une relation lui apporte autant d'avantages.

Aussi acceptait-il volontiers ses accès de mauvaise humeur au nom des moments fabuleux qu'ils auraient ensemble.

Tandis qu'ils traversaient l'artère principale de la ville en silence, il remarqua qu'à l'approche de Noël toutes les petites boutiques s'étaient parées de guirlandes lumineuses et de branches de sapins, et il s'interrogea sur les Noëls qu'avait pu avoir Poppy.

— Est-ce que tu fêtais Noël quand tu étais enfant ? demanda-t-il.

— Quoi ?

— Ce sont les décorations qui m'y font penser. Nous fêtions Noël de façon traditionnelle, avec des cadeaux au pied du sapin, la famille au grand complet et un repas festif avec une dinde desséchée.

Elle se mit à rire.

— Ta mère est bonne cuisinière. Je doute qu'elle ait jamais raté la cuisson d'une dinde.

— C'était ma grand-mère qui la faisait trop cuire. Elle est morte quand j'étais au lycée.

— Tes Noëls ressemblent à des contes de fées. Malgré la dinde desséchée. Pour ma part, j'ai vécu quelques Noëls agréables alors que dans d'autres familles, on ne le fêtait pas. À vrai dire, je n'attache pas une grande importance à Noël, sans doute parce que je n'ai pas des années de tradition derrière moi.

Quand il se gara devant le siège de l'entreprise, un peu

en dehors de la ville, Poppy mit aussitôt pied à terre et se dirigea vers le bâtiment, comme si elle voulait éviter d'arriver avec lui.

Il secoua la tête, amusé, et lui emboîta le pas sans se presser. Si elle voulait jouer à ce petit jeu, grand bien lui fasse. C'était elle qui était embarrassée et non lui.

Il pénétra à sa suite dans le bâtiment de style *American Arts and Crafts*, puis dans le salon où sa sœur Faith était lovée dans un fauteuil, une tasse de café à la main.

Joshua lui faisait face, les pieds posés sur une table basse.

— As-tu des problèmes avec ta voiture ? demanda Faith à Poppy.

Poppy contempla tour à tour Isaiah, Joshua puis Faith. Rien qu'en l'observant, il perçut le moment où elle prit sa décision. Ses épaules se carrèrent et son corps se raidit, comme si elle s'armait de courage pour ce qui allait suivre.

Après une profonde inspiration, elle déclara tout à trac :

— Non. Je suis venue avec ton frère parce que j'ai couché avec lui la nuit dernière.

Puis elle se précipita hors de la pièce et longea le couloir jusqu'à son bureau, faisant claquer sa porte derrière elle.

Deux têtes pivotèrent vers lui, et deux paires d'yeux le fixèrent avec stupeur.

— *Quoi ?* s'exclama sa sœur.

— Elle a été très claire, non ? remarqua-t-il en se versant une tasse de café.

— Tu as vraiment couché avec Poppy ? insista Joshua.

— Oui, confirma Isaiah sans regarder son frère.

— *Toi* et Poppy ?

— Oui.

— Pourquoi faut-il que je sois au courant de vos histoires intimes ? demanda Faith en se bouchant les oreilles.

— J'ignorais qu'elle allait le claironner ce matin au bureau, répondit Isaiah, un sourire amusé aux lèvres. Mais je suppose que c'est sa façon de se venger de moi parce que j'ai eu le malheur de dire que ce qui s'était passé entre nous était un simple changement dans notre relation.

Faith le fixa, indignée.

— Tu as qualifié ce changement de *simple* alors que tu as *couché* avec elle ? Une *employée* et une *amie* de longue date ?

— Nous nous sommes très bien entendus au lit.

Faith se recroquevilla dans son fauteuil, visiblement choquée.

— Et ce n'est pas tout, annonça-t-il. Je vais l'épouser.

— Tu vas… *épouser Poppy* ?

Cette fois, la voix de Faith frisait l'hystérie.

— Oui.

— Tu n'es pas obligé d'épouser une femme simplement parce que tu as couché avec elle, remarqua Joshua.

— Évidemment. Mais, comme tu le sais, je souhaite me marier. Et puisqu'il y a une alchimie indéniable entre nous, je me suis dit que nous pourrions aussi bien nous marier.

— Es-tu amoureux d'elle ? intervint Faith.

— Je me soucie énormément d'elle.

— Tu n'as pas répondu à ma question.

— As-tu eu des réponses à ton annonce ? intervint

Joshua, cherchant visiblement à éluder la question des sentiments.

— Oui, plusieurs. Hier, Poppy a fait passer un entretien à six candidates.

— Et aucune ne t'a convenu ?

— Je ne les ai pas rencontrées.

— Si je comprends bien, déclara Faith lentement, hier tu as demandé à Poppy d'interroger des candidates au mariage, et cette nuit, tu as… couché avec elle.

— Tu sautes une étape. Hier après-midi, elle m'a accusé de rechercher une épouse qui jouerait somme toute le rôle d'assistante dans ma vie de tous les jours. Et c'est à ce moment-là que je me suis rendu compte que Poppy correspondait exactement au profil que je recherchais.

— C'est la déclaration la moins romantique que j'aie jamais entendue, commenta Faith, écœurée.

— La romance est accessoire pour moi.

— Et pour Poppy ?

Il haussa négligemment les épaules.

— Elle aurait pu dire non.

— *Vraiment ?* demanda Faith. Sans vouloir t'offenser, Isaiah, il est difficile de te dire non quand tu t'es mis quelque chose en tête.

— Ne t'en déplaise, après ce qui s'est passé entre nous la nuit dernière, je peux t'assurer que Poppy et moi allons parfaitement bien ensemble.

— Tu as raison, tout ceci me déplaît. Je ne veux pas en entendre davantage, déclara Faith en se levant, sa tasse à la main, et en se dirigeant vers son bureau.

— J'espère que tu sais ce que tu fais, intervint Joshua.

Isaiah contempla son frère, vexé.

— Qu'est-ce qui te permet d'en douter ?

— La soudaineté de tes fiançailles avec Poppy, par exemple.

— Je croyais que tu l'appréciais.

— Oui, j'ai beaucoup d'estime pour elle. Voilà pourquoi je m'inquiète. Elle n'est pas comme toi, Isaiah. Je ne devrais pas avoir à te le dire, mais tes sentiments sont en mode congélation.

— Tu exagères !

— Es-tu disposé à tomber amoureux ?

— Je l'ai déjà été et ne tiens pas à revivre l'expérience.

— Poppy a-t-elle déjà été amoureuse ? insista Joshua.

Cela ne regardait pas son frère, mais il lui répondit quand même :

— Non.

— Peut-être a-t-elle envie de tomber amoureuse. Et j'imagine qu'elle veut que son mari l'aime.

— Pour Poppy, la confiance est essentielle. Elle sait qu'elle peut compter sur moi. Et je sais que je peux lui faire confiance. C'est ce que nous pouvons avoir de mieux.

— Tu dis que tu es contre l'amour. Pourtant, Danielle et moi…

— Ce que Danielle et toi avez est statistiquement improbable. Tu as fait passer une petite annonce pour trouver une épouse n'ayant aucun point commun avec toi et tu es tombé éperdument amoureux d'elle ! C'est une équation impossible. Par ailleurs, je ne recherche pas la passion mais la stabilité.

— Parce que ma vie te paraît terriblement instable ?

— Non. Mais tu oublies que pendant cinq ans j'ai

eu une relation avec une femme qui s'est avérée être tout le contraire de ce que je croyais.

— Tu te raccroches encore à cet épisode de ta vie ?

Isaiah secoua la tête.

— Non. Mais j'ai tiré les enseignements de mes erreurs. À savoir qu'on ne peut pas se fier à l'amour. Il nous aveugle et nous fait perdre tout sens des réalités.

— Ainsi, d'après ton raisonnement, je suis en train de me fourvoyer avec Danielle ?

— J'espère que non.

— Que penses-tu de papa et maman ?

— C'est différent.

— En quoi est-ce différent ?

— Ils sont l'exception qui confirme la règle. Comme toi et Danielle. Je ne suis pas comme toi, Joshua. Tu sais communiquer avec les gens, les charmer ou les émouvoir. Tu es intuitif. Tu devines ce qu'ils ressentent. Pas moi. Je dois faire confiance à mon cerveau parce que mon cœur ne m'est pas d'une grande aide.

— Ne fais pas souffrir Poppy.

— Ce n'est pas mon intention.

Mais soudain, il n'en était plus aussi sûr. Elle était déjà blessée. Ou du moins, contrariée à cause de lui. Et il ne savait pas trop ce qu'il était censé faire pour remédier à cela.

Il se dirigea vers le bureau de Poppy et ouvrit la porte sans frapper. Elle était assise dans son fauteuil, les yeux dans le vague et la mine furieuse.

— Ton coup d'éclat était réussi, commença-t-il.

— Entendons-nous bien, Isaiah, tu n'as pas à me dicter ma conduite. Si nous devons nous marier, nous établirons un véritable partenariat dans notre couple. Tu ne seras pas mon patron. Et tu ne me manipuleras pas.

Il esquissa un sourire.

— Au moins me permettras-tu d'être ton patron au lit ?

— Oui, acquiesça-t-elle en s'empourprant. Mais dans la vie quotidienne…

— J'ai compris.

Il s'avança vers elle et s'agenouilla à ses pieds.

— Je ne cherche pas à te tyranniser, promit-il, lui prenant le menton.

— Vraiment ?

Il la sentit trembler légèrement et s'en émut.

— Je sais que je me montre parfois autoritaire, mais c'est plus fort que moi.

— Entendu.

— Joshua et Faith étaient déjà au courant de l'annonce. J'ai été obligé de leur faire part de nos fiançailles et de leur expliquer qu'elles avaient un rapport avec mon annonce.

— Qu'ont-ils dit ?

— Joshua m'a demandé de ne pas te faire souffrir.

Elle eut un petit rire.

— Une sage requête que je partage.

— Quand veux-tu que nous l'annoncions à mes parents ? Notre dîner mensuel aura lieu dans trois semaines.

— Dans ce cas, attendons jusque-là.

— Tu y tiens vraiment ? C'est long, trois semaines.

— Sans doute, mais je ne me sens pas prête.

Comme il lui avait un peu forcé la main pour le mariage, il ne voulait pas la brusquer davantage. Elle trouvait parfois les relations familiales compliquées — une difficulté qu'il avait toujours mise sur le compte de son enfance chaotique.

— D'accord. Mais que cela ne t'empêche pas d'emménager chez moi.

— Et ma maison ?

— De toute façon, une fois mariée, tu viendras vivre sur mon ranch. Alors, autant t'y installer tout de suite.

— Il n'est pas question que nous couchions ensemble avant le mariage, dit-elle tout à trac en s'empourprant un peu plus.

Il fronça les sourcils, mécontent.

— Nous avons déjà fait l'amour. Plusieurs fois.

— Et c'était une bonne chose. Cela nous a permis d'établir un lien plus intime entre nous. Mais maintenant qu'il est établi, je préfère attendre.

— Comme tu veux.

Elle écarquilla les yeux, visiblement surprise qu'il cède aussi facilement.

— Merci.

Il ne pensait pas qu'elle s'en tiendrait à sa décision. Manifestement, ce refus d'avoir des rapports sexuels lui conférait un sentiment de puissance, et il était heureux de lui concéder cet avantage.

Mais cela ne voulait pas dire qu'il ne tenterait pas de la séduire.

7

Les jours suivants, Poppy n'eut guère le temps de réfléchir à sa décision. Isaiah avait fait appel à une entreprise de déménagement pour transférer toutes ses affaires au ranch, et avant qu'elle s'en rende compte, elle s'installait dans une routine différente de tout ce qu'elle avait pu imaginer.

Ils se rendaient au travail ensemble. Ils passaient toute la journée au bureau, chacun reprenant son rôle habituel. Puis ils rentraient ensemble à la maison.

Et la tension sexuelle enflammait chacune de leurs interactions, au point qu'il lui semblait percevoir la chaleur irradiant du corps d'Isaiah à travers la pièce.

Il lui avait donné une chambre, lui accordant ainsi son propre espace. Mais à l'évidence, son décret concernant l'abstinence sexuelle le déconcertait.

Elle-même en venait à se demander pourquoi elle se torturait ainsi.

Faire l'amour avec lui était fabuleux. Mais elle se sentait complètement écrasée par sa forte personnalité.

Durant dix ans, elle s'était secrètement languie de lui. Puis il avait brusquement décidé de donner un tour différent à leur relation. D'un simple claquement de doigts, il avait chamboulé son univers, et elle ne reconnaissait plus rien.

Pas même le plafond qu'elle voyait chaque matin en ouvrant les yeux.

Elle devait trouver un moyen de s'imposer et d'instaurer un juste équilibre dans leur couple. Pour l'instant, elle était désavantagée puisqu'elle intégrait sa maison et sa famille et que son amour était unilatéral.

Elle devait à tout prix tenir bon.

Mais elle l'aimait tellement !

Et c'était tellement difficile de lui résister.

La nuit, quand elle s'inquiétait pour son avenir, seule dans sa chambre, à quelques mètres de la sienne, elle en venait à souhaiter qu'il passe outre à ses injonctions, comme il l'avait fait cette première nuit, ou qu'il essaie au moins de la faire changer d'avis. Alors, peut-être que sa tentative la renforcerait dans sa décision de lui résister.

Mais il n'entreprenait rien. Et elle en était quitte pour se raccrocher à son édit d'abstinence sexuelle.

Vaille que vaille.

Alors même qu'ils devaient se comporter comme un couple normal, notamment vis-à-vis des parents d'Isaiah.

Justement, ce soir avait lieu le fameux dîner chez les Grayson, et cette rencontre la remplissait d'appréhension.

Elle redoutait de devoir leur raconter une vague histoire concernant la façon dont ils avaient soudainement pris conscience de leurs sentiments l'un pour l'autre.

Et elle souffrait de savoir que c'était une imposture.

Pourtant, ce soir, ils fixeraient une date pour le mariage.

Elle ferma les yeux, serrant très fort ses paupières, puis elle les rouvrit et contempla les superbes placards sur mesure dans l'immense cuisine d'Isaiah. Peut-être devrait-elle boire un verre de vin avant le fameux dîner. Ou quatre. Histoire de calmer ses nerfs à vif.

Elle était déjà habillée et prête à partir, mais Isaiah avait dû s'occuper des chevaux, et elle attendait qu'il finisse de se doucher.

Une part d'elle brûlait d'envie de le rejoindre. Mais elle avait décrété un édit d'abstinence sexuelle, et elle devait s'y tenir.

Finalement, Isaiah fit son apparition, vêtu d'un jean et d'une chemise boutonnée, pieds nus et chapeau de cow-boy sur la tête. Il avait l'air un peu canaille, mais tellement sexy !

Fallait-il qu'elle soit masochiste pour continuer à lui résister !

Il mit la main à sa poche et en sortit un écrin de velours noir qu'il lui tendit.

La première surprise passée, elle secoua la tête.

— Non, balbutia-t-elle, la gorge nouée.

— Pourquoi non ? Il te faut une bague avant d'aller voir mes parents.

— Mais si j'arrive chez eux en portant une bague, ils comprendront de quoi il retourne.

Un piètre argument puisqu'ils allaient leur annoncer leurs fiançailles.

C'était tellement étrange. Elle n'avait pas l'impression d'être fiancée à Isaiah.

Parce que tu ne couches pas avec lui ?

Non. Parce qu'il ne t'aime pas.

Comme si elle avait besoin de ce constat déprimant !

— Ils ne sauront pas que nous sommes fiancés, ajouta-t-il. Et quand bien même ils le comprendraient, ce n'est pas comme si nous voulions leur en faire la surprise. Nous venons simplement leur annoncer la nouvelle.

La bague à l'intérieur de l'écrin était époustouflante. Tellement plus originale qu'un simple solitaire.

— C'est un bijou vintage, expliqua-t-il. Il faisait partie d'une collection exposée dans un musée à Washington DC. Je l'ai repéré sur Internet et j'ai aussitôt contacté le collectionneur.

— Tu as acheté une bague exposée dans un musée ! s'exclama-t-elle, abasourdie.

— Elle faisait partie d'une collection privée.

Comme si c'était un achat anodin !

Voyant qu'elle gardait le silence, il se rembrunit.

— Elle ne te plaît pas ?

Oh ! si, elle lui plaisait. Mais son geste était tellement inattendu qu'elle avait du mal à décrire ce qu'elle ressentait. C'était comme si le rêve le plus étrange devenait réalité. Un rêve tellement chimérique qu'elle l'aurait aussitôt chassé de ses pensées. Elle n'avait jamais réfléchi au genre de bague qu'elle aimerait avoir. Et si elle l'avait fait, elle aurait demandé un bijou tout simple en provenance d'un centre commercial. Et non… d'une *collection de musée.*

— Je sais à quel point tu aimes le style vintage, poursuivit-il, dérouté par son silence. Et je sais aussi que tu détestes certains aspects liés au commerce du diamant.

Décidément, elle allait de surprise en surprise ! Un jour, au bureau, elle avait fustigé les dérives liées à l'extraction des diamants après avoir vu le film *Blood Diamond.* Cela remontait à quelques années. Et elle n'y avait jamais fait d'autre allusion par la suite.

— Tu t'en es souvenu ? demanda-t-elle, bluffée.

— Oui.

Parfois, elle se demandait si tout le monde se méprenait sur son compte, y compris elle. Si personne ne se rendait compte de l'importance qu'il attachait aux gens, à leurs paroles et à leurs actes. Parce que se souvenir d'un détail aussi insignifiant n'était pas caractéristique d'un homme insensible ou indifférent. Elle trouvait même… terriblement sentimental de sa part qu'il s'en soit souvenu, d'autant qu'à l'époque, il n'avait aucune visée matrimoniale sur elle.

Il avait une personnalité beaucoup plus complexe qu'il y paraissait, et elle avait eu tort de s'arrêter aux apparences. Certes, elles étaient souvent contre lui. Ainsi, il était capable de dire qu'une relation s'apparentait à une équation mathématique.

Mais le fait de se souvenir de son opinion sur les diamants n'avait rien à voir avec les maths. C'était une marque d'attention de sa part.

Oh ! comme elle s'en voulait de l'avoir mal jugé !

Personne d'autre ne la comprenait mieux qu'Isaiah Grayson.

Et maintenant…

Elle avait très envie de porter sa bague. Celle qu'il avait choisie avec tant de soin et d'extravagance. Parce que personne n'avait eu ce genre d'attention pour elle.

Et personne n'avait fait ce genre d'extravagance pour elle.

Uniquement lui.

Il sortit la bague de l'écrin et la lui glissa au doigt. Il ne s'agenouilla pas devant elle, mais ce n'était pas surprenant de sa part.

Et surtout, cela n'avait pas d'importance.

La bague en elle-même n'avait pas non plus d'importance. Ce qui comptait, c'était le soin qu'il avait mis à la choisir.

C'était lui.

Son homme.

Elle l'aimait tellement que cela l'effrayait.

Et elle porterait fièrement sa bague.

— Es-tu prête à aller dîner chez mes parents ?

La gorge nouée par l'émotion, elle admira la pierre parfaite et étincelante à son doigt.

— Oui, je suis prête.

Ce soir, en arrivant chez ses parents en compagnie de Poppy, Isaiah éprouvait une agréable sensation de calme et de plénitude. La ferme de taille modeste, avec son porche illuminé pour les accueillir, n'avait pas changé depuis l'époque où il était enfant. Ses parents s'obstinaient à refuser que leurs enfants leur achètent une nouvelle maison ou fassent moderniser celle-ci. Ils affirmaient qu'ils étaient parfaitement heureux ainsi.

Et Isaiah les enviait de se sentir si bien chez eux.

Bien sûr, il aimait sa maison, mais il ne la considérait pas encore comme un véritable foyer. Et il espérait que son mariage avec Poppy changerait la donne. Si seulement elle pouvait mettre un terme à son embargo sur le sexe !

À vrai dire, il ne comprenait pas pourquoi elle tenait tant à ce qu'ils fassent chambre à part. Elle s'était justifiée en disant qu'elle était conventionnelle dans l'âme et qu'elle avait toujours rêvé d'un mariage en blanc, mais cela ne l'avait pas empêchée de coucher avec lui quelques semaines auparavant.

C'était étrange. Durant dix ans, il n'avait pas eu de relation sexuelle avec Poppy. Et maintenant qu'il lui avait fait l'amour le temps d'une nuit — et quelle nuit ! —, il avait un mal fou à patienter jusqu'au mariage. Cette abstinence était une véritable torture pour lui. Il avait cru qu'elle serait incapable de s'en tenir à sa décision. Mais il devait se rendre à l'évidence. Presque trois semaines s'étaient écoulées, et elle n'avait toujours pas frappé à la porte de sa chambre.

Il est vrai que Poppy avait conservé sa virginité jusqu'à l'âge de vingt-huit ans. Son célibat avait duré plus longtemps que le sien. Car s'il avait fui les relations amoureuses après son échec sentimental avec Rosalind, il n'avait pas fait vœu de chasteté pour autant.

Ils mirent pied à terre, et elle fonça vers la maison sans l'attendre, comme elle l'avait fait ce premier matin quand ils s'étaient rendus au bureau ensemble. Mais cette fois, il ne la laisserait pas faire.

Il la rattrapa et noua son bras autour de sa taille.

— Si tu fais irruption dans le salon de mes parents et que tu leur annonces tout à trac que nous avons couché ensemble, je me verrai dans l'obligation de te punir.

Elle tourna vivement la tête vers lui.

— Cette menace est digne d'un homme des cavernes !

— C'est ce que mérite une vilaine fille comme toi si elle manigance un mauvais tour.

— Je ne manigance *rien*, protesta-t-elle en s'empourprant.

Il l'examina avec attention. Il connaissait bien Poppy, il avait appris à déchiffrer son expression. À cet instant, elle était un paquet de nerfs. Redoutait-elle l'annonce de leurs fiançailles ? Pourtant, elle n'avait aucune raison de craindre la réaction de ses parents.

Lui et Poppy étaient loin d'avoir retrouvé la complicité qu'ils avaient eue trois semaines auparavant, et il le déplorait.

Mais elle le désirait. C'était une évidence. Elle était incapable de le lui dissimuler, même maintenant alors qu'ils se tenaient devant la maison de ses parents.

— Avoue que tu te demandes quel genre de punition je pourrais t'infliger, murmura-t-il d'une voix câline.

Elle s'agita nerveusement contre lui, et il comprit qu'il avait vu juste.

— Pas du tout, assura-t-elle.

— Menteuse.

— C'est une manie chez toi de dénoncer les mensonges !

— Parce qu'ils ne servent à rien. Au bout du compte, ils ne rendent pas une situation moins pénible.

— La plupart des gens trouvent un certain réconfort dans les petits mensonges.

— Pas moi, répliqua-t-il, la gorge nouée. Je n'accepte aucun mensonge, grand ou petit, Poppy. C'est une chose que tu dois savoir à mon sujet.

Il avait déjà eu une relation amoureuse avec une femme qui lui avait menti. Qui avait trahi sa confiance. Et il en avait été terriblement blessé.

— Je ne te mentirai jamais, dit-elle doucement, effleurant ses lèvres du bout des doigts.

Aussitôt, il se sentit devenir dur. Elle ne l'avait pas touché depuis qu'il avait passé la nuit chez elle. Mais ce soir, cette soudaine flambée de désir tombait au plus mauvais moment.

Tâchant de se ressaisir, il resserra sa prise autour d'elle pendant qu'ils grimpaient les marches du porche. Puis il sonna à la porte.

Sa mère leur ouvrit en souriant, puis son regard intrigué passa de l'un à l'autre.

— Isaiah ? Poppy ?

— Bonsoir, madame Grayson, dit Poppy sans s'écarter de lui.

— Bonsoir, maman.

— J'imagine que vous avez quelque chose à nous dire, suggéra sa mère, s'effaçant pour les laisser passer.

Isaiah entraîna Poppy au salon où son père les attendait, installé dans son fauteuil favori. En pénétrant dans cette pièce au décor presque immuable, Isaiah fut frappé de retrouver intacte l'image de la vie de famille qu'il avait eue en grandissant. Et c'était cette sorte de vie à laquelle il aspirait avec Poppy à ses côtés.

— Oui, nous avons quelque chose à vous dire, confirma-t-il.

À cet instant, la porte d'entrée s'ouvrit à nouveau, livrant passage à son frère Devlin et à son épouse Mia qui approchait du terme de sa grossesse.

— Nous avons apporté des frites, annonça Mia, avant de s'arrêter net en voyant Isaiah tenant Poppy par la taille.

— Chouette ! J'adore les frites ! s'exclama Poppy.

Puis Joshua, Danielle et le petit Riley arrivèrent à leur tour. Cette fois, à l'exception de Faith, les invités étaient au complet.

— Voulez-vous attendre Faith ? demanda sa mère.

— Non, ce n'est pas nécessaire, assura Isaiah. Poppy et moi sommes fiancés.

Ses parents les contemplèrent, stupéfaits, puis sa mère se ressaisit la première.

— C'est merveilleux ! s'exclama-t-elle en souriant avant de s'avancer vers lui et de lui donner une chaleureuse accolade.

Elle fit de même avec Poppy visiblement émue et intimidée.

Son père les rejoignit et tendit la main à Isaiah.

— C'est une excellente décision, mon garçon.

Puis il donna l'accolade à Poppy et l'embrassa sur la joue.

— Soyez la bienvenue dans la famille, Poppy.

Elle émit un son entre le halètement et le sanglot, mais elle demeura à ses côtés.

Un sentiment de bien-être l'envahit. Il avait une famille unie, aimante et chaleureuse.

Et maintenant qu'il avait Poppy, son bonheur était complet.

À mesure que le dîner se poursuivait, Poppy se sentait de plus en plus mal à l'aise. La nourriture lui paraissait sans saveur, ce qui était ridicule car Nancy Grayson était un véritable cordon-bleu. Mais Poppy avait le sentiment que ses papilles gustatives étaient détraquées, tout comme son âme, laquelle oscillait entre émerveillement et abattement.

Les Grayson formaient une famille tellement formidable. Elle aimait beaucoup les parents d'Isaiah. Ils étaient chaleureux et généreux. Mais ils pensaient qu'elle et Isaiah étaient amoureux l'un de l'autre. Qu'Isaiah avait enfin ouvert son cœur à une femme.

Et cela, Isaiah ne le comprenait pas. Il était persuadé

que ses parents voulaient simplement qu'il se marie et fonde une famille alors qu'ils souhaitaient avant tout le voir heureux.

Ils se figuraient qu'elle l'avait changé, mais ce n'était pas le cas. Elle lui permettait simplement de rester dans sa zone de confort. Et ce constat la désespérait.

Une fois le dîner achevé, Poppy aida Nancy à débarrasser la table.

— Poppy, puis-je vous parler ?

— Bien sûr, acquiesça-t-elle, sur des charbons ardents.

— J'ai toujours su que vous seriez parfaite pour Isaiah, déclara Nancy. Mais je me suis gardée d'intervenir car lorsque je le pousse à faire quelque chose, il se braque facilement. Mes autres enfants réagissent de la même façon, mais à un degré moindre. En fait, Isaiah est le plus déconcertant de tous. Il l'était déjà, petit garçon. Tour à tour en colère et très émotif, ou retranché derrière une carapace d'indifférence. C'est sa façon à lui de se protéger. Les gens le trouvent souvent détaché, mais en réalité il cache une sensibilité à fleur de peau.

C'était exactement ce que Poppy avait pensé quand il lui avait offert la bague. Il y avait des espaces cachés en lui, qu'il ne montrait à personne. Par instinct de protection. Et cela prouvait qu'il n'était pas insensible, tant s'en faut.

— C'est un homme bien, poursuivit Nancy. Il sera un bon mari pour vous. Et vous êtes exactement la femme qu'il lui faut. Je l'ai toujours su.

— Il… Il n'a pas un caractère difficile, remarqua Poppy, la gorge nouée et le regard rivé sur ses mains. C'est une des personnes les plus spéciales que je connaisse.

Nancy lui prit les mains entre les siennes et les serra.

— C'est tout ce qu'une mère souhaite entendre de la part de sa future bru.

Le malaise de Poppy s'accrut encore. Elle se faisait l'effet d'un imposteur. Bien sûr, elle aimerait Isaiah de toute son âme, mais elle n'était pas sûre de l'aider en l'épousant.

— Venez avec moi, j'ai quelque chose pour vous, lui dit Nancy.

Elle l'entraîna dans la chambre parentale, puis se dirigea vers une haute commode et en sortit un coffret à bijoux.

— Dans ce coffret, je conserve l'alliance de ma mère. Je sais que vous aimez le style vintage. Cette bague ne convient ni à Danielle ni à Mia, et je sais que Faith n'en voudra pas. C'est vous qu'elle attendait, déclara Nancy en la lui tendant.

Très émue, Poppy la prit d'une main tremblante.

— Merci, madame Grayson. Je la mettrai en lieu sûr jusqu'au mariage.

— Elle peut rester ici en attendant, si vous préférez.

— Excellente idée, approuva-t-elle, lui rendant le bijou. Mais je la porterai avec joie le jour de la cérémonie.

Elle allait épouser Isaiah !

— Merci encore pour ce précieux cadeau.

Nancy la serra dans ses bras, et Poppy eut l'impression que son cœur se déchirait.

— Je sais que votre mère ne sera pas présente au mariage. Aussi n'y aura-t-il pas d'un côté la famille de la mariée et de l'autre celle du marié mais un seul groupe uni derrière vous. Désormais, notre famille sera la vôtre. Vous n'êtes plus seule, Poppy.

— Merci, balbutia-t-elle, au bord des larmes.

Quand elle retourna au salon, Isaiah l'attendait près de la porte d'entrée, son chapeau sur la tête.

— Es-tu prête ? demanda-t-il.

— Oui.

Tous les membres de la famille lui donnèrent à nouveau l'accolade, chacun lestant un peu plus sa conscience déjà lourde.

En s'installant dans la voiture, Poppy avait le cœur au bord des lèvres. Toute la tension accumulée au fil de la soirée menaçait de déborder et de l'anéantir.

C'en était trop. Il fallait qu'elle prenne une décision.

Une larme glissa le long de sa joue, et elle se détourna pour qu'il ne la voie pas pleurer.

— Isaiah, je ne peux pas t'épouser.

8

— Quoi ?

— Je ne peux pas t'épouser, répéta-t-elle, sentant la panique la gagner. Je suis désolée. Mais tes parents pensent que je t'ai… transformé, en quelque sorte. Que je t'ai guéri. Que j'ai su trouver le chemin de ton cœur. Mais c'est faux. Je te permets simplement de rester dans ta zone de confort et de continuer à fuir les émotions, à fuir l'amour.

— Peut-être suis-je inapte à l'amour.

— Mais tu as aimé Rosalind.

— D'une certaine façon. Écoute, Poppy, tu réagis comme si je ressentais les émotions comme les autres personnes, et c'est injuste. Tu sais très bien que ce n'est pas le cas.

— Ce n'est pas pour cette raison que je renonce à ce mariage, mais parce que tes parents pensent…

— Je me fiche de ce qu'ils pensent ! C'est toi qui voulais leur faire croire que je te faisais une cour en règle. Personnellement, je n'en ai rien à faire.

— Oh ! je ne le sais que trop !

— Tout ceci est ridicule, Poppy. Tu ne peux pas te rétracter maintenant que tout le monde est au courant.

— Bien sûr que si. Et je peux aussi démissionner, comme j'en avais eu l'intention.

— Parce que c'est tellement facile de me quitter ?

— Non !

— Tu dis vouloir rompre parce que tu te sens coupable, mais je n'en crois rien. Je pense que tu es terrifiée et que tu cherches à fuir la réalité. Tu m'accuses de ne pas assumer mes sentiments, mais regarde-toi. Tu étais encore vierge à vingt-huit ans. Tu refuses que je te touche depuis cette première nuit où nous avons fait l'amour. Et maintenant que tu as subi les accolades et les félicitations de toute ma famille, tu essaies de fuir, comme une chatte sauvage.

— Je ne suis pas une chatte sauvage ! protesta-t-elle, ulcérée.

— Oh ! si. Tu te sens en confiance quand on te dépose une boîte de thon dehors, à côté de la poubelle. Mais dès qu'on essaie de t'apprivoiser et de te faire rentrer dans la maison, tu te mets à griffer et à mordre.

— Oh ! c'est trop fort ! s'exclama-t-elle, outrée.

S'il continuait ses comparaisons injurieuses, elle n'allait pas tarder à le griffer pour de bon ! Toute cette conversation prenait un tour ridicule.

— Rien n'est fini entre nous, décréta-t-il, prenant le chemin de son ranch.

— Si, c'est fini.

— Non.

— Ramène-moi chez *moi*, insista-t-elle.

— Désormais, ta place *est* chez moi. Tu as accepté de m'épouser.

— Et maintenant je *refuse* !

— Tu es une enquiquineuse de première classe ! s'agaça-t-il. Et une belle hypocrite. Tu discours sur ce que je dois faire. Tu t'inquiètes de ma santé émotionnelle alors que la tienne est encore plus dégradée.

Serrant les poings, elle exhala un soupir frustré et détourna la tête. Elle garda le silence pendant le reste du trajet. Quand il se gara devant la maison, il sortit de la voiture avec la rapidité de l'éclair et vint lui ouvrir la portière. Sans lui laisser le temps de réagir, il déboucla sa ceinture et la souleva de son siège, comme si elle était une enfant. Puis il grimpa les marches de son porche quatre à quatre, la tenant toujours dans ses bras.

— Que fais-tu ? cria-t-elle.

— Ce que j'aurais dû faire il y a trois semaines.

— Finir de te transformer en homme des cavernes ?

Il glissa une main sous ses fesses, et une onde de chaleur se diffusa aussitôt en elle. Même maintenant, alors qu'elle devrait être ivre de rage, elle réagissait à son contact. Comme c'était frustrant !

— Te rappeler pourquoi nous nous marions.

— Pour ta convenance personnelle, répliqua-t-elle, furieuse.

— Non. Parce que je ne veux pas d'une autre femme, riposta-t-il, la voix rauque et le regard torride. Et que tu ne veux pas d'un autre homme que moi.

Tandis qu'il la transportait à l'intérieur, elle tenta de lui donner des coups de pied, mais sans conviction. Elle pourrait l'émasculer avec ses talons aiguilles, mais elle ne le ferait pas, et il le savait.

— Goujat ! Tu ne peux pas faire cela, protesta-t-elle faiblement. C'est une violation des règles de déontologie.

— Quel dommage pour toi que *je* sois propriétaire de l'entreprise et directeur des Ressources Humaines.

— Je vais organiser un comité d'éthique.

— Ceci est une affaire privée. Elle ne concerne pas l'entreprise.

— Oh ! si, elle la concerne puisque tout s'apparente à une transaction commerciale pour toi. Y compris notre relation.

— C'est personnel, s'entêta-t-il. Parce que je t'ai possédée de la plus intime des façons. Et ne t'avise pas de prétendre que c'est faux. Oh ! oui, maintenant, je comprends pourquoi tu me tenais à distance, ces dernières semaines.

— Parce que tu m'autorises seulement à posséder ton corps mais pas ton âme ? le défia-t-elle tandis qu'il la transportait à l'étage.

— Non. Parce que je te possède corps et âme.

Elle se figea, atterrée. Aurait-il deviné son secret ? Il avait fait preuve d'un tel aveuglement jusqu'ici.

— Tu as peur que j'arrive à te convaincre de rester parce que le sexe est tellement fabuleux avec moi.

Soit. Il y avait un peu de cela. Mais son cher Isaiah était encore bien loin du compte.

— Tu veux toujours décider de tout, répliqua-t-elle. Je ne pensais pas que cela te vexerait d'avoir à patienter un peu.

— Je joue franc jeu. Je ne m'amuse pas à ces petits jeux.

— Malheureusement pour toi, tout le monde y joue. Quand c'est nécessaire. Pour se protéger. Parce que c'est beaucoup plus acceptable que de faire des déclarations intempestives, comme tu es coutumier du fait.

— Je ne comprends pas cette règle du jeu.

Il ouvrit la porte de sa chambre et pénétra à l'intérieur.

— En revanche, je comprends ceci, dit-il, capturant sa bouche.

Elle aurait dû protester. Lui dire non. Parce qu'il se serait arrêté. Mais elle ne le fit pas.

À la place, elle le laissa l'embrasser.

Puis elle lui rendit son baiser avec ferveur. C'était tout le problème. Elle le désirait. Elle avait beau être terrifiée par l'accueil chaleureux que les Grayson lui avaient réservé et par le malentendu qui s'était instauré avec ses parents, elle le désirait de tout son être.

Terrifiée. C'était le terme utilisé par Isaiah. Au fond, peut-être avait-il raison. Mais que pouvait-elle y faire ?

Elle repensa à la fois où on l'avait placée chez un couple qui ne s'attendait pas à accueillir une enfant aussi jeune. Leur maison ne s'y prêtait pas. Forcément, à six ans elle avait été turbulente. Et il y avait eu une liste d'objets qu'elle n'avait pas eu le droit de toucher. Elle avait donc vécu dans cette maison pendant trois semaines, terrifiée à l'idée de laisser des empreintes de pas sur le tapis, de toucher des objets fragiles ou de détruire ce bel endroit simplement à cause de ce qu'elle était.

Parce qu'elle n'avait pas sa place dans cette maison.

C'était cette impression qu'elle avait eue ce soir, chez les Grayson. Comme si tout cet amour dont on l'avait entourée ne lui était pas destiné. Comme s'il y avait eu maldonne.

Sans doute avait-elle tort de penser cela. Mais son enfance négligée et solitaire avait laissé des traces indélébiles en elle. Au point que, devenue adulte, elle n'avait jamais eu de relation sentimentale. Et même si elle s'était liée d'amitié avec d'autres personnes de

Copper Ridge, Isaiah était son seul véritable ami de longue date.

Elle l'aimait. Elle se sentait à sa place dans ses bras et elle n'avait aucune envie d'arrêter ce qui était en train de se produire à cet instant.

— Tu penses que tout ceci est faux ? demanda-t-il d'une voix rauque de désir.

L'ayant déposée au pied du lit, il s'agenouilla devant elle et fit glisser sa jupe le long de ses jambes sans même lui ôter ses escarpins. Puis il la débarrassa de son corsage.

— Assieds-toi, ordonna-t-il.

Ses jambes étaient beaucoup trop faibles pour qu'elle lui désobéisse.

— Et maintenant, enlève ton soutien-gorge.

Les mains tremblantes, elle s'exécuta, toute volonté abolie.

— Je suppose que tu vas faire un rapport sur cela aussi.

Le sourire qui étira ses lèvres charnues indiquait qu'il s'en fichait éperdument.

— C'est possible, balbutia-t-elle, faisant glisser son sous-vêtement le long de ses bras avant de le laisser tomber par terre.

— Dans ce cas, je ferais mieux de te séquestrer ici pour t'empêcher de me dénoncer.

— Séquestrer quelqu'un est une infraction grave.

— Peut-être. Mais c'est moi le patron. Je pourrais décider de te punir pour t'être rebellée contre moi. Qu'en dis-tu ?

— Je… Je suppose que oui.

— Tu es une très vilaine fille, dit-il, glissant ses doigts

dans la ceinture de sa culotte et la faisant descendre le long de ses jambes.

Elle était tellement peu habituée à le voir aussi enjoué et badin qu'elle fut prise de court et ne sut comment réagir.

— Il faut que tu te rappelles qui est le patron, poursuivit-il, l'avançant au bord du lit.

Elle haleta quand il déposa un baiser à l'intérieur de sa cuisse.

Puis il remonta de plus en plus haut, et elle le laissa faire, tremblant comme une feuille, trop troublée pour réagir.

Elle n'arrivait pas à croire qu'il s'apprêtait à passer outre à son édit d'abstinence sexuelle. Elle le désirait de tout son être, mais elle était aussi terrifiée. Empruntée. Excitée. Cela faisait beaucoup d'émotions à la fois.

Mais avec Isaiah, tout était tellement compliqué.

Lui maintenant les jambes écartées, il concentra son attention sur son intimité et promena sa langue sur ses replis lisses et moites. Elle plaqua une main sur sa bouche pour étouffer un gémissement de plaisir extrêmement embarrassant, mais il dut l'entendre car il rit doucement.

Un comble ! Lui qui manquait souvent d'humour se moquait d'elle, la bouche plaquée sur son sexe ! Il y avait fort à parier qu'il avait des intentions perverses à son égard.

De fait, il lui montra ce qu'il voulait dire par « la punir ». Il commença par taquiner son intimité avec sa langue, ses doigts et sa bouche, exacerbant son désir. Puis il égratigna l'intérieur de sa cuisse avec ses dents avant de reporter son attention là où elle se languissait de lui. Mais chaque fois qu'elle était sur le point de jouir, il s'écartait et lui prodiguait ses caresses ailleurs, sur son ventre, son poignet ou sa main.

Comment aurait-elle pu résister à cette torture raffinée ?

— Je t'en prie, supplia-t-elle.

— Les vilaines filles ne sont pas autorisées à jouir, répliqua-t-il sévèrement.

Ces mots faillirent lui faire perdre tout contrôle.

— Je croyais que tu ne jouais pas à ces petits jeux, balbutia-t-elle.

Il releva la tête, un sourire coquin aux lèvres.

— C'est vrai. Je joue toujours franc jeu… sauf dans la chambre à coucher.

Comme pour lui confirmer ses dires, il introduisit deux doigts en elle avant de la titiller à nouveau avec sa langue, la faisant chavirer et la rapprochant de l'extase, puis s'écartant au dernier moment. Oh ! oui, il connaissait son corps mieux qu'elle. Il savait précisément où la toucher et quelle pression exercer. Il savait parfaitement embraser ses sens avant de la frustrer de son plaisir.

Du pur sadisme ! À cet instant, elle le détestait autant qu'elle l'aimait.

— Dis-moi ce que tu veux, dit-il.

— Tu le *sais*.

— Oui, mais je veux l'entendre de ta bouche.

— Tu es odieux, haleta-t-elle.

— Oh ! oui, je suis un homme odieux et pervers, plaisanta-t-il, glissant à nouveau un doigt entre ses plis brûlants et la tourmentant tout à loisir.

— Et ça te plaît, ajouta-t-il avec un sourire provocateur.

— Non !

— Si. Et c'est bien là ton problème. Tu me désires et tu aimes les attentions que je te prodigue, même si tu te dis que tu ne devrais pas.

— Et toi ? demanda-t-elle, le souffle oppressé. Tu apprécies le sexe avec moi, sinon tu n'essaierais pas de me convaincre à tout prix de t'épouser. C'est *toi* qui devrais me supplier.

— Je suis à genoux. N'est-ce pas la même chose ?

— Non…

Elle s'interrompit car il venait de poser ses lèvres sur la partie la plus sensible de son anatomie. Les yeux clos et la tête rejetée en arrière, elle s'abandonna à la sensation exquise que ses caresses faisaient naître en elle.

Elle était tellement moite, tellement prête pour lui, tellement consumée de désir qu'elle ne pouvait plus supporter qu'il la tourmente davantage. Il la tuait à petit feu.

Ou bien elle allait le tuer. Au choix.

— Dis-moi ce que tu veux, murmura-t-il à son oreille.

— Toi.

— Moi ?

— Oui. Je te veux en moi. S'il te plaît.

Elle n'eut pas à le lui dire deux fois.

Il se déshabilla en un tournemain et enfila un préservatif. Puis elle se retrouva à califourchon sur lui, ses replis brûlants positionnés juste au-dessus de son érection. Il donna alors un vigoureux coup de reins et la pénétra d'une seule poussée.

Elle haleta, grisée par la sensation de bien-être qui s'épanouit en elle. Oh ! oui, elle était à sa place avec lui.

— Puisque tu me reproches de tout diriger, je te cède les commandes, dit-il, un sourire moqueur aux lèvres.

Le salaud ! Il lui lançait un défi alors qu'elle ne se contrôlait presque plus. Pourtant, elle allait le relever, même si chacun de ses va-et-vient au-dessus de lui trahissait l'exacerbation de son désir et la rapprochait inexorablement du précipice.

Oh ! oui, elle était si près du but…

Soudain, des étoiles explosèrent derrière ses yeux, ses muscles internes se contractèrent et son corps tout entier se mit à trembler sous l'effet d'un orgasme d'une intensité inouïe. Dire qu'il avait suffi de quelques va-et-vient pour atteindre ce résultat spectaculaire.

À peine avait-elle repris ses esprits qu'il l'allongeait sur le dos et lui clouait les mains au-dessus de la tête.

— Je me suis montré un peu trop gentil avec toi, grogna-t-il.

Puis ce fut comme s'il lâchait la bride à ses désirs et à ses instincts les plus frustes. Telle une bête sauvage, il se montra fougueux, indompté, impitoyable. Et la flamme du désir se réveilla en elle beaucoup plus vite qu'elle n'aurait cru possible.

Mais c'était Isaiah. Lui seul avait ce pouvoir sur elle.

Et elle avait le sentiment qu'il en serait toujours ainsi.

Toujours ?

Elle repoussa bien vite cette question embarrassante.

À cet instant, elle n'avait aucune envie de penser à ce qu'elle lui avait dit avant qu'il la transporte dans sa chambre. À ce qu'elle estimait mériter ou non. À ce qu'elle croyait possible ou non.

Elle préférait se focaliser sur les merveilleuses sensations qu'il faisait naître en elle.

Cette fois, quand la vague de la jouissance déferla à

nouveau en elle, il atteignit à son tour l'orgasme dans un grognement guttural.

Quand ce fut fini, elle n'eut pas la force de se lever et de retourner dans sa chambre.

Elle verrait demain.

Pour l'instant, elle voulait encore se raccrocher à son rêve.

Poppy se réveilla au milieu de la nuit, lovée contre le corps d'Isaiah. Quelque chose d'étrange l'avait tirée du profond sommeil où elle était plongée, mais ce n'était pas le fait qu'elle se retrouve dans le lit d'Isaiah.

Ni qu'elle lui ait cédé si facilement la nuit dernière.

Il y avait autre chose, mais elle n'arrivait pas à déterminer ce que c'était. S'écartant doucement de lui, elle se dirigea vers la salle de bains attenante. Elle demeura un moment à contempler son reflet dans le miroir. Elle était échevelée, et son rimmel avait coulé car elle n'avait pas eu le temps de se démaquiller avant qu'Isaiah bouleverse son univers, quelques heures plus tôt.

Et soudain, elle comprit ce qui l'avait réveillée.

C'était le milieu du mois, et elle aurait dû avoir ses règles.

Elle avait deux jours de retard.

Et dans leur précipitation, ils n'avaient pas utilisé de dispositif contraceptif la première nuit.

— Oh ! non, murmura-t-elle, atterrée.

Ce retard était sûrement fortuit.

Elle retourna dans la chambre et s'habilla sans bruit. Puis elle récupéra son sac à main et descendit au rez-de-chaussée.

Il fallait qu'elle sache.

De toute façon, le sommeil la fuirait tant qu'elle resterait dans l'incertitude. Il y avait des pharmacies ouvertes vingt-quatre heures sur vingt-quatre à Tolowa, et elle allait s'y rendre de ce pas.

Voilà comment, à 5 heures du matin, dans des toilettes publiques, la vie de Poppy Sinclair changea pour toujours.

9

Quand Isaiah se réveilla le lendemain matin, Poppy n'était pas dans le lit avec lui. Il en fut contrarié, mais il se dit qu'elle s'efforçait de conserver un semblant de contrôle dans le petit jeu qu'elle avait commencé.

Elle finirait par l'épouser, il en était sûr. Elle avait beau ne pas apprécier qu'il la compare à une chatte sauvage, c'est ce qu'elle était. Et maintenant qu'il voulait l'apprivoiser, elle s'enfuyait.

Mais son bon sens l'emporterait. Elle avait plus à perdre qu'à gagner en refusant de l'épouser.

Et elle ne pouvait pas nier l'alchimie qui existait entre eux. Magique, explosive. *Indéniable.*

En arrivant dans la cuisine, il trouva Poppy assise à table. Elle portait les mêmes vêtements que la veille au soir et regardait droit devant elle, les poings serrés.

— Bonjour, dit-il.

— Non, ce n'est pas un bon jour, répliqua-t-elle.

Puis elle tourna la tête vers lui, les sourcils froncés.

— Pourrais-tu mettre un T-shirt ?

Il contempla son torse dénudé. Il n'avait enfilé qu'un jean.

— Non.

— Il vaudrait mieux que tu sois habillé pour la

conversation que nous devons avoir, insista-t-elle, fixant le mur derrière lui.

Il croisa résolument les bras.

— J'ai décidé que je préférais discuter avec toi, torse nu.

— Je ne plaisante pas, Isaiah.

— Alors, tu ferais mieux de me dire tout de suite ce qui se passe.

— Je suis enceinte, annonça-t-elle d'un air sinistre.

— C'est…, bredouilla-t-il, pris de court.

Il laissa les mots s'imprimer en lui et prit le temps d'analyser l'effet qu'ils lui faisaient. Il se sentait… calme.

— C'est une bonne nouvelle.

— Une *bonne nouvelle* ? répéta-t-elle d'une voix suraiguë.

— Oui, dit-il, tout à fait sûr de lui. Nous voulons des enfants, n'est-ce pas ?

Bien sûr, cela se produisait plus tôt que prévu, mais qu'importait ? Il accueillait aussi cette nouvelle avec un certain soulagement car elle donnait un caractère plus définitif à leurs fiançailles. Elle les scellait en quelque sorte.

— Hier soir, j'ai rompu avec toi, tu t'en souviens ?

— Oui, dit-il, goguenard. Tu m'as tout à fait donné l'impression de vouloir rompre avec moi, surtout quand tu as crié mon nom pendant… Était-ce ton troisième ou quatrième orgasme ?

— Cela n'a aucun rapport avec la question de savoir si nous devons nous marier ou pas.

— Eh bien, maintenant, cette question ne se pose plus puisque tu vas avoir mon bébé.

— Nous ne sommes plus au Moyen Âge ! Je ne suis pas obligée de t'épouser parce que je suis enceinte.

Il fronça les sourcils, mécontent.

— Je ne suis pas d'accord.

— Je ne veux pas me précipiter, tête baissée, dans un mariage avec toi.

— Mais tu avais accepté de m'épouser ! Et maintenant que nous allons avoir un enfant, tu ne veux plus entendre parler de mariage ? Et tu continues de coucher avec moi ? C'est absurde, Poppy. Nous avons tous les ingrédients nécessaires pour faire un bon mariage.

— Est-ce que tu m'aimes ?

Il y avait du défi dans son regard et de l'entêtement dans son menton relevé.

— Je t'apprécie énormément.

Et c'était la vérité. Elle était une des personnes qui comptait le plus dans sa vie.

— Mais tu n'es pas amoureux de moi.

— Je t'ai déjà dit que…

— Oui. Tu as banni l'amour de ta vie. Eh bien, tu sais quoi ? J'ai décidé qu'un mariage sans amour était insincère. Factice.

— Mais le fait que tu portes mon enfant est bel et bien réel.

— Tu ne comprends pas ! s'exclama-t-elle, dépitée.

— Et toi, tu te comportes comme une ado fleur bleue, Poppy. Tu ne vas quand même pas me dire que tu préfères passer ta vie à attendre le *grand amour*, qui n'arrivera peut-être jamais, plutôt que de fonder une famille avec moi !

— Je préférerais… que rien de tout ceci ne soit arrivé.

Sa remarque lui fit l'effet d'une gifle.

À l'évidence, elle ne voulait pas de lui. Ni du bébé. Une douleur aiguë lui transperça la poitrine au niveau du cœur. Il se sentit soudain démuni. Il essaya de démêler ses sentiments, sans succès. Il ne comprenait pas ce qui lui arrivait.

Mais si son cœur était défaillant, il pouvait toujours se fier à son cerveau. Et sa raison lui dictait qu'il était dans son bon droit, n'en déplaise à Poppy.

— Mais *c'est* arrivé, dit-il d'une voix tendue. Tu as suffisamment de bon sens pour ne pas rejeter une proposition concrète et raisonnable au profit d'un fantasme stupide.

Elle devint livide.

— Ainsi, selon toi, c'est *stupide* et *illusoire* de ma part de vouloir qu'un homme m'aime.

— Ce n'est pas ce que j'ai voulu dire. Mais tu te fais des illusions si tu crois que tu vas rencontrer un autre homme qui se soucie autant de toi. Qui est aussi le père de ton enfant. Et qui te fait jouir comme je le fais.

— Tu n'en sais rien et moi non plus puisque je n'ai pas eu d'autre amant que toi.

Sa remarque déclencha un incendie dans son bas-ventre. Mais il le maîtrisa bien vite parce qu'il ne s'agissait pas de ce qu'il ressentait. Ni de ce que son corps voulait.

— Fais-moi confiance, riposta-t-il sèchement. Le sexe ne sera jamais aussi fabuleux qu'avec moi.

— Je ne peux pas t'épouser, balbutia-t-elle, pressant ses poings serrés contre ses paupières.

— Oh ! si, tu m'épouseras, assura-t-il, plus résolu que jamais.

Bien sûr, elle était bouleversée, mais il n'y avait qu'une seule solution logique à cette situation. Et il comptait bien lui faire entendre raison.

— Rien ne m'oblige à t'épouser, Isaiah.

— Tu préfères que ton enfant grandisse comme toi ? Ballotté de foyer en foyer ?

Elle sursauta, comme s'il l'avait frappée.

— Grandir dans des foyers d'accueil n'a rien à voir avec une garde partagée. Ne t'avise pas de comparer les deux. J'aurais été ravie d'avoir deux parents impliqués dans mon éducation, même si j'avais dû changer de maison chaque week-end. Je n'ai jamais connu cela. Alors, ne parle pas de choses que tu ne comprends pas.

— Oh ! je comprends très bien que tu es égoïste.

— Je suis *raisonnable* !

Raisonnable.

Pour elle, cela signifiait ne plus être avec lui. Cela signifiait l'évincer de sa vie maintenant qu'il s'était rendu compte à quel point elle était essentielle pour lui.

— En quoi est-ce raisonnable de refuser à ton enfant la chance d'avoir une famille ? Des grands-parents aimants. Des oncles, des tantes et des cousins. En quoi est-ce déraisonnable de ma part de vouloir partager tout cela avec toi au lieu de vivre de mon côté et toi du tien ?

— Isaiah…

Elle avait beau dire, son raisonnement était d'une logique imparable. Et il n'hésiterait pas à employer la manière forte pour arriver à ses fins.

— Si tu refuses de m'épouser, je demanderai la garde exclusive de notre enfant.

Ses paroles menaçantes jetèrent un froid glacial dans la pièce.

Poppy sursauta, atterrée.

— Quoi ?

— Et crois-moi, je l'obtiendrai. J'ai de l'argent et une famille pour me soutenir. Je peux te rendre la vie très difficile. Je le ferai à contrecœur, mais j'obtiendrai gain de cause.

Voyant qu'elle le fixait, horrifiée, comme s'il venait de la trahir, il ressentit une pointe de remords. Mais il la refoula aussitôt.

— Et moi qui pensais que nous étions amis, que tu te souciais de moi, dit-elle d'une voix tremblante.

— C'est le cas. Mais je ne te permettrai pas de faire souffrir notre enfant au nom de l'amitié.

— Se soucier de quelqu'un ne signifie pas le menacer et l'écraser jusqu'à ce qu'il se plie à votre volonté. L'amitié et la sollicitude vont de pair. Tu dois tenir compte de ce que je ressens — de *ce que je veux*, répliqua-t-elle, une main pressée contre sa poitrine.

— Je sais ce qu'il *te faut*, insista-t-il.

Si seulement elle se donnait la peine de l'écouter, elle comprendrait qu'il avait raison. Ils seraient beaucoup mieux ensemble.

— Ce n'est pas comme cela que les désirs et les sentiments fonctionnent, s'insurgea-t-elle, se levant et martelant son poing contre son torse. Ce n'est pas comme cela qu'un mariage fonctionne, espèce de robot !

Il se recula, atterré par la violence de sa réaction. Poppy ne l'avait jamais regardé d'une façon aussi méprisante. Elle avait toujours essayé de le comprendre.

— Tu me traites de robot parce que je veux que mon enfant ait une famille ? demanda-t-il, ulcéré.

— Non. Parce que tu te fiches de ce que je veux.

— *Je veux* que tu abondes dans *mon* sens parce que c'est ce qu'il y a de mieux pour nous, riposta-t-il, s'emparant de son poing et le maintenant contre son torse. Je veux que nous formions une famille unie. Est-ce que cela ne part pas d'un bon sentiment de ma part ?

— Non. Cela part d'un sentiment *erroné*.

Ces mots lui firent l'effet d'un coup de poing dans le ventre.

Il n'était pas doué pour les sentiments, il le savait. Mais avec Poppy, il n'avait jamais eu l'impression de se fourvoyer.

Il s'était toujours senti en sécurité avec elle.

Mais elle venait de détruire son fragile équilibre alors qu'il s'attachait de plus en plus à elle. Quelle ironie du sort !

— Je suis désolé, dit-il d'une voix sourde. Je regrette de ne pas pouvoir ouvrir ma poitrine et reconfigurer mes sentiments à ta convenance. Je regrette de ne pas m'être métamorphosé en un homme différent après nos fiançailles.

— Je n'ai jamais dit que c'était ce que j'attendais de toi.

— Si ! Tu voulais être avec moi tout en ayant le sentiment d'être avec quelqu'un d'autre. Eh bien, tu sais quoi ? Si tu n'étais pas enceinte, je te rendrais ta liberté. Mais puisque tu l'es, tu m'épouseras, que tu le veuilles ou non.

— C'est *hors de question*, Isaiah.

— Regarde-moi bien, dit-il d'une voix féroce. Regarde-moi bien et dis-moi si j'ai l'air de plaisanter à propos de la garde exclusive de notre enfant.

Les yeux de Poppy s'embuèrent et ses lèvres tremblèrent.

— Je me suis toujours souciée de toi, dit-elle. Je me suis toujours efforcée de te comprendre. Mais il faut croire que je me suis trompée en pensant qu'il y avait un cœur dans ta poitrine.

— Tu peux m'insulter autant que tu veux. Cela ne fera aucune différence puisque je suis sans-cœur.

Elle poussa un cri de frustration et sortit en trombe de la pièce, le laissant planté là, avec un horrible sentiment de vide en lui.

À cet instant, il aurait tant aimé que son accusation soit vraie.

Car s'il était sans-cœur, ses mots — son rejet — ne seraient pas aussi douloureux.

S'il était un robot, il se ficherait éperdument de ne pas pouvoir reconfigurer ses sentiments pour les rendre en tout point conformes à ce qu'elle souhaitait.

Mais il ne s'en fichait pas. Bien au contraire.

Simplement, il ne savait pas comment remédier à cette situation.

10

Finalement, ce ne furent pas les menaces d'Isaiah qui la firent changer d'avis et accepter de l'épouser.

Ce furent ses arguments concernant l'importance de l'entourage familial pour l'enfant à naître.

Il n'empêche qu'elle était furieuse d'avoir laissé cette idée s'enraciner dans son cerveau et cheminer jusqu'à son cœur.

Non. Furieuse était un euphémisme.

Elle était *hors d'elle*.

Car elle faisait exactement ce qu'il lui avait demandé.

La date du mariage était fixée à la veille de Noël. Entre autres choses ridicules. Mais cela lui permettrait peut-être de se sentir davantage concernée par cette fête qu'auparavant.

La famille d'Isaiah était ravie.

Mais Poppy ne l'était pas.

Et elle faisait toujours chambre à part.

Après l'échec de sa tentative de rupture avec Isaiah, une semaine auparavant, elle avait décidé qu'elle avait *vraiment* besoin d'éviter tout contact intime avec lui pendant un temps.

Visiblement, cette mise à l'écart l'irritait. Il semblait bouillir intérieurement. Mais il n'essayait pas de la faire changer d'avis.

Et c'était une bonne chose. Car elle était forcée de l'admettre, il y *parviendrait* au prix d'un très petit effort.

À la tension qui régnait à la maison s'ajoutait le stress dû aux préparatifs du mariage.

Ainsi, aujourd'hui, elle se rendait chez Something New, la petite boutique de robes de mariée de Gold Valley, où elle serait rejointe par Nancy et Faith qui l'aideraient à choisir sa robe.

La petite ville était encore plus décorée que Copper Ridge. Les portes des bâtiments rouge brique étaient parées de guirlandes lumineuses et de couronnes de branches de sapin agrémentées de nœuds rouges.

Elle avait choisi de se rendre à la boutique avec sa propre voiture car elle avait besoin de prendre ses distances et de se recentrer sur elle-même.

Elle inspira profondément avant de pénétrer dans la boutique. Le carillon au-dessus de la porte tinta gaiement pour signaler son arrivée. Aussitôt, une jeune femme souriante s'avança vers elle.

— Bonjour, je m'appelle Celia.

— Bonjour, répondit Poppy, mal à l'aise. J'ai pris rendez-vous pour essayer des robes.

— Bien sûr. Vous devez être Poppy.

— Oui, je vais me marier, acquiesça-t-elle, fixant la bague qui scintillait sur sa peau sombre.

— Je vous présente toutes mes félicitations, déclara Celia, comme si cette nouvelle n'était pas totalement inepte.

— J'attends ma…

Les mots moururent sur ses lèvres. Elle attendait sa future belle-mère et sa future belle-sœur.

La famille d'Isaiah deviendrait la sienne. Voilà pourquoi elle avait accepté ce mariage. Pourtant, elle avait encore du mal à se faire à cette idée.

La porte s'ouvrit sur ces entrefaites, et Faith et Nancy firent leur apparition, un grand sourire aux lèvres.

— Je suis si excitée ! s'exclama Faith.

Poppy lui lança un regard incrédule. Comment Faith pouvait-elle être aussi excitée alors qu'elle savait qu'Isaiah l'épousait uniquement à cause de l'annonce ?

Bien sûr, personne ne savait qu'Isaiah l'épousait aussi parce qu'elle était enceinte.

— Moi aussi, déclara Poppy, faisant un effort pour paraître enthousiaste.

Celia les entraîna dans des allées où s'alignaient des robes à perte de vue, classées en fonction des styles.

— Accrochez les robes que vous choisissez sur ce portant. Ensuite, je vous les apporterai dans la cabine d'essayage, précisa Celia.

Pendant que Faith et Nancy sélectionnaient des modèles ici et là, Poppy passa en revue les robes correspondant à sa taille, tâtant les étoffes, mais sans rien choisir.

Soudain, un modèle attira son regard. Il s'agissait d'une robe avec les épaules dénudées et de longues manches se prolongeant sur le dos de la main et s'effilant au niveau du majeur. Elle était classique et d'une élégance discrète. Très Grace Kelly. Un style dont raffolait Poppy. Le satin blanc, lourd et lustré, était magnifique malgré l'absence d'ornements. La robe devait coûter très cher.

Elle regarda l'étiquette. *Hors de prix !*

Une boutique aussi haut de gamme était surprenante dans une petite ville comme Gold Valley. Mais cette ancienne bourgade de la ruée vers l'or au charme un peu désuet était devenue une véritable destination pour les futures mariées qui trouvaient là l'occasion de passer une agréable journée grâce à ses restaurants et ses boutiques originales.

— Ne vous inquiétez pas pour le prix, intervint Nancy.

— Comment le pourrais-je ? demanda Poppy, atterrée, en regardant à nouveau l'étiquette.

— Isaiah prendra tous les frais du mariage à sa charge. Il a insisté pour que je vous le rappelle.

— Je sais bien qu'il en a les moyens, mais… je ne veux pas qu'il pense que…

— Que tu l'épouses pour son argent ? demanda Faith.

— Euh, oui.

— Il ne pense pas cela. Il vous connaît, assura Nancy.

— C'est simplement que…

Elle les contempla, désemparée, avant d'ajouter :

— Il n'est pas amoureux de moi.

Puisque Faith le savait, il n'y avait pas de raison que sa future belle-mère ne soit pas mise au courant. Elle aurait préféré garder ce secret humiliant pour elle, mais il était devenu trop lourd à porter.

— Ne vous méprenez pas, je l'aime, poursuivit Poppy. Et je lui ai demandé de ne pas vous révéler que c'était… un mariage de convenance. Je voulais ménager mon orgueil.

Puis elle s'adressa à Nancy :

— Mais je ne peux plus vous mentir ni vous faire croire que j'ai réussi à toucher son cœur et à le changer. Il continue de penser que ce mariage est un arrangement commode pour nous deux. Et s'il paie tous les frais, ce n'est pas parce qu'il se soucie de la robe que je porterai…

Elle déglutit avec peine, la gorge nouée par le chagrin avant d'ajouter :

— … mais parce qu'il pense que m'avoir pour épouse lui simplifiera la vie. En somme, je continuerai à être son assistante personnelle à la maison.

Nancy fronça les sourcils, perplexe.

— Vous l'aimez depuis longtemps, n'est-ce pas ?

Poppy baissa les yeux, bouleversée. Du coin de l'œil, elle voyait Faith qui s'agitait, mal à l'aise.

— Oui, confirma-t-elle. Je suis tombée amoureuse de lui dès notre première rencontre. C'est un homme merveilleux sous ses dehors bourrus. Sa personnalité complexe peut dérouter certaines personnes, mais j'ai appris à bien le connaître et à l'aimer tel qu'il est, avec ses qualités et ses faiblesses. C'est un peu mon secret.

— J'apprécie votre franchise, Poppy, et je ne vous fais aucun reproche, déclara Nancy, s'emparant de la robe que Poppy admirait et l'accrochant sur le portant. Car moi aussi je connais mon fils. J'imagine qu'il vous a harcelée pour que vous l'épousiez parce qu'il trouvait cette union logique, n'est-ce pas ?

— Oui.

— Je ne vois pas quelle femme dans votre situation aurait pu lui résister.

Si seulement sa mère savait quelle faible résistance elle lui avait opposée…

— J'aurais dû lui dire non.

— Est-ce qu'il sait que tu l'aimes ? demanda Faith.

— Non.

Dieu merci, elle n'avait pas besoin de leur demander de garder cette information pour elles. Elles étaient la discrétion même.

— Peut-être devrais-tu le lui dire, insista Faith.

Poppy s'abstint de lui rétorquer qu'elle était célibataire et qu'elle n'avait sans doute jamais eu à souffrir d'un amour non partagé.

— Il n'attache aucune importance à l'amour, répondit-elle. Il *m'apprécie*. Il se soucie de moi. Selon lui, c'est suffisant.

— J'espère qu'il fait plus que vous apprécier. Sinon, vos ébats intimes seront tristes et froids.

— Voyons, maman ! s'exclama Faith, choquée.

— Eh bien, quoi ? Un mariage est un long parcours, ma chérie. Parfois, on se dispute, on s'éloigne l'un de l'autre. Dans ces moments-là, tout ce qui reste, c'est l'étincelle charnelle.

Faith fit un pas en arrière.

— Je t'en prie, arrête de me parler de votre étincelle.

— Tu devrais t'en réjouir pour nous, répliqua Nancy. C'est ce qui a soudé notre couple. Je souhaite que tu aies cette même étincelle le jour où tu te marieras. Et je le souhaite aussi pour Poppy et Isaiah.

Poppy se sentit rougir.

— Nous n'avons pas de problèmes de ce côté-là.

— Tant mieux.

Elle s'abstiendrait de leur parler du bébé. Ce n'était pas le bon moment. Elle se contenterait d'essayer des robes.

Et c'est ce qu'elle fit pendant les deux heures qui suivirent. Elle en revêtit plusieurs, de styles différents, mais aucune n'était à la hauteur de celle qu'elle avait repérée. Le superbe modèle au prix exorbitant, avec ses manches longues si originales et sa traîne parfaite qui se déployait en éventail derrière elle, comme un rêve.

Celia trouva un voile qu'elle épingla dans la chevelure sombre de Poppy. Il était plus long que la traîne, et sa petite bordure de diamants fantaisie ajoutait une touche d'éclat à la robe d'une élégante sobriété.

Alors qu'elle se contemplait dans le miroir, elle se sentit submergée par un flot d'émotions.

Elle rayonnait.

La blancheur de la robe soulignait sa carnation foncée. Elle avait l'air d'une princesse. Et elle avait l'impression d'en être une.

Elle aperçut dans le miroir Nancy et Faith, les larmes aux yeux et les mains jointes.

Elles avaient à cœur son bonheur.

Même si Isaiah ne l'aimait pas, sa mère et sa sœur l'aimaient. C'était un cadeau inestimable qu'elles lui faisaient.

Tout n'était pas parfait, bien sûr, mais c'était tellement mieux que ce qu'elle avait toujours imaginé.

Nancy rejoignit Poppy et posa une main sur son épaule.

— C'est *la* robe qu'il vous faut. Laissez Isaiah vous l'offrir. Croyez-moi, il vous causera suffisamment de problèmes tout au long de votre vie. Aussi, n'ayez aucun scrupule à propos du prix de cette robe.

Poppy éclata de rire et essuya une larme sur sa joue.

— Vous avez sans doute raison.

— Je ne vais pas vous abreuver de conseils, déclara Nancy, mais je dois quand même vous dire ceci. L'amour est une chose merveilleuse et une ressource inépuisable. Je suis mariée depuis longtemps. Et au fil des décennies, j'ai pu constater qu'une union comportait de nombreuses phases. Des flux et des reflux. Mais si vous continuez à donner tout l'amour que vous avez, vous ne perdrez jamais espoir. Donnez votre amour même s'il n'est pas payé de retour. Même si vous n'en avez pas envie. Être capable d'une telle générosité… c'est le meilleur usage qu'on puisse faire de l'amour. Bien sûr, ce n'est pas toujours facile. Mais vous ne le regretterez jamais. L'amour est un don du ciel. Et choisir de l'offrir est l'acte le plus puissant que vous puissiez faire.

Poppy contempla à nouveau son reflet dans le miroir. Elle allait devenir l'épouse d'Isaiah. Il avait des idées très arrêtées sur ce qu'il attendait et ce qu'il n'attendait pas de cette union. Sur ce qu'il ressentait et ce qu'il ne ressentait pas à son égard.

Elle devait décider du sens à donner à leur relation. Le problème, c'est qu'elle avait été sevrée d'amour dès son plus jeune âge et qu'elle ne voulait plus s'exposer à ce genre de souffrance.

Or, c'était précisément ce que faisait Isaiah. Il s'interdisait d'aimer parce qu'il avait souffert de la trahison de Rosalind. Et elle lui en avait fait le reproche, comme si elle était différente ; comme si elle était dans son bon droit et qu'il avait tort.

Mais c'était faux.

À l'instar d'Isaiah, elle s'était repliée sur elle-même. C'était pour se protéger qu'elle avait tenté de rompre avec lui et qu'elle le tenait à distance depuis lors.

Et ce cercle vicieux ne s'arrêterait jamais.

À moins que l'un d'eux fasse un pas pour en sortir.

Elle pourrait se défausser sur ses parents ; sur les familles d'accueil qui n'avaient pas été capables de lui donner tout l'amour dont elle avait eu besoin ; sur celles qui l'avaient aimée mais qu'elle avait dû quitter, le cœur meurtri, parce que le système de placement était ainsi fait ; sur Rosalind qui avait blessé Isaiah, le rendant inaccessible.

Mais les excuses ne servaient à rien.

La seule chose qui comptait était de savoir si elle allait impulser un changement à sa vie.

Personne ne pouvait le faire à sa place.

Et si elle attendait qu'Isaiah fasse le premier pas, elle risquait d'attendre sa vie durant.

Nancy avait raison. L'amour était un don du ciel. On pouvait choisir de le garder égoïstement par-devers soi ou de l'offrir.

Offrir son amour à Isaiah était sans doute la seule façon d'ouvrir cette porte entre eux. Si elle voulait lui redonner confiance en l'amour, elle devait cesser de se protéger et de rester sur la défensive.

Hélas, c'était plus facile à dire qu'à faire.

Mais elle ne pouvait pas continuer ainsi.

Pas si elle voulait avoir une chance d'être heureuse avec Isaiah.

L'un d'eux devait faire le premier pas. Elle pourrait trouver injuste que cela lui incombe, mais les récriminations ne servaient à rien.

Et puisqu'elle l'aimait, elle devait faire preuve de courage et se soucier davantage d'Isaiah que de son propre confort.

— Je pourrais lui dire que je l'aime, murmura Poppy.

— Si mon fils ne vous rend pas cet amour au centuple, il aura affaire à moi, vous pouvez me croire !

— Je vous crois, déclara Poppy avec un sourire ému.

Elle se sentit ragaillardie. Elle avait désormais une alliée en la personne de Nancy.

C'était cela la famille.

Et c'était tellement mieux que ce qu'elle avait imaginé.

11

Malgré l'heure tardive, Isaiah travaillait dans le bureau de son ranch. Il commençait à avoir mal aux yeux à force de fixer l'écran de son ordinateur, mais il ne quitterait cette pièce que quand il n'y verrait plus clair. C'était sa seule façon de grappiller un peu de sommeil, ces temps-ci.

Être allongé dans son lit en sachant que Poppy dormait au bout du couloir à quelques mètres de lui, et pourtant inaccessible, lui était une véritable torture. La distance et l'épuisement étaient ses seules armes pour combattre sa fébrilité.

Faisant pivoter son fauteuil, il captura son propre reflet dans la vitre.

Il faisait tellement sombre dehors qu'il ne distinguait rien. Mais il connaissait la vue par cœur, avec la montagne en arrière-plan, précédée par un paysage plus vallonné. Il avait choisi cet endroit avec soin, lassé de la frénésie urbaine et de la grisaille de Seattle.

Poppy avait fait du shopping toute la journée. Il ne l'avait pas vue depuis le petit déjeuner, mais il n'avait pas arrêté de penser à elle.

Il n'en revenait pas de cette obsession soudaine pour une femme qu'il avait côtoyée pendant des années sans qu'elle retienne particulièrement son attention. Comme si elle avait fait partie des meubles.

Sauf qu'elle avait toujours eu de l'importance à ses yeux.

Elle était efficace, intelligente, amusante. Plus d'une fois il avait eu envie de capturer cette douceur qui émanait d'elle et de la retenir l'espace de quelques instants.

Non qu'elle soit toujours affable. Elle n'hésitait pas à le rabrouer à l'occasion.

Et elle était tellement sexy ! À force d'occuper toutes ses pensées, elle allait le rendre fou.

Il n'était pas habitué à faire preuve de retenue. Au fil des ans, il avait eu surtout des aventures sans lendemain. Quand il était en veine de rencontres, il allait dans un bar et abordait une femme qui lui plaisait. Si elle était consentante — et la plupart l'étaient —, il passait un bon moment avec elle.

Mais maintenant, ces liaisons éphémères ne l'intéressaient plus. Il avait besoin de Poppy.

Hélas, elle le tenait de nouveau à distance. Évidemment, après l'avoir menacée de lui enlever son enfant si elle ne rentrait pas dans le rang, il ne pouvait guère s'attendre à figurer parmi ses favoris du moment.

Et cela le contrariait.

Car peu de personnes le comptaient au nombre de leurs favoris. Mais Poppy l'avait toujours apprécié. Et maintenant, il avait trouvé le moyen de tout gâcher.

Nombre d'amitiés qu'il avait nouées s'étaient délitées à cause de sa personnalité complexe, mais c'était la première fois qu'il faisait preuve d'autant d'imagination : demander une femme en mariage, la mettre enceinte puis la forcer à l'épouser !

Bon. Il ne lui avait pas *vraiment* mis le couteau sous la gorge. Il lui avait simplement proposé des options très déplaisantes en lui demandant de choisir celle qui lui semblait la moins déplaisante.

Et il tirait un petit peu de réconfort dans le fait qu'elle ne le considérait pas comme l'option *la plus* désagréable.

Encore que. Le bébé avait dû influencer sa décision.

Il exhala un soupir de frustration.

Aucune femme ne l'avait obsédé à ce point auparavant. Il n'avait jamais éprouvé cet étrange sentiment d'urgence. Ce besoin impérieux d'être avec elle. De se réconcilier avec elle. Son ressentiment le perturbait même quand elle n'était pas là, tant il était palpable.

C'était à croire qu'il percevait les émotions de Poppy avec une plus grande acuité que les siennes propres ! Et s'il n'était pas aussi épuisé, il s'en émerveillerait.

En vérité, il ne savait pas ce qui lui arrivait.

Certes, il était en train de faire une fixation sur le sexe. Il désirait Poppy comme il n'avait jamais désiré aucune femme. Du moins, dans ce domaine-là, il était en terrain connu.

Mais pour ce qui était de ce besoin d'abattre les murs qu'il avait érigés autour de son cœur…

C'était tout nouveau pour lui.

Était-ce pour être plus près d'elle ? Pour lui permettre de percevoir l'intensité de ses émotions et de ses sentiments, faute de savoir les exprimer ?

Soudain, la porte s'ouvrit derrière lui, et il n'eut pas besoin de se retourner pour apercevoir Poppy, debout sur le seuil. Elle portait son manteau rouge préféré avec le col montant et la taille cintrée. Elle avait les mains dans les poches et les yeux baissés.

— Comment s'est passée ta journée ?

Sa voix était tellement douce qu'il sursauta, surpris, et fit pivoter son fauteuil vers elle.

— Bien. J'ai hâte qu'elle se termine.

— Tu travailles encore ?

— Oui. Faith a deux autres projets en tête. Et je dois m'assurer qu'ils sont viables sur le plan financier.

— J'ai choisi une robe de mariée.

Il s'était presque attendu à ce qu'elle lui annonce avoir choisi une toile à sac. Ou rien. En signe de protestation.

— J'en suis heureux, dit-il, ne sachant pas trop ce qu'il était censé répondre.

— Tu m'as manqué, dit-elle tout à trac.

Ces paroles inattendues lui firent chaud au cœur.

À moins qu'il ne se méprenne sur leur sens.

— Nous nous voyons tous les jours depuis la semaine dernière, argua-t-il prudemment.

— Ce n'est pas ce que je voulais dire.

Un petit pli se creusa entre ses sourcils tandis qu'elle le fixait avec intensité.

— Ce n'est pas notre ancienne relation d'amitié qui me manque. Je préfère de beaucoup celle que nous avons maintenant. Encore que… elle est au point mort, ces jours-ci. Parce que je ne t'ai pas laissé m'approcher ni me toucher.

Elle s'écarta du seuil et s'avança lentement vers lui. Le regard d'Isaiah était irrésistiblement attiré par ses talons aiguilles noirs si sexy. Et par ses jambes nues. Ce qui était surprenant puisqu'elle portait un manteau, comme si elle venait de l'extérieur.

— Tes caresses m'ont manqué, dit-elle d'une voix rauque. T'en prodiguer m'a manqué aussi.

Avec un sourire mutin, elle se mit à défaire le premier bouton de son manteau, puis le deuxième et le troisième, dévoilant un triangle de peau foncée, le doux renflement de ses seins. Et un soupçon de dentelle jaune.

Parvenue au niveau de la taille, elle se mit à défaire lentement les trois derniers boutons, son regard brûlant rivé au sien. Comme hypnotisé, il vit les pans du manteau s'entrouvrir. Seigneur ! Elle ne portait en dessous qu'un déshabillé affriolant en dentelle jaune transparente. Le top décolleté moulait à la perfection ses seins ronds et fermes, et se terminait au-dessus du nombril.

Quant au mini-slip, il ne couvrait presque rien, se rendit-il compte, tous ses sens en émoi. Elle conserva ses escarpins qui lui faisaient des jambes incroyablement longues. Des jambes faites pour s'enrouler autour de lui.

— Qu'ai-je fait pour mériter cela ? demanda-t-il d'une voix rauque de désir.

Ce n'était pas un jeu. Ni une question de pure forme. Il était sincèrement déconcerté.

— Rien, répondit-elle.

Elle fit un pas vers lui, souleva une jambe fuselée et posa son genou sur l'espace vide de son fauteuil, tout contre sa cuisse.

Puis, s'agrippant au dossier du fauteuil, elle se pencha en avant.

— Tu n'as rien fait pour mériter cela. Mais j'en ai envie. Et je ne vois pas pourquoi je me priverais de ce plaisir. Cette abstinence sexuelle que je nous impose est du pur gâchis.

Elle passa le bout de sa langue sur ses lèvres roses si pulpeuses, et ce geste sexy embrasa ses sens.

— Nos vies sentimentales sont un fiasco. Depuis

longtemps. Ensemble ou séparément. Mais quitte à me sentir incomprise, je préfère que ce soit avec toi enfoui en moi. Nous allons nous marier. Je vais avoir ton bébé. Nous devrons former une famille. Et je ne sais pas… comment arranger les choses entre nous. Comment réparer les fractures en chacun de nous. Je ne sais même pas si c'est possible. Mais nous ne résoudrons rien si nous nous contentons de vivre comme des étrangers sous le même toit et si tu ne me considères que comme ton assistante personnelle au bureau.

— Comment devrais-je te considérer ?

— Comme ton assistante personnelle et ta fiancée. Puis, comme ton épouse. Tu ne pourras pas compartimenter ces fonctions. Elles deviendront indissociables.

Elle posa le bout de ses doigts sur la joue d'Isaiah et passa son pouce sur sa lèvre inférieure.

— J'en ai assez de me sentir seule. Comme si je n'étais faite pour personne, et que personne n'était fait pour moi.

Ces mots trouvèrent un écho douloureux en lui et touchèrent un point à vif au tréfonds de son être. Il aurait aussi bien pu les prononcer. C'était comme si elle mettait des mots sur sa propre souffrance — une souffrance dont il n'avait jamais pris conscience auparavant.

— Si tu savais comme j'ai envie de toi, murmura-t-elle, d'une voix câline.

Galvanisé, il posa ses mains sur les hanches de Poppy, s'émerveillant du contraste sexy entre la pâleur de sa propre peau et la belle nuance foncée de la sienne.

Un contraste et malgré tout, une adéquation.

Profonde. Sensuelle. Parfaite.

Se penchant en avant, il déposa un baiser sur le

renflement de sa poitrine, juste au-dessus du liséré en dentelle. Elle haleta, la tête rejetée en arrière et les yeux mi-clos. C'était la vision la plus érotique qui soit. Il avait à la fois envie de s'en repaître et de poursuivre cet intermède si prometteur.

Il avait tellement envie de trouver dans ses bras ce sentiment de plénitude et d'appartenance dont elle parlait.

Ne plus se sentir seul.

Être compris.

Il n'avait jamais eu ces objectifs en tête, même quand il était avec Rosalind, car il n'avait jamais imaginé qu'une femme puisse saisir toutes les facettes de sa personnalité. Déjà qu'il avait du mal à se comprendre !

Une chose était sûre, il était différent.

Il ne savait pas extérioriser ses sentiments, comme les autres personnes. Parfois, il avait du mal à décrypter les rapports de force subtils et complexes qui se nouaient sous ses yeux, d'où l'aide précieuse que lui apportait Poppy lors de réunions de travail avec des clients.

Il était plus à l'aise avec les chiffres, carrés et francs.

Mais l'eût-il voulu, il était incapable de changer. Ses différences faisaient de lui un homme doué dans son domaine de prédilection, mais elles compliquaient aussi ses relations avec autrui.

Pourtant, Poppy s'en était toujours accommodée… sauf le jour où elle l'avait traité de robot, bien entendu. Mais il l'avait mérité.

Peut-être était-elle la seule personne capable de le comprendre. La seule sur qui il pouvait compter.

— Moi aussi, j'ai très envie de toi, dit-il d'une voix enrouée.

— Je me donne à toi, murmura-t-elle, lui relevant

le menton et plongeant ses yeux sombres si lumineux dans les siens.

Puis elle se pencha, et ses lèvres frôlèrent son oreille.

— Tu veux bien que je t'appartienne, Isaiah ?

— Tu es déjà mienne, répondit-il, capturant sa bouche.

Ce fut comme si un ouragan s'était déchaîné en lui. Il l'installa sur ses genoux et l'enlaça étroitement tout en l'embrassant avec passion. Tout en se perdant en elle. Il ne voulait absolument rien entre eux. Ni le T-shirt et le jean qu'il portait, ni même la superbe dentelle qui couvrait à peine les courbes de Poppy.

Rien.

Bon. Elle pouvait garder ses escarpins, songea-t-il en souriant. Oh ! oui, il aimerait qu'elle les ait aux pieds quand il jucherait ses jambes sur ses épaules et qu'il la pénétrerait d'un seul coup de reins.

— J'ai tellement envie de toi. Je crois que j'en mourrai si je ne te possède pas.

— Tu me côtoies depuis dix ans, Isaiah. Pourquoi maintenant ? demanda-t-elle, égrenant des baisers sur le coin de sa bouche et sur sa joue.

Parce qu'il l'avait enfin remarquée. Parce qu'elle l'avait embrassé. Parce que…

— Je ne vois pas le monde de la même façon que les autres, Poppy. J'ai besoin de tout contrôler, de poser des repères, d'assigner une place à chaque chose et à chaque personne pour évoluer en toute sécurité parmi mes semblables. C'est comme si je portais des œillères qui m'empêchent de voir le monde tel qu'il est. Parfois, il faut qu'un événement imprévisible survienne pour que je remarque vraiment ce qui se passe sous mes yeux. Et c'est ce qui s'est produit quand nos lèvres se sont touchées pour la première fois. Tu as chamboulé mon univers, bousculé mes repères, et j'ai compris ce jour-là que plus rien ne serait comme avant.

— Pourtant, tu aimes les blondes.

— Non.

— Rosalind était blonde. Et après elle, il y en a eu beaucoup d'autres, insista-t-elle.

— Comme je te l'ai expliqué, j'ai besoin d'ordre et de certitudes. Et me cantonner aux blondes était une solution de facilité pour moi.

— Et cela t'a empêché de me remarquer ?

Il la contempla, déconcerté. Elle était si belle. Comment avait-il pu être aussi aveugle pendant toutes ces années ?

— Je ne vois pas d'autre explication.

Elle prit son visage entre ses paumes douces.

— Je ne te trouve pas difficile à vivre et je t'apprécie tel que tu es.

Il secoua la tête, sceptique.

— Oh ! non, dis plutôt que tu me supportes. Et je compense ce défaut par…

— Non, Isaiah. Je suis sincère. Je t'ai toujours apprécié tel que tu es.

Ces mots lui firent l'effet d'un rayon de soleil, l'inondant de lumière et de chaleur.

Étant jeune, il avait eu une certitude illimitée dans sa propre vision du monde. Puis il s'était peu à peu rendu compte que la façon dont il percevait les choses, les émotions et les relations interpersonnelles différait souvent de celle de ses interlocuteurs. Il avait alors commencé à se remettre en question.

À mesure que les années passaient, il avait de plus en plus conscience que les gens avaient du mal à se lier d'amitié avec lui. Que lui-même s'agaçait parfois de devoir soutenir une longue conversation avec un interlocuteur au lieu d'aller droit au but. Et que son frère Joshua le suppléait dans ce domaine grâce à son entregent et sa facilité d'élocution.

Il comprenait mieux à quel point ses parents avaient dû faire preuve d'adaptation à son égard avant qu'il se rende compte de la nécessité de ces ajustements.

Et il se désespérait d'être un fardeau pour son entourage.

Mais pas pour Poppy, songea-t-il avec reconnaissance.

Les yeux rivés aux siens, il enroula ses doigts autour de ses poignets fins et lui maintint les mains contre son visage, se délectant de leur fraîcheur et de leur douceur.

Il n'avait pas de mots pour répondre à sa remarque.

Il n'avait que son désir pour elle. Un désir puissant qui l'embrasait tout entier. Le contrôle était la pierre angulaire de sa vie. Un rouage essentiel. Mais à cet instant, seule Poppy était essentielle. Il voulait qu'elle continue de le toucher.

Le contrôle attendrait.

Le besoin de lâcher prise pour assouvir son désir était beaucoup plus important.

Il était même indispensable.

Il détacha les mains de Poppy de son visage et lui noua les bras autour de son cou pour qu'elle se raccroche à lui. Puis il captura sa bouche et l'embrassa avec fougue, mettant dans son baiser toutes les émotions qu'il ressentait sans parvenir à les exprimer.

Puis, s'écartant légèrement, il caressa sa lèvre inférieure à l'aide de son pouce, exultant de voir le désir assombrir ses prunelles. Se repaissant de la voir s'abandonner à la même passion qui grondait en lui.

— Je suis toujours maître de moi, murmura-t-il, égrenant des baisers le long de son cou si élégant.

Alors, serrant étroitement Poppy contre lui, il se leva de son fauteuil et s'allongea par terre avec elle.

D'une main fébrile, il s'efforça de défaire les agrafes de son top en dentelle. N'y parvenant pas, il tira dessus. Elles cédèrent, et les bonnets libérèrent ses seins affriolants.

Il n'avait pas besoin de lui dire qu'il avait perdu tout contrôle à cause d'elle. Elle le savait. Et elle s'en délectait, à en juger par le feu couvant dans ses prunelles sombres et par la courbe mutine de ses lèvres pleines.

Sa Poppy si sage, si efficace et organisée était capable de perdre toute retenue avec lui.

Uniquement pour lui.

Soudain, le fait qu'elle n'ait jamais été avec un autre homme acquérait une signification toute particulière.

Elle était sienne.

Et c'était plus important qu'il n'aurait cru. Il n'avait jamais réfléchi à ce genre de choses auparavant. Il ne savait même pas pourquoi il y pensait maintenant. Sauf qu'il s'agissait de Poppy.

Poppy qui avait toujours été là pour lui.

Elle l'impressionnait. Il ne la comprenait pas toujours, mais c'était aussi bien qu'elle garde une part de mystère. L'important était que la flamme du désir continue de brûler haut et fort entre eux.

Elle lui ôta ses vêtements avec la même fébrilité qu'il avait mis à la débarrasser de son top.

Grisé, il aspira un téton dans sa bouche et le suça avec ardeur, le savourant à loisir, se délectant de sa texture.

Mais ce n'était pas suffisant. Ce ne le serait jamais.

Il se rendait compte que sa propre peau devenait hypersensible. C'était une sensation inédite, fabuleuse.

Seule Poppy avait le don de lui procurer de telles sensations et de telles émotions.

Il pressa son visage dans le creux de son cou, alternant baisers et caresses avec sa langue. Elle exhala un gémissement de plaisir et glissa son bras entre leurs deux corps, enroulant ses doigts autour de son pénis et le pressant. La tête rejetée en arrière, il poussa un grognement rauque.

— Pas comme cela, marmonna-t-il. J'ai besoin… Non, Poppy. J'ai besoin de toi.

— Mais je suis toute à toi, répondit-elle d'un air un peu trop innocent, caressant son pénis sur toute sa longueur.

Puis elle se redressa et de sa main libre elle le fit basculer sur le dos. Il aurait pu réagir, mais il se laissa faire, curieux de voir ce qu'elle manigançait. Hypnotisé par la passion qui couvait dans son regard brûlant.

Alors, avec un sourire mutin, elle se pencha en avant et enroula ses lèvres autour de son gland si sensible, puis elle les fit glisser le long de son membre pour le prendre tout entier dans sa bouche.

Il serra les dents, consumé de désir, et se raccrocha à ses boucles brunes tandis qu'elle le cajolait avec sa langue. Il demeurait figé, tétanisé par la vision de Poppy, par la façon dont elle s'y prenait, à la fois malhabile et sérieuse. Par la myriade de sensations qu'elle faisait naître en lui.

— As-tu déjà fait cela auparavant ? demanda-t-il, forçant les mots à sortir de sa gorge nouée.

La réponse à cette question ne devrait pas avoir

d'importance. Il n'aurait jamais dû la poser. Auparavant, il ne s'était jamais soucié de savoir si une de ses partenaires avait eu d'autres amants. Il préférait même les femmes expérimentées.

Mais pas avec Poppy. L'idée qu'un autre homme la touche le rendait fou.

Elle le suça depuis l'extrémité jusqu'à la base, comme elle le ferait avec une sucette, puis elle leva les yeux vers lui.

— Non.

Jurant entre ses dents, il rejeta la tête en arrière, les yeux clos, tandis qu'elle l'aspirait à nouveau dans sa bouche.

— Est-ce important pour toi ? demanda-t-elle.

— Ne t'arrête pas, gronda-t-il.

— Est-ce important ? répéta-t-elle. Veux-tu être le seul homme que j'aie jamais touché comme cela ? Veux-tu savoir que tu es le seul homme qui m'ait jamais vue nue ?

À la façon dont les muscles de son bas-ventre se contractaient, il était sur le point de perdre tout contrôle.

— Oui, grommela-t-il, les dents serrées.

— Pourquoi ?

— Parce que je veux que tu sois à moi. Rien qu'à moi, répondit-il d'une voix dure.

— Je t'ai déjà dit que je t'appartenais, remarqua-t-elle, câlinant son pénis avec sa main. Tu es le seul homme avec qui j'ai eu envie de faire ces choses.

— Moi ? insista-t-il, respirant difficilement.

— Oui, le seul. Depuis le jour où tu m'as engagée. J'aurais voulu fréquenter d'autres hommes, mais je n'ai jamais pu. Le seul que je voulais, c'était toi, Isaiah.

Elle avait l'air tellement sincère qu'il en fut profondément touché. Au point que ses paroles trouvèrent un écho dans des endroits qu'il croyait à jamais condamnés.

Elle égrena des baisers sur son ventre et son torse avant de capturer sa bouche.

— J'ai besoin de toi en moi. S'il te plaît.

Il ne se le fit pas dire deux fois. Il l'allongea sur le dos et glissa ses doigts sous son slip minuscule, caressant lentement ses replis lisses et moites pour exacerber son désir, jusqu'à ce qu'elle gémisse et s'arc-boute sous lui. Jusqu'à ce qu'elle le supplie.

Puis il insinua un doigt en elle et la contempla tandis que la jouissance déferlait en elle. C'était le plus beau spectacle qu'il ait jamais vu.

Mais cela ne lui suffisait pas.

Il lui ôta son slip et se positionna entre ses cuisses, se pressant à l'entrée de son intimité et la pénétrant d'un vigoureux coup de reins. La revendiquant comme sienne. Lui montrant qu'elle lui appartenait.

De la même façon qu'il lui appartenait.

Lâchant la bride à son désir, il se perdit en elle, enveloppé dans sa fragrance si familière à base de vanille et d'épices, à laquelle se mêlait quelque chose de nouveau. La sueur. La passion. La peau.

Ce qu'ils avaient été se télescopait avec ce qu'ils étaient maintenant.

Il agrippa ses hanches et la chevaucha avec fougue, se délectant de son cri de plaisir tandis qu'il la revendiquait. Encore et encore.

Elle s'arc-bouta sous lui, criant son prénom, ses ongles enfoncés dans sa chair tandis que ses muscles internes pulsaient autour de son pénis.

Alors, il lâcha prise et jouit dans un grognement sauvage, le plaisir semblable à une langue de feu sur sa peau et dans son bas-ventre.

Quand ce fut fini, il ne put rien faire d'autre que serrer Poppy dans ses bras, le souffle oppressé et le cœur cognant violemment dans sa poitrine.

Il la contempla, et elle lui sourit. Puis elle pressa ses doigts sur ses lèvres.

Il agrippa son poignet et embrassa sa paume.

— Viens au lit avec moi, dit-il.

— D'accord.

12

À 3 heures du matin, Poppy s'abandonnait à une langueur délicieuse quand Isaiah décida qu'ils devaient manger pour reprendre des forces. Seulement vêtue du T-shirt d'Isaiah, Poppy le rejoignit à la cuisine.

Installée au comptoir, elle l'observait pendant qu'il préparait des œufs sur le plat et du bacon. Serait-ce sa vie, désormais ? Elle avait du mal à le croire. C'était presque trop beau.

Elle était bouleversée rien qu'à le regarder.

Il était tellement… lui-même. Si puissant et si sérieux. Et pourtant, à cet instant, il avait quelque chose de puéril, avec ses cheveux bruns retombant sur ses yeux et son expression concentrée tandis qu'il cassait les œufs dans la poêle sans abîmer les jaunes.

Pour le reste, il était la virilité incarnée, torse nu, seulement vêtu d'un pantalon de jogging gris qui lui tombait bas sur les hanches. Son dos était large et sculptural, et elle avait tout loisir d'apprécier le jeu de ses muscles tandis qu'il cuisinait.

Il répartit les œufs dans deux assiettes et lui en tendit une. Puis il s'installa en face d'elle et la contempla intensément.

— T'arrive-t-il souvent de te préparer des en-cas de minuit ? demanda-t-elle.

— Non. Mais ce soir, c'est différent. Mange tant que c'est chaud.

— Me fais-tu prendre des forces pour que nous puissions poursuivre nos ébats ?

Il eut un sourire coquin.

— Assurément.

— Ce bacon a un goût d'arrière-pensée, plaisanta-t-elle, savourant une bouchée.

— Et tu le regrettes ?

— Non, il est encore plus délicieux ainsi, assura-t-elle, une bulle de joie s'épanouissant dans sa poitrine.

— En fait, c'est ma façon de prendre soin de toi. Te sens-tu bien ? demanda-t-il, redevenu sérieux.

— Oui, acquiesça-t-elle, un peu déconcertée.

— Pas de... nausées ou d'autres symptômes embêtants ?

Bon. S'il prenait soin d'elle, c'était à cause du bébé, songea-t-elle, dépitée.

— Non. Tout va bien.

— Tant mieux.

— Parce que les nausées matinales m'obligeraient à m'absenter du bureau ? demanda-t-elle, plaisantant à moitié.

— Non. Parce que je serais désolé que tu sois malade.

Contre toute attente, elle se sentit terriblement vulnérable, assise là avec lui.

Elle allait épouser Isaiah et avoir son bébé. Elle venait de passer les deux dernières heures à faire l'amour avec lui. Tout se déroulait pour le mieux. Et en même temps, elle avait une conscience aiguë de la personne qu'elle était, sans son chignon strict et sans maquillage ; sans ses robes structurées et ses talons hauts.

Elle était simplement Poppy Sinclair, la même Poppy

Sinclair qui avait été ballottée de foyer en foyer et qui n'avait jamais trouvé une famille désireuse de l'accueillir pour toujours.

Sa gorge se noua douloureusement.

Soudain, elle sentit la grande main d'Isaiah qui lui soulevait le menton.

— Quelque chose ne va pas ?

Son cœur se serra. Cette marque de prévenance la réconforta un peu, mais elle était impuissante à combler le manque d'amour dont elle avait souffert toute sa vie.

Bien sûr, elle avait su qu'il lui serait difficile de faire le premier pas vers Isaiah, mais elle ne s'était pas attendue à ce que sa démarche réveille des souvenirs douloureux.

— Non, tout va bien. Je réfléchissais.

— À quoi ?

— Oh ! à rien de spécial.

Simplement à ce qu'elle était et à ce qu'elle faisait ici. Avec lui. Avec tant de belles choses à portée de main.

Une famille. Un mari. Un bébé.

La passion.

L'amour.

— J'aimerais quand même savoir ce qui te rend si songeuse, déclara-t-il, l'air perplexe.

— Pourquoi *tiens-tu* à le savoir ? insista-t-elle.

— Parce que tu es mienne. Tu peux me confier tous tes soucis. Je suis prêt à t'écouter et à t'aider.

— Oh ! Isaiah, murmura-t-elle, les yeux humides.

— Est-ce à cause de moi que tu pleures ? demanda-t-il, inquiet, essuyant une larme qui perlait au coin de son œil.

— Non, tu n'y es pour rien. C'est… stupide de ma part, dit-elle d'une voix étranglée par l'émotion.

— Rien ne peut être stupide si cela te fait pleurer.

— Je pensais, en te regardant prendre soin de moi, que personne ne s'était jamais vraiment soucié de moi auparavant. Oh ! bien sûr, les parents d'accueil m'ont témoigné de la gentillesse, à des degrés divers. Mais j'ai vécu dans tellement de familles. Elles se mélangent toutes dans mon esprit. Avant, je me rappelais le nom de chaque famille qui m'avait accueillie, et maintenant, les souvenirs de ma petite enfance s'effacent peu à peu de ma mémoire.

Elle marqua une pause avant de poursuivre :

— Je me souviens qu'une famille devait m'emmener à une fête foraine. C'était la première fois que j'y allais. Si tu savais comme j'étais excitée ! On m'avait promis que je ferais un tour sur la grande roue et que j'aurais de la barbe à papa.

Elle prit une autre bouchée de son bacon, mais eut du mal à l'avaler tant l'émotion lui obstruait la gorge.

— Le lendemain, mes parents d'accueil ont appris que la mère biologique d'un frère et d'une sœur qu'ils hébergeaient avait donné naissance à un autre enfant. Les services sociaux voulaient que ce bébé soit placé chez ces parents dans le cadre du regroupement familial. C'était logique. Mais cela impliquait de me changer de foyer d'accueil.

— Tu n'es donc pas allée à la fête foraine.

Elle secoua la tête et cilla à plusieurs reprises pour s'empêcher de pleurer, mais une larme roula sur sa joue.

— Je suis stupide d'être encore bouleversée par cet incident, remarqua-t-elle, riant à travers ses larmes. Car je suis bien allée à la fête et j'ai mangé de la barbe à papa. Mais je me souviens surtout de mon chagrin et de cet horrible sentiment que rien dans la vie n'est jamais stable et que les bonnes choses ne durent jamais. Un peu comme la barbe à papa quand elle fond sur votre langue.

— Je prendrai toujours soin de toi, dit-il avec détermination.

— Ne fais pas de promesse que tu ne pourrais pas tenir, répliqua-t-elle, au bord du désespoir.

— Tu ne me fais pas confiance ?

Elle ne demandait pas mieux que de lui faire confiance, mais il ne l'aimait pas. Et s'il n'y avait pas d'amour partagé entre eux, elle ne savait pas trop quelle serait la nature du lien qui les unirait. Bien sûr, il y en aurait un. Car elle l'aimait plus que jamais.

Et ils auraient un bébé.

Une fois qu'ils seraient mariés, elle espérait qu'Isaiah se sentirait en confiance avec elle et qu'il finirait par lui ouvrir son cœur. Mais en attendant…

— Aussi curieux que cela paraisse, tu es une des figures les plus constantes de ma vie. Rosalind et moi nous voyons rarement, mais je sais qu'elle se soucie de moi. Elle ne m'a pas oubliée. Elle fait partie de ma famille. Et toi aussi, tu en fais partie.

— Tu peux l'inviter à notre mariage, si tu le souhaites.

Elle le contempla, stupéfaite, parce que d'habitude, la seule mention du nom de Rosalind lui valait un silence glacial ou un accès de colère à peine contenue.

— Tu n'y vois pas d'inconvénient ?

— Non, puisqu'elle est importante pour toi. Et ce qui s'est passé entre nous ne l'est plus.

L'espoir fleurit dans son cœur, fragile et nouveau,

comme un minuscule bourgeon qui se forme au début du printemps.

— Pourtant, elle t'a brisé le cœur, argua-t-elle, prudente.

— Mais maintenant que je t'ai, le reste ne compte pas.

Ce n'était pas la déclaration qu'elle attendait, mais c'était mieux que rien. Mieux que la promesse d'une barbe à papa.

Elle avait tellement envie d'y croire.

Elle se pencha vers lui et l'embrassa avec passion, se délestant peu à peu de son fardeau pour se raccrocher à l'espoir.

13

Contre toute attente, Isaiah avait décidé de faire une pause déjeuner à l'extérieur, mais cette pause s'éternisait. En fait, il était absent du bureau depuis près de deux heures, et Poppy ne se souvenait pas qu'il se soit absenté aussi longtemps en milieu de journée, sauf quand il avait un déjeuner de travail, auquel cas il l'emmenait.

Ce comportement inhabituel la rendait nerveuse.

Du moins, c'était ce qu'elle se disait. En fait, ce qui la rendait nerveuse, c'était qu'il soit hors de sa vue. Comme s'il pouvait se volatiliser si elle ne gardait pas un œil sur lui. Comme si tout ce qui se passait entre eux était imaginaire.

Elle s'efforça de se détendre en songeant à la nuit dernière. Une nuit fabuleuse !

Elle n'avait jamais rien connu de tel. Et la seule façon de revivre une pareille expérience, ce serait…

S'ils se mariaient.

Si tout se passait bien entre eux.

Elle posa une main sur son ventre et fit une petite prière. Elle avait tellement envie que son vœu se réalise.

Elle se leva en soupirant. Elle avait besoin d'un café pour s'éclaircir les idées et apaiser son stress.

Soudain, la porte de son bureau s'ouvrit, et Isaiah pénétra dans la pièce, vêtu du même T-shirt et du même jean noirs qu'il portait avant de s'absenter. Mais il tenait son bras derrière son dos, et son expression était… mystérieuse.

Elle ne pensait pas avoir déjà vu une expression pareille sur son visage.

— Que se passe-t-il, Isaiah ? demanda-t-elle.

— Je me suis absenté pour te rapporter quelque chose. Mais cela m'a pris plus de temps que je ne pensais.

— Parce que tu ne savais pas quoi me rapporter ?

— Non. Parce que j'ignorais où trouver ce que je cherchais.

— Que tiens-tu derrière ton dos ? demanda-t-elle, dévorée de curiosité.

— Un bouquet de roses aurait été facile, remarqua-t-il.

Puis il ramena son bras en avant, et elle aperçut quelque chose de rose ayant la forme d'un bouquet mais sans en être un.

Elle demeura clouée par la surprise.

Une autre bague ne l'aurait pas bouleversée autant que cette attention en apparence simple et peu onéreuse.

Mais pour elle… hors de prix.

— De la barbe à papa, balbutia-t-elle, bouleversée.

— Je voulais te l'offrir en guise de dessert, mais hélas, l'heure du déjeuner est passée.

Comment ne pas craquer à la vue d'Iasiah, sérieux comme un pape, arborant fièrement la barbe à papa la plus rose et la plus mousseuse au monde ?

Elle réprima un petit rire.

— Où l'as-tu trouvée ?

— Dans un parc d'attractions à Tolowa.

— Oh ! Isaiah, tu es allé jusque là-bas pour m'acheter une barbe à papa ! s'exclama-t-elle, émue aux larmes.

Elle la lui prit des mains et la déposa sur son bureau avant de nouer ses bras autour du cou d'Isaiah et de l'embrasser.

— Elle va fondre, remarqua-t-il contre ses lèvres.

— La barbe à papa ne fond pas.

— Mais elle rétrécit.

— Ne te méprends pas, j'aime la barbe à papa, mais je préfère te manger, toi, répliqua-t-elle en souriant.

— J'ai fait beaucoup d'efforts pour la trouver.

Éclatant de rire, elle attrapa la friandise et en prit une bouchée, le sucre recouvrant ses lèvres et sa langue. Puis elle embrassa à nouveau Isaiah, un baiser doux et sucré qui, espérait-elle, exprimait un peu de l'amour qu'elle ressentait pour lui.

Mais pas tout son amour.

Parce qu'elle ne lui avait pas encore avoué qu'elle l'aimait.

Elle redoutait de le faire.

La nuit dernière, elle avait fait le premier pas. Elle était allée le retrouver dans son bureau et s'était donnée à lui. Elle lui avait *montré* à quel point elle l'aimait. Mais elle savait que c'était insuffisant. Il fallait qu'elle le lui dise.

Elle prit son visage entre ses paumes et l'embrassa une nouvelle fois, examinant les ridules au coin de ses yeux gris, ses pommettes hautes mises en valeur par sa barbe, son nez parfait et ses lèvres… Des lèvres faites pour elle.

Bien sûr, d'autres femmes les avaient embrassées. Mais quelle importance puisque ses lèvres ne leur étaient pas destinées ? Elles étaient faites pour elle. Elles s'adoucissaient pour elle. Elles souriaient pour elle.

Contrairement aux autres femmes, Poppy avait réussi à entamer la carapace protectrice qu'il s'était forgée.

Bien sûr, Rosalind avait fait mieux qu'elle ; elle avait trouvé le chemin de son cœur. Mais puisque Poppy parvenait à lui faire perdre son sacro-saint contrôle au cours de leurs ébats torrides, puisqu'il parcourait des kilomètres pour lui offrir de la barbe à papa, l'espoir était permis.

Elle l'aimait depuis si longtemps. Elle l'avait accompagné tout au long de ces dix années, travaillant à ses côtés, souffrant de le voir malheureux, devenant son amie, se disputant avec lui, riant avec lui, faisant l'amour avec lui.

Elle l'aimait envers et contre tout.

Ne pas le lui dire, s'inquiéter de sa réaction, c'était se protéger un peu plus. Et elle en avait fini avec l'auto-protection.

— Je t'aime, dit-elle dans un souffle.

Il se figea sous son baiser, mais elle s'y attendait. Il aurait besoin de temps. Elle n'espérait pas une réponse immédiate de sa part ; à vrai dire, elle ne la souhaitait pas.

— Je t'ai toujours aimé, poursuivit-elle. Même quand tu étais avec Rosalind. Je me sentais trahie et je me consumais de jalousie, mais rien n'y faisait. Je rêvais que tu reportes sur moi tout cet amour que tu lui offrais. Mais quand elle est partie, tu as verrouillé ton cœur à double tour. Et je trouve injuste qu'elle soit la seule à avoir eu droit à ton amour.

— J'ai tellement envie que tu m'aimes, Isaiah, ajouta-t-elle. Tu représentes tout ce que je désire. Tu es mon plus beau rêve. Je t'ai aimé avant que nous nous embrassions ; avant que nous fassions l'amour ; avant que tu me demandes en mariage et que je sois enceinte. Et je t'aimerai toujours.

Son expression n'avait pas changé. Impénétrable et froide. La bouche pincée et le corps rigide.

— Poppy…

— Non. Ne me regarde pas comme si tu avais pitié de moi. Comme si j'étais un chiot que tu devais chasser. J'ai eu ma dose de pitié pour le restant de ma vie, Isaiah, et je ne veux surtout pas de la tienne.

— Je t'appartiens, Poppy. Je te le promets.

— Mais tu ne m'aimes pas.

— Je ne peux pas.

Elle secoua la tête, une douleur aiguë lui broyant la poitrine.

— Dis plutôt que tu ne veux pas.

— Au bout du compte, cela fait-il une différence ?

— Au bout du compte, peut-être pas. Mais entre-temps, cela fait toute la différence. « Je ne peux pas » signifie que rien au monde ne te fera changer d'avis. « Je ne veux pas » signifie que tu choisis de te raccrocher à tes échecs et à ta souffrance passée. Tu choisis de te raccrocher à une autre femme au lieu de te tourner vers moi. Tu m'accuses de me cramponner à l'espoir illusoire du grand amour au lieu de me contenter d'accepter ce que tu m'offres. Mais ton attitude est pire que la mienne. Tu te cramponnes aux fantômes du passé au lieu de te raccrocher à quelque chose de réel. Je pense que tu es capable de m'aimer. Mais tu as enfoui ce sentiment si profondément, sous tellement de couches de protection…

— Tu ne comprends pas, riposta-t-il, s'écartant d'elle et fourrageant nerveusement dans ses cheveux. Tu ne comprends pas, répéta-t-il d'un ton plus mesuré. C'est facile pour toi. Tu es perspicace et intuitive. Tu n'as aucun mal à décrypter l'expression faciale d'une personne et à deviner le sens caché de ses paroles. Mais ce n'est pas mon cas. Rosalind était la plus fieffée menteuse et tricheuse de la création, et je ne m'en étais pas rendu compte. Elle disait qu'elle m'aimait, et je la croyais.

Poppy exhala un soupir douloureux.

— Et donc, tu ne me crois pas ?

— Je n'ai pas dit ça.

— Mais le problème est bien là. Tu ne me fais pas confiance. Sinon, tu ne réagirais pas ainsi.

— Non, c'est faux. Je me suis senti stupide quand Rosalind est partie. Je n'ai absolument rien vu venir. Et cela m'a anéanti. Je ne pense pas que tu puisses comprendre à quel point c'est horrible d'être attaqué par surprise comme je l'ai été.

C'en fut trop pour Poppy. Sa vision se brouilla sous l'effet de la rage. Son cœur cognait si violemment qu'elle se sentait sur le point de défaillir.

— Vraiment ? Je ne t'ai raconté qu'une petite partie de ce qu'a été mon enfance, notamment à quel point il était dangereux pour moi de fonder des espoirs sur le lendemain parce que les services sociaux pouvaient à tout moment me transférer dans une autre famille d'accueil. Je n'ai jamais eu le contrôle de ma vie. Je m'exposais à de graves déconvenues si je m'autorisais à me sentir à l'aise au sein d'une famille et à aimer les personnes qui m'accueillaient. Bien sûr, c'est le système qui veut cela, mais quand on est enfant, tout ce qu'on sait, c'est qu'on est sans cesse déracinée.

— Je suis désolé. Je ne voulais pas…

— Nous sommes tous amenés à être blessés à un moment ou à un autre. La vie est ainsi faite. Mais toi, comment réagis-tu à cela ? Dis-le-moi. À haute et intelligible voix, pour que tu puisses te rendre compte à quel point ta réaction est ridicule.

— Cette expérience a changé quelque chose en moi. Et… je ne peux pas revenir en arrière.

— Non. Tu ne *veux* pas. Tu es lâche, Isaiah Grayson. Tu fuis ce que tu ressens ou ce que tu *pourrais* ressentir. Tu dis que tu es incapable d'éprouver certains sentiments ; que tu es incapable de faire ou de comprendre certaines choses. Pourtant, tu comprends des choses qui sont inaccessibles pour d'autres, comme ton don extraordinaire pour les chiffres. Et si ton cerveau fonctionnait comme celui de tout le monde, tu ne serais pas la personne que tu es. Tu ne serais pas l'homme que j'aime. Je ne veux pas que tu changes. Ne le comprends-tu pas ? Ce n'est pas ce que je te demande. Ce que j'attends de toi, c'est que tu te tournes vers moi au lieu de te raccrocher à Rosalind.

Il recula d'un pas et secoua lentement la tête.

— Poppy…

— Où est passé mon patron si déterminé et si audacieux ? Mon ami têtu qui ne renonce jamais ? À moins que tu ne sois terrifié parce que je te demande quelque chose qui ne se trouve pas dans ta tête mais dans ton cœur ?

Son propre cœur était en train de se briser en mille morceaux dans sa poitrine. Elle était malheureuse à en mourir.

Bien sûr, elle ne s'était pas attendue à ce qu'il lui donne une réponse aujourd'hui, mais elle n'aurait jamais cru qu'il rejette aussi catégoriquement toute possibilité de l'aimer.

— Peut-être n'ai-je pas de cœur, répliqua-t-il d'une voix amère. Peut-être ne suis-je qu'un robot, comme tu l'as dit toi-même.

— Non, je ne le pense pas. Et je regrette d'avoir porté cette accusation.

— Mais peut-être étais-tu plus proche de la vérité que tu ne veux le croire. Peut-être ne m'aimes-tu pas comme je suis, Poppy. Peut-être crois-tu voir des choses en moi qui te plaisent. Mais elles ne sont pas réelles.

Elle secoua la tête, s'efforçant de refouler ses larmes.

— Non. Je ne me trompe pas. Je te côtoie depuis dix ans, Isaiah.

Elle contempla le beau visage si familier de cet homme qui était en train de détruire tout ce qu'ils avaient commencé à construire ensemble. Elle était tellement furieuse contre lui qu'elle avait envie de marteler son torse avec ses poings.

— *Je te connais*. Je sais que tu es capable d'aimer. Je t'ai observé avec ta famille et au bureau. Tu as travaillé dur pour bâtir cette entreprise avec Joshua et Faith, puis pour la développer avec Jonathan Bear. Tu as aidé Faith à réaliser son rêve de devenir architecte…

— Elle l'a réalisé grâce à son talent. J'aurais tort de m'en attribuer le mérite.

— Il n'empêche que sans toi, les finances de l'entreprise ne seraient pas aussi florissantes, et ce serait la fin du rêve. Tu es le principal artisan de son succès. Tu n'exprimes peut-être pas ton affection et ta prévenance de la même façon que tout un chacun, mais tu les exprimes de façon réelle et tangible.

À son grand désespoir, il demeura impassible.

— Tu es capable d'aimer, Isaiah. Et ton entourage t'aime.

Après un long moment de silence, il déclara :

— Je ne t'aurais jamais retiré notre enfant.

— Quoi ?

— J'ai eu tort de te menacer de te retirer la garde de notre enfant. Et j'ai eu tort de te forcer à m'épouser. Cette idée de mariage était une erreur, Poppy.

Elle le contempla, atterrée. Elle avait l'impression de redevenir cette fillette à qui l'on avait promis de l'emmener à la fête foraine et qui se réveillait le matin, apprenant qu'elle allait encore changer de foyer.

Et la présence de la barbe à papa ne faisait que renforcer ce sentiment de douloureuse déconvenue.

— Tu ne veux plus m'épouser ?

— Je te forçais la main. Parce que dans mon esprit, c'était la meilleure solution. Mais… je me suis trompé. Ma décision était injuste. C'est pourquoi je renonce à ce mariage.

Elle faillit s'étouffer de rage.

— Comment oses-tu me laisser tomber et prétendre que c'est pour mon propre bien ? Après m'avoir entendue te dire que je t'aimais ? Me forcer à t'épouser était une décision dictatoriale, mais au moins elle était dictée par l'ignorance émotionnelle.

— Elle dicte tous mes actes, répliqua-t-il. Tu n'es pas logique, Poppy. Comment peux-tu prétendre tout accepter de moi et t'étonner ensuite de mon comportement ?

— Parce que tu dépasses les bornes, Isaiah ! Tu te renfermes dans une bulle protectrice et tu laisses parler ton cerveau à la place de ton cœur. Tu essaies de tout rationaliser et de tout anticiper. Mais la vie n'est pas un jeu d'échecs. Elle n'a rien à voir avec la logique et les mathématiques. Tout comme tes actes, d'ailleurs. Parce que si tu additionnais tout ce que tu as dit et fait durant ces dernières semaines, tu comprendrais que le résultat équivaut à l'amour. Tu comprendrais que nous sommes faits l'un pour l'autre. Tu comprendrais que tu obtiens enfin ce que tu veux *et que tu le rejettes !*

Elle prit une profonde respiration avant de poursuivre d'une voix tremblante d'émotion et de rage :

— Alors, ne viens pas me dire que je ne suis qu'une femme illogique et hystérique qui exige de toi des choses ridicules. De nous deux, c'est toi qui es hystérique. C'est toi qui es terrifié. Tu as beau m'opposer un visage vide d'expression et prétendre que de ce fait, tu es rationnel, tu ne l'es pas. Tu as beau me mentir et te mentir à toi-même, je ne suis pas dupe.

Elle marqua une autre pause avant d'ajouter :

— Et je démissionne pour de bon. Je refuse de demeurer plus longtemps à tes côtés pour ta convenance personnelle. J'en ai assez de te faciliter la vie et de te donner tout ce que tu veux quand tu le décides, alors que je ne reçois rien en retour.

Elle s'empara de la barbe à papa.

— Mais je garde ceci.

Elle récupéra aussi son manteau et se dirigea vers la porte. Puis elle s'arrêta et se tourna vers lui.

— Je te tiendrai au courant au sujet du bébé. Et je te rembourserai la robe de mariée si la vendeuse ne veut pas me la reprendre. Dis à ta mère que… je suis désolée. Ou plutôt, dis-lui que tu es désolé d'avoir laissé une femme qui ne t'a jamais vraiment aimé gâcher tes chances auprès d'une autre femme qui t'aimait sincèrement.

Sur quoi, elle sortit dans le couloir et passa devant le bureau de Joshua, lequel la suivit des yeux, visiblement perplexe. Puis elle déboucha dans le petit salon où Faith était assise, le regard rivé sur son écran d'ordinateur.

— Au revoir, lui lança Poppy d'une petite voix.

— Que se passe-t-il ? demanda Faith.

— J'ai démissionné. Et le mariage est annulé. Et… j'ai le cœur brisé. Mais je n'ai pas d'autre solution.

Poppy se retrouva dehors. Une toute nouvelle vie allait démarrer pour elle.

Et comme tant d'autres fois, elle redoutait qu'elle ne lui apporte rien de bon.

Non. Cette fois, le destin lui réservait une bonne surprise puisqu'elle allait être maman.

Elle donnerait le meilleur d'elle-même à son enfant. Il serait choyé comme jamais elle ne l'avait été.

Elle esquissa un sourire triste. Sans le vouloir, Isaiah lui avait donné une occasion d'aimer. Ce n'était pas le genre d'amour qu'elle avait espéré.

Mais c'était malgré tout un cadeau.

Et elle se raccrocherait à cette pensée de toutes ses forces.

14

Isaiah n'était pas homme à se réfugier dans l'alcool, mais ce soir, il l'envisageait sérieusement.

Quand il était rentré chez lui après le travail, Poppy avait déjà enlevé toutes ses affaires. Il aurait dû l'empêcher de partir. Il aurait dû quitter le bureau plus tôt pour essayer de la raisonner.

Mais il était resté paralysé.

Il avait continué à travailler de façon machinale tout en s'efforçant d'analyser ce qui s'était passé.

Une pensée tournait en boucle dans sa tête, et ce n'était pas le fait qu'elle l'aimait, même si cette idée s'était enroulée autour de son cœur, l'étreignant douloureusement.

Non. Ce qui l'obsédait, c'était ce qu'elle lui avait dit à propos des excuses qu'il avait invoquées.

Lui-même avait su en les prononçant qu'elles étaient fallacieuses. Ce n'était pas vrai qu'il était incapable de l'aimer.

Puis elle lui avait demandé s'il ne lui faisait pas confiance. Et le problème n'était pas là non plus.

C'était de lui qu'il se défiait.

De ses émotions et de ses sentiments.

L'émotion était une sorte de langue étrangère pour lui. Il devait faire un effort pour l'apprendre afin de comprendre les personnes qu'il était amené à côtoyer. Enfant, il avait louvoyé entre des amitiés naissantes sans vraiment parvenir à les pérenniser. Au lycée et à l'université, il avait brisé des cœurs féminins par inadvertance, faute d'avoir su déceler des inclinations évidentes pour d'autres que lui.

Ces échecs n'étaient jamais dus à un manque de sensibilité de sa part. Simplement, ses sentiments s'exprimaient dans une autre langue.

Et souvent, il ne savait pas comment combler cet écart.

À cet instant, l'intensité de ses sentiments était si aiguë et si douloureuse qu'il était enclin à les nier en bloc. À les refouler au tréfonds de lui-même, hors d'atteinte.

Il faisait souvent cela.

Parce qu'il trouvait plus commode d'affronter des situations difficiles avec autrui s'il n'avait pas à gérer ses propres sentiments en même temps. Il avait donc appris à les refouler et à aborder chaque situation avec un esprit logique.

Mais il n'était pas insensible ou indifférent pour autant, tant s'en faut. Il percevait les émotions avec une telle acuité, elles le submergeaient avec une telle violence qu'il n'avait qu'une envie : les éradiquer.

Mais avec Poppy… il n'y arrivait pas.

Quand il lui faisait l'amour, c'était comme si une digue se rompait. Il se donnait à elle corps et âme. Ses sentiments s'exprimaient dans chacune de ses caresses, dans chacun de ses baisers et dans chacun de ses assauts. Ils trouvaient un exutoire dans le grondement de son sang dans ses veines, dans l'embrasement de ses sens et dans la jouissance de la délivrance ultime.

Ses sentiments et ses émotions étaient tellement

puissants et dévastateurs. Comment pourrait-il avoir suffisamment confiance en lui pour les gérer comme il se devait ?

Il avait besoin d'un verre. Dans l'état de fébrilité où il était, ce n'était sans doute pas une bonne idée, mais…

Un coup sonore retentit à la porte d'entrée. Le cœur battant, il descendit en hâte l'escalier.

Et si c'était Poppy ?

Il ouvrit la porte et se retrouva face à Joshua.

— Que fais-tu ici ? demanda-t-il, sur la défensive.

— Faith m'a dit que Poppy avait démissionné.

— C'est vrai.

Il pivota sur ses talons et se dirigea vers la cuisine. Il allait vraiment avoir besoin de ce verre.

— Que lui as-tu fait ?

— Parce que tu présumes que je lui ai fait quelque chose ?

La colère d'Isaiah sonnait faux, même à ses propres oreilles, car il savait que tout était de sa faute.

Joshua se contenta de l'observer sans répondre.

Le salaud.

Était-il si indéniablement destructeur dans ses relations avec autrui ?

Oui.

Il n'avait pas besoin de réfléchir pour avoir la réponse.

— Je l'ai libérée de son obligation. C'est elle qui a choisi de partir.

— Je ne comprends pas. De quelle obligation parles-tu ?

— Je l'avais forcée à m'épouser. Puis je suis revenu sur ma décision, expliqua-t-il, se sentant ridicule.

Son frère se pinça l'arête du nez, visiblement perplexe.

— Et si tu commençais par le début ?

— Elle est enceinte.

Joshua le fixa, incrédule.

— Je croyais que tu avais conclu un arrangement avec elle. Que tu n'allais pas... perdre tout contrôle.

— Il s'est avéré que nous étions très compatibles. Sur le plan physique.

— Oui. J'ai compris ce que tu entends par *compatibles.*

— Alors pourquoi restes-tu là à me regarder fixement ? s'énerva Isaiah.

Il se passa la main sur le visage avant d'expliquer :

— Elle a voulu rompre alors que nous étions fiancés. Puis elle a découvert qu'elle était enceinte. Je lui ai dit qu'elle devait m'épouser sinon je demanderais la garde exclusive de notre enfant...

— Une demande en mariage très romantique, ironisa Joshua. J'espère que tu as filmé la scène pour immortaliser ce moment mémorable.

Isaiah ignora son frère.

— Ce mariage était une solution commode pour nous deux. Puis... elle a voulu des choses que j'étais incapable de lui donner. Et j'ai compris que forcer une femme à m'épouser était une mauvaise idée.

— Elle est amoureuse de toi.

Isaiah exhala un profond soupir.

— Oui.

— Et tu lui as dit que tu ne pouvais pas l'aimer pour l'inciter à partir ?

— Non. Je lui ai dit que je ne pouvais pas l'aimer et que je ne l'obligeais plus à m'épouser. Alors, elle est partie.

— C'est toi qui l'as rejetée, insista Joshua.

— Je ne sais pas comment lui donner ce qu'elle veut tout en étant sûr de ne pas…

Il n'osait pas finir sa phrase de peur de paraître faible. C'eût été trop humiliant. Mais en vérité, il avait peur de souffrir. Et que cela lui plaise ou non, c'était bel et bien une marque de faiblesse.

— Aimer une personne signifie l'aimer aux dépens de sa propre sécurité émotionnelle, intervint Joshua, devinant ce qu'il taisait. Désolé, mais c'est ainsi.

— Je ne peux pas faire cela.

— Parce qu'une femme t'a blessé ?

— Tu ne comprends pas. Rosalind n'a pas fait que blesser mon amour-propre. Elle a mis en valeur toutes ces failles contre lesquelles j'ai lutté toute ma vie et elle a démontré à quel point je suis inadapté. Sauf qu'elle ne l'a pas fait délibérément.

Il prit une profonde inspiration avant de poursuivre :

— Établir une relation de sympathie avec les gens a toujours été difficile pour moi, contrairement à toi ou aux autres membres de notre famille. Vous savez tous comment vous y prendre avec moi. Mais ce n'est pas le cas de tout le monde. Avec Rosalind, j'ai cru que j'avais enfin trouvé une femme qui me comprenait et m'appréciait tel que j'étais. J'ai baissé ma garde et je ne me suis plus inquiété de savoir si je commettais ou non des erreurs d'appréciation. Je me suis abandonné à la joie de vivre avec elle en toute insouciance. Sauf que j'ai commis une grave erreur de jugement. Elle ne m'appréciait pas tel que j'étais. Les preuves étaient devant moi, et je ne les ai pas vues.

— Mais ta relation avec Poppy est très différente !

Elle n'essaiera pas de te changer si tu admets que tu es amoureux d'elle.

— J'en conviens, Poppy est différente de Rosalind. Et mes sentiments pour elle sont d'une tout autre nature.

— Tu l'aimes. Et si tu refuses de l'admettre, tu la perdras définitivement. As-tu vraiment l'intention de vivre loin de la femme que tu aimes ?

— De toute façon, je ne serai pas un bon père, dit-il, le cœur meurtri.

— Qu'est-ce qui te fait penser cela ?

— Comment pourrais-je être un bon père quand je suis incapable d'établir une relation normale avec quelqu'un ? Comment pourrais-je enseigner à un enfant la meilleure façon de communiquer avec autrui quand mes modes de connexion diffèrent de ceux des autres ?

— Il se peut que ton enfant soit comme toi. Ou que le mien soit comme toi, auquel cas il aura besoin de son oncle pour le comprendre et l'aider. Tu n'es pas un cas à part, Isaiah. D'autres personnes dans le monde rencontrent les mêmes difficultés que toi.

Isaiah demeura pensif. Il ne lui était jamais venu à l'esprit que sa propre expérience pouvait servir à quelqu'un d'autre.

— Mais Poppy…

— Poppy te connaît et t'aime tel que tu es. Elle n'a pas l'intention de te changer.

Isaiah s'éclaircit la gorge, mal à l'aise.

— C'est l'accusation que j'ai portée contre elle.

— Parce qu'elle t'a demandé de sortir de ta bulle protectrice et d'admettre que tu l'aimes ?

— Oui, acquiesça-t-il, penaud.

— Le repli sur soi est le refuge des lâches, Isaiah.

Tu as des défauts, mais je n'ai jamais pensé que tu étais lâche. Je comprends que tu cherches à éviter de souffrir à nouveau. J'ai eu la même réaction que toi après mon divorce. Je rejetais toute idée de rencontrer une autre femme ou d'avoir un autre bébé. Et pourtant, aujourd'hui j'ai Danielle. J'ai une épouse et un fils. Et je suis heureux de ne pas avoir laissé le chagrin et la rancœur décider de mon avenir. Bien sûr, c'est plus facile de laisser les mauvais souvenirs gâcher votre vie que de décider qu'ils n'auront aucune emprise sur vous. Mais tu es capable d'avoir ce courage-là.

— Chaque fois que je la regarde, j'ai du mal à respirer, avoua Isaiah, la voix enrouée par l'émotion.

— Si tu la laisses partir, tu ne te sentiras pas mieux. Au contraire, tu seras taraudé par le chagrin et les regrets.

— Je ne voulais pas me marier par amour, mais pour me faciliter la vie.

— Faire entrer une autre personne dans sa vie rend les choses plus compliquées, tu devrais le savoir mieux que quiconque. On fait entrer cette personne parce qu'on ne peut pas vivre sans elle et on fait fi des complications. Seule cette personne compte. C'est cela l'amour. L'amour est plus fort que la peur. Et c'est une bonne chose car l'amour en soi est tellement terrifiant.

— Dans ce cas, pourquoi tout le monde le recherche ?

— Parce que au bout du compte, l'amour vous comble de bonheur. J'ai failli laisser partir Danielle. J'ai failli renoncer à la meilleure chose qui me soit arrivée parce que j'avais peur. Mais j'ai réussi à la surmonter et aujourd'hui je suis le plus heureux des hommes.

Cette démonstration fut comme une révélation pour

Isaiah. Il comprenait soudain que le raisonnement qu'il avait tenu jusqu'à présent était erroné.

En effet, il ne parviendrait jamais à tenir toutes ses émotions à distance. Car même quand il croirait les museler, l'une d'elles l'emporterait toujours : la peur.

— Penses-y, conseilla Joshua.

Puis il tourna les talons et sortit de la maison, laissant Isaiah seul avec ses réflexions.

Il aimait Poppy de toute son âme.

Avec son cœur et ses tripes.

Il l'aimait tellement que c'en était douloureux et il ne savait pas du tout ce qu'il était censé faire avec cette maudite peur qui le paralysait.

Toute cette histoire avait commencé par l'annonce qu'il avait fait publier dans le but de trouver une épouse — l'idée la plus dépourvue de passion qu'un homme ait jamais eue.

Il s'était figuré que son existence ressemblerait enfin à l'image qu'il se faisait de la vie idéale. Une vie semblable à celle de ses parents.

Sauf qu'il avait omis le détail le plus important.

L'amour.

Et en l'absence d'amour, sa vision de la vie idéale était vidée de sa substance.

Seule *Poppy* était capable de donner un sens à sa vie.

Désormais, tout ce qu'il voulait, c'était *Poppy*.

Qu'ils se marient ou non, qu'ils mènent ou non une vie de couple idyllique avec des dîners dominicaux comme chez ses parents, qu'ils vivent dans une fermette ou dans son énorme ranch… Cela n'avait aucune importance du moment que Poppy était à ses côtés.

Son foyer était là où se trouvait Poppy.

Et si elle ne voulait plus de lui, il n'aurait jamais de foyer.

Seigneur, cette idée était trop déprimante ! Il avait plus que jamais besoin d'un verre pour atténuer sa souffrance et son désespoir devant l'énorme gâchis qu'il venait de faire. Mais il n'était plus question de museler ses émotions. Ce temps-là était révolu. Il les laisserait s'exprimer, quel qu'en soit le prix à payer.

Il s'adossa contre le mur, la tête basse, tandis qu'une douleur atroce lui nouait l'estomac et se propageait dans sa poitrine. C'était comme si une main invisible lui plantait des éclats de verre dans les côtes, l'empêchant de respirer.

Il n'avait jamais eu de blessure d'amour auparavant.

Certes, son orgueil avait été bafoué et sa confiance trahie.

Mais il n'avait jamais eu le cœur brisé.

Jusqu'à aujourd'hui.

Et il ne pouvait s'en prendre qu'à lui-même.

Poppy lui avait offert tout ce dont il avait besoin pour être heureux, et il avait été trop terrifié pour l'accepter.

Toute sa vie, Poppy avait connu le chagrin et l'abandon. Il avait promis de prendre soin d'elle, et il avait failli à sa promesse. Il venait se rajouter à la longue liste des personnes qui avaient trahi sa confiance ; qui ne l'avaient pas aimée comme elle aurait mérité de l'être.

Il aurait dû l'aimer plus que lui-même.

Il serra le poing, s'en voulant de sa lâcheté et de son aveuglement. Cette fois, il en avait fini avec l'autoprotection.

Il voulait de nouveau avoir Poppy dans sa vie.

Maintenant et pour toujours.

Elle passait avant sa propre sécurité.

Elle était sa raison de vivre.

Mais pourrait-elle lui pardonner tout le mal qu'il lui avait fait ? Pourrait-elle à nouveau avoir confiance en lui ?

Il espérait de tout son cœur que l'amour finirait par triompher.

15

Au comble du désespoir, Poppy avait trouvé refuge dans sa maison de Copper Ridge où elle avait ramené toutes ses affaires aisément transportables.

Elle devait prendre un certain nombre de décisions au sujet de son avenir, mais elle n'était pas en état de le faire.

Elle savait simplement qu'elle devait trouver un autre emploi. Elle avait bon espoir d'en décrocher un facilement grâce aux compétences qu'elle avait acquises au cours des dix dernières années. Ce faisant, elle refermerait un long chapitre de son existence — sans doute le plus long. Celui concernant Isaiah.

Tant de personnes étaient entrées et sorties de sa vie. Les Grayson en étaient les figures les plus marquantes. Ils comptaient au nombre de ses amis les plus chers. Elle était désespérée de les perdre. De perdre Isaiah. Hélas, il en avait toujours été ainsi dans sa vie, et elle ne pouvait rien y faire. Elle serait toujours à la merci de personnes incapables de lui donner tout l'amour dont elle avait tant besoin.

Elle déglutit avec peine, la gorge nouée par l'émotion.

Il ne restait quasiment plus de meubles dans sa maison. Par chance, elle avait récupéré un sac de couchage qu'elle avait déplié dans un coin de sa chambre. Elle se lova dans ce lit improvisé et s'empara de son téléphone portable.

Non qu'elle ait grand monde à prévenir. Toutefois, il y avait une personne qu'elle tenait à appeler.

Elle composa le numéro de Rosalind et attendit.

— Allô !

— Bonsoir, Rosalind. C'est Poppy. J'espère que je ne te dérange pas malgré l'heure tardive.

Tout en parlant, elle fixait le ciel à travers la vitre. Il avait l'audace de paraître normal. D'un noir d'encre piqueté d'étoiles scintillantes. Une belle nuit de décembre en contraste total avec le chaos qui régnait dans sa vie.

— Bien sûr que non. Jason et moi nous préparions à sortir, mais cela peut attendre. Alors, qu'as-tu à me raconter ?

— Oh ! rien... Tout...

— Que se passe-t-il ? insista Rosalind. Cela fait deux mois que tu ne m'as pas appelée.

— Toi non plus tu ne m'as pas appelée.

— Je sais et j'en suis désolée. Je suis négligente. Mais cela ne veut pas dire que je n'aime pas avoir de tes nouvelles.

— Je suis enceinte, annonça Poppy tout à trac.

Le silence qui s'établit à l'autre bout de la ligne était éloquent. Mais quand Rosalind reprit la parole, sa voix trahissait l'excitation.

— Toutes mes félicitations, Poppy ! Je suis si heureuse pour toi.

— Je suis célibataire.

— Ah. Je comprends mieux ton manque d'enthousiasme.

— Je ne sais pas quoi faire, balbutia-t-elle, se recroquevillant sur elle-même et sur son chagrin.

— Si tu as besoin d'argent ou d'un endroit où aller, tu sais que tu peux toujours venir t'installer chez nous.

Oui, Poppy le savait. Peut-être était-ce pour cette raison qu'elle avait appelé Rosalind. Savoir qu'elle avait un endroit où aller en cas de besoin la réconfortait. Elle se sentait un peu moins déracinée.

Maintenant qu'elle avait perdu son seul autre point d'ancrage, Rosalind lui paraissait plus importante que jamais.

— J'espère qu'Isaiah n'est pas furieux contre toi parce que tu vas avoir un bébé.

— Non... Enfin, pas comme tu l'entends, répondit lentement Poppy. C'est le bébé d'Isaiah.

Le silence qui s'ensuivit parut durer une éternité.

— Le bébé d'*Isaiah* ?

— Oui. Je sais... Je suis désolée.

— Je ne comprends pas. Pourquoi es-tu désolée ?

— Parce qu'il s'agit de ton ex et que je te considère comme une sœur. On ne sort pas avec les petits amis de sa sœur.

— Peut-être, mais c'est mon *ex* depuis longtemps. Désormais, je vis avec un autre homme. Je suis allée de l'avant. Et manifestement, lui aussi. Tu n'as aucune raison de te priver de quelque chose qui te fait envie simplement parce que les autres pensent que ce n'est pas correct. Et si tu aimes Isaiah...

Poppy se rendit compte que son sentiment de culpabilité était lié au fait qu'elle était tombée amoureuse d'Isaiah alors même qu'il était encore le fiancé de Rosalind.

— Je l'aime depuis longtemps, avoua Poppy. Depuis très longtemps.

— Et c'est pour cette raison que tu as des scrupules ?

— Oui. Il était ton petit ami. Et tu es intervenue pour qu'il m'engage comme assistante. Et durant tout ce temps…

— Tu n'as *rien* fait de mal, Poppy. Ce n'est pas comme si tu avais essayé de me le prendre quand nous étions ensemble.

— Non, bien sûr, mais…

— Dans cette histoire, c'est moi qui suis fautive, intervint Rosalind, exhalant un profond soupir. Je n'ai pas su gérer la situation avec Isaiah. J'aurais dû avoir le courage de rompre avec lui au lieu de lui être infidèle. Mais j'ai été lâche.

Jamais auparavant elles n'avaient abordé ce sujet. Parler d'Isaiah avait toujours été trop douloureux pour Poppy. Elle en avait tellement voulu à Rosalind de l'avoir trahi. Par sa faute, il s'était replié sur lui-même et avait banni l'amour de sa vie. Mais elle n'avait jamais envisagé que le comportement de Rosalind puisse en partie s'expliquer par son passé.

Pourtant, elle aurait dû y penser. Après tout, n'était-ce pas à cause de son enfance instable qu'elle-même avait réagi comme une chatte sauvage face au bonheur ?

— À l'époque, Isaiah était le premier homme qui se conduisait bien avec moi, et j'avais des scrupules à rompre avec lui. Mais la gratitude n'est pas l'amour. Et c'était de la gratitude que j'éprouvais pour lui. Quand j'ai rencontré Jason, mon univers a basculé. Je n'avais jamais rien connu d'aussi intense ni d'aussi exaltant.

Elle marqua un temps avant d'ajouter :

— J'ai blessé Isaiah, et je le regrette. Mais tu ne dois surtout pas te sentir coupable de l'aimer. C'est quelqu'un de formidable, mais il n'était pas fait pour moi. Trop sérieux, trop raisonnable. Tu le connais depuis longtemps, et si tu penses que c'est l'homme de ta vie…

— Nous étions fiancés, intervint Poppy. Mais il a rompu avec moi.

— *Quoi ?*

Poppy ne put s'empêcher de rire.

— C'est une longue histoire. Une histoire alambiquée, à l'image d'Isaiah. Pour faire court, nous nous sommes fiancés. Puis nous avons couché ensemble. Ensuite j'ai rompu avec lui. Puis j'ai découvert que j'étais enceinte. Nous avons à nouveau couché ensemble et nous nous sommes à nouveau fiancés. Et… il a rompu avec moi parce que je lui ai dit que j'étais amoureuse de lui.

— Il faut vraiment que nous nous appelions plus souvent ! remarqua Rosalind, visiblement dépassée. Bon. Si j'ai bien compris, le fait que tu l'aimes l'a… terrifié ?

— Oui, acquiesça Poppy.

Elle s'abstiendrait d'évoquer le rôle de Rosalind dans ses démêlés sentimentaux avec Isaiah. À la réflexion, il était plutôt marginal. En fait, les problèmes d'Isaiah avec l'amour et les sentiments en général étaient inhérents à son caractère.

— Et tu as l'intention de le laisser partir sans rien faire ?

— Comment pourrais-je l'en empêcher ? Il a dit qu'il ne m'aimait pas. Qu'il ne voulait pas d'une relation amoureuse.

— Comment as-tu réagi à ce moment-là ?

— Je me suis énervée. Je lui ai dit ses quatre vérités. Puis, devant son intransigeance, je suis partie.

— Si j'étais amoureuse d'un homme, je camperais devant sa porte. Je le harcèlerais. Je ferais de sa vie un enfer.

— J'ai mon amour-propre, Rosalind.

— Pas moi. Je suis capable de tout quand il s'agit d'amour. C'est ainsi que j'ai lamentablement fichu en l'air ma relation avec Isaiah pour conquérir Jason.

— Ma situation est différente.

— Mais tu l'aimes !

— Je ne compte plus le nombre de personnes que j'ai aimées et perdues au cours de ma vie. Chaque fois que je m'adaptais quelque part, on me changeait de foyer. J'en ai assez de vivre dans l'incertitude et le chagrin. Je ne le supporte plus. Toi qui as connu le système de placement, tu devrais le comprendre.

— Il y a une grande différence entre avant et maintenant, rétorqua Rosalind. Nous ne sommes plus des enfants. J'en ai pris conscience, bien qu'un peu tard, avec Isaiah. Je n'étais plus une gamine. Je n'étais plus obligée d'être d'accord avec le choix de vie qu'on me proposait. Le temps où les services sociaux, les familles d'accueil et les parents toxiques régentaient notre vie est révolu. Désormais, nous sommes responsables de nous-mêmes. Tu es ta propre assistante sociale, Poppy. C'est à toi de choisir la vie que tu veux mener ; la personne avec qui tu veux vivre ; ce que tu es prête à accepter et à refuser. Tu ne dois plus attendre que quelqu'un vole à ton secours. Tu ne dois plus accepter que l'homme que tu aimes te dise qu'il ne peut pas vivre avec toi.

— J'ai essayé de le faire changer d'avis, mais…

— Que risques-tu à essayer de le convaincre à nouveau que vous êtes faits l'un pour l'autre ?

Poppy eut un rire sans joie.

— Je mourrai d'humiliation s'il me rejette encore une fois.

— Oh ! non. L'humiliation ne tue pas. Si c'était le cas, je serais morte au moins deux fois avant que Jason et moi filions le parfait amour. À l'époque, je manquais d'assurance, j'étais maladroite et insistante. Par ma faute, le début de notre relation a été catastrophique. J'avais peur d'arriver à mes fins de façon déloyale et de le perdre pour toujours. Mais maintenant, nous sommes mariés depuis cinq ans, et ces péripéties n'ont plus d'importance. Il nous arrive même d'en rire. Désormais, tout ce qui compte, c'est que nous nous aimions et que nous soyons ensemble.

— Tu connais Isaiah. Il est obstiné.

— À vrai dire, je ne le connais pas aussi bien que toi. Mais tu vas avoir un bébé avec lui. Que tu arrives ou non à le faire changer d'avis, ne crois-tu pas que cela vaut la peine de te battre ? Pas seulement dans l'intérêt de votre enfant mais aussi pour toi. T'es-tu déjà battue pour *toi*, Poppy ?

Elle avait essayé. Quand Isaiah avait rompu leurs fiançailles. Mais peut-être n'avait-elle pas été assez combative.

Tout compte fait, Rosalind avait raison. Elle devait rassembler son courage à deux mains et affronter Isaiah.

Parce que dorénavant, personne ne lui dictait sa loi. Elle seule était maîtresse de son destin.

Et l'orgueil ne devait pas avoir le dernier mot.

— Je t'aime, dit Poppy. J'espère que tu le *sais*. Nous

sommes différentes, mais tu as toujours été une sœur pour moi. Et c'est en partie grâce à toi si j'ai vécu les plus beaux moments de ma vie.

— Oh ! Seigneur, je vais me sentir affreusement coupable si Isaiah te brise le cœur !

— Même si c'est le cas, je serai heureuse de l'avoir eu dans ma vie. Je l'aime. Et c'est un don du ciel de pouvoir aimer quelqu'un à ce point. Je crains de ne pas avoir apprécié ce cadeau à sa juste valeur. Avec mes antécédents, le simple fait d'être capable d'admettre mon amour sans peur et sans retenue tient du miracle.

— Tu as raison, Poppy. Mon chemin vers l'amour a été long et semé d'embûches. Mais au bout du compte, le résultat est tellement gratifiant.

— J'espère simplement qu'Isaiah finira par se rendre compte à quel point l'amour est fabuleux. Il ne sait pas sa chance d'avoir grandi dans une famille unie avec des parents aimants.

— Et surtout, il ne sait pas quelle chance il a d'être aimé de toi. Alors, ne te sous-estime pas, Poppy. Fonce et démontre-lui que tu es la femme de sa vie.

L'émotion étreignit Poppy, l'empêchant presque de respirer.

— Si j'arrive à le faire changer d'avis, tu es invitée à notre mariage.

— Tu en es sûre ?

— Absolument. Tu es une sœur pour moi. Ma seule famille. Et cela compte énormément à mes yeux.

— Merci, Poppy. Je suis très touchée. En attendant, bats-toi comme une lionne. Toi aussi, tu as droit au bonheur.

Oh ! oui, Poppy était bien décidée à suivre ce conseil.

Isaiah espérait trouver Poppy chez elle. Si ce n'était pas le cas, il entreprendrait une vaste recherche dans toute la ville et les environs et il n'hésiterait pas à utiliser les grands moyens pour la localiser, au risque de faire des mécontents.

Mais il était trop désespéré pour se montrer raisonnable.

À cet instant, il se faisait l'effet d'un écorché vif. Sa peau le brûlait. Son cœur était meurtri. Il fallait qu'il retrouve Poppy et qu'il lui dise à quel point il l'aimait.

Il était prêt à ramper à ses pieds pour qu'elle lui pardonne tout le mal qu'il lui avait fait.

Il était 6 heures du matin quand il se présenta chez elle, une tasse de café dans chaque main. Il frappa à sa porte avec la pointe de sa botte.

Au bout de deux interminables minutes, la porte s'ouvrit et Poppy apparut sur le seuil, vêtue d'un T-shirt uni et d'un pantalon de pyjama avec des motifs d'ours polaires. Sa chevelure était ébouriffée, et elle avait l'air…

Pas vraiment ravie de le voir.

— Que fais-tu ici ?

— Je t'apporte du café.

Elle croisa les bras sur sa poitrine et le foudroya du regard.

— Hier, tu m'as apporté de la barbe à papa et tu t'es conduit comme un parfait idiot. Alors, explique-moi pourquoi je devrais me laisser attendrir par une tasse de café.

— Il faut que je te parle.

— Cela tombe bien, car moi aussi j'ai à te parler. Mais pas à 6 heures du matin.

— Est-ce que tu dormais ?

— Évidemment !

Puis, ses épaules s'affaissèrent, et elle s'écarta de la porte en soupirant.

— Non. Je ne dormais pas.

Il se sentit soulagé.

— Je n'ai pas fermé l'œil de la nuit, ajouta-t-elle. Et je n'ai pas cessé de penser à toi, espèce de salaud.

Curieusement, il trouva sa colère très réconfortante.

— Moi non plus je n'ai pas dormi de la nuit.

— Bien sûr ! Tu as perdu ton assistante. Te voilà obligé de préparer ton café. Pauvre Isaiah, le monde s'écroule autour de toi, ironisa-t-elle.

— Ce n'est pas pour cette raison que je suis resté éveillé. J'ai parlé à Joshua. Je crains de lui avoir fait une piètre impression.

— Il n'y a pas qu'à lui que tu as fait une piètre impression !

Décidément, elle ne lui facilitait pas la tâche. Tant pis, il méritait sa vindicte. Mais il était prêt à tout pour la convaincre de sa bonne foi et de son amour.

— Je ressens les choses, commença-t-il d'une voix enrouée par l'émotion. Je les ressens intensément. Tout le temps. Simplement, je trouve plus facile de ne rien ressentir. Voilà pourquoi je suis très doué pour refouler mes émotions et les isoler du moment présent. Cela me permet de prendre du recul pour analyser ce que je ressens au lieu de réagir impulsivement.

— Parce que l'impulsivité est néfaste ?

— Oui. Surtout quand je risque d'interpréter une situation de travers. Et cela m'arrive souvent. Je suis un perfectionniste, Poppy. Je n'aime pas me tromper.

— Je le savais déjà.

— Oui. Depuis le temps, tu sais comment je fonctionne. Et moi aussi j'ai appris à te connaître. Mais il m'arrive de me fourvoyer. Je ne gère pas mes émotions comme tout un chacun. Cela ne veut pas dire que je suis insensible, mais que je fais parfois des erreurs d'interprétation. Et je déteste cela.

— Mais tout le monde fait ce genre d'erreur, dit-elle d'un ton radouci. Personne n'est parfait.

— Oui, je sais. Mais je me trompe plus souvent que les autres. Depuis toujours, je m'efforce de combattre ce défaut. J'ai dû trouver des parades, notamment en m'organisant mieux, en mettant à profit mon intérêt pour les chiffres et en engageant une assistante pour compenser mes lacunes. Toutes ces solutions me simplifient la vie et me protègent.

Il prit une profonde inspiration avant de poursuivre :

— Mais je me rends compte qu'elles m'empêchent de vivre pleinement ma vie. Poppy, désormais, je ne veux plus me contenter de cette solution de facilité. J'ai commis une terrible erreur avec cette histoire d'annonce. En me mariant, je pensais retrouver le même sentiment de plénitude dans ma vie personnelle que celui que j'éprouvais dans ma vie professionnelle. Mais je n'avais pas compris que c'était toi qui me procurais ce sentiment d'épanouissement grâce à ta présence constante à mes côtés.

Il fit un pas en avant, brûlant d'envie de la prendre dans ses bras pour mieux la convaincre de sa bonne foi.

— Tu étais un des premiers visages que je voyais le matin et un des derniers que je voyais le soir avant de rentrer chez moi. J'attribuais mon sentiment de bien-être à ton efficacité, à ta sûreté de jugement et à notre bonne entente. Je t'appréciais. Mais en réalité, c'était beaucoup plus que de l'estime. Ce n'est pas que je ne pensais pas à toi quand j'ai fait paraître cette annonce. En réalité, tu correspondais en tout point à la description de l'épouse que je recherchais. Mais j'étais trop stupide pour m'en rendre compte.

Il marqua une pause, guettant sa réaction.

— Si tu crois que je vais débattre avec toi, tu te trompes, répliqua-t-elle.

— Il n'est pas question de débats. Je veux simplement que tu comprennes que je ne t'ai pas blessée sciemment. J'ai tissé tellement de couches de protection autour de moi qu'il me faut parfois plusieurs jours pour démêler les sentiments qui m'assaillent.

Voyant qu'elle ne réagissait pas, il poursuivit vaillamment son acte de contrition :

— Tu avais raison. J'ai laissé parler mon cerveau à la place de mon cœur. Parce que je me méfie de tout ce qui provient de cette partie de moi que j'ai tant de mal à décrypter. Ma vie serait tellement plus facile si je ressemblais à Joshua ! Si j'avais son charisme et sa clairvoyance. Par chance, je t'avais à mes côtés. Tu m'étais d'une aide précieuse, surtout dans ces fichus déjeuners professionnels où il faut aussi savoir parler de tout et de rien. Tu suppléais à mes défaillances dans le domaine relationnel.

— Je t'ai déjà dit que cela ne me posait aucun problème, Isaiah. Je t'accepte tel que tu es, avec tes qualités et ce que tu nommes tes « défaillances », qu'il s'agisse ou non d'un dysfonctionnement émotionnel. Je n'y attache aucune importance. Cela fait partie de ta personnalité.

— Il n'empêche qu'hier tu étais furieuse contre moi.

— Parce que tu m'as profondément blessée. Mais je

continue à penser que tu es le meilleur homme que je connaisse. Et… je t'aime toujours autant, Isaiah. Les paroles terribles que tu as prononcées hier ne suffiront pas à détruire dix ans d'amour.

Le soulagement et la gratitude le submergèrent. Il brûlait d'envie de tomber à genoux devant sa bien-aimée. De l'embrasser. De la serrer dans ses bras. Il brûlait d'envie d'abattre les murs qu'il avait érigés autour de son cœur pour lui dire à quel point il l'aimait.

Mais qu'attendait-il pour le faire ? Pourquoi restait-il planté devant elle, raide comme un piquet, alors que son cœur débordait d'amour ? Pourquoi ne saisissait-il pas la chance qui s'offrait à lui ?

Alors, c'est ce qu'il fit.

Il s'agenouilla devant elle et l'enlaça, pressant son visage contre son ventre. Contre la petite vie qui se développait en elle.

— Je t'aime, Poppy, murmura-t-il. Si tu savais comme je t'aime !

Levant les yeux vers elle, il s'aperçut qu'elle le fixait, très émue, et il s'enhardit à poursuivre sa confession.

— Mais j'avais peur de m'abandonner à mes émotions et de m'autoriser à t'aimer. Je suis un tel fardeau émotionnel ! Quand je pensais à tout ce que tu faisais pour moi au bureau… je me disais qu'il serait déloyal de t'obliger à en faire autant en qualité d'épouse. Je me disais que tu méritais quelqu'un de plus facile à vivre et de meilleur ; quelqu'un qui n'aurait pas besoin que tu lui serves de traductrice.

— J'ai eu tout le temps de tomber amoureuse d'autres hommes, Isaiah. Mais tu es le seul que j'aie jamais aimé. Et comme je te l'ai déjà expliqué, je t'accepte tel que tu es. Je t'aime tel que tu es. Tu n'as pas idée de tout ce que tu m'apportes. Figure-toi que j'ai parlé à Rosalind, ce soir.

— Vraiment ?

— Oui, acquiesça Poppy, s'agenouillant en face de lui, le regard rivé au sien. Elle m'a dit qu'il fallait que je me batte pour te conquérir. Que je n'étais plus une enfant soumise aux lois des adultes et que je devais prendre ma destinée en main. Bien sûr, elle a raison. Et si tu n'étais pas venu me retrouver, c'est moi qui serais allée te voir pour te dire encore une fois à quel point je t'aime.

— Je risque d'être un fardeau pour toi, Poppy, dit-il d'une voix étranglée par l'émotion.

— Je ne vois pas les choses ainsi. Je t'aime et j'ai envie d'unir ma vie à la tienne, quelles que soient les difficultés que nous rencontrerons. C'est une décision que je prends en connaissance de cause. C'est mon choix d'être à tes côtés. Parce que tu représentes tout pour moi. Tu m'as engagée alors que j'avais dix-huit ans et aucune expérience professionnelle. Tu m'as présentée à ta famille, et en vous voyant tous ensemble, j'ai compris à quel point l'amour était un lien puissant. J'ai compris qu'on pouvait se disputer, être en désaccord, faire des erreurs, et continuer à aimer et être aimé.

— C'est à porter au crédit de ma famille et non au mien.

— J'en arrive à toi, dit-elle en souriant. Tu m'as expliqué que tu avais du mal à comprendre les gens. Mais cela ne t'empêche pas d'avoir une vie professionnelle et sociale. Et tu es d'une loyauté à toute épreuve. Y compris envers moi.

Elle lui caressa tendrement la joue avant d'ajouter :

— J'ai vu à quel point Rosalind était importante à tes yeux. Ainsi, tu n'as pas hésité à m'engager parce qu'elle te l'avait demandé. Bien sûr, à la fin, tu as eu le sentiment de t'être trompé sur son compte et d'avoir été ridicule, mais tu as montré que tu étais capable d'avoir des sentiments profonds.

Trop ému pour parler, il la laissa poursuivre.

— Tu as été la présence la plus constante dans ma vie. Tu m'as gardée à tes côtés lors de chaque évolution de l'entreprise. Tu t'es engagé envers moi comme personne ne l'avait fait auparavant. Et je ne suis pas sûre que tu comprennes vraiment ce que cela signifie pour une fille comme moi, ballottée toute son enfance de foyer en foyer.

Des larmes perlèrent aux yeux de Poppy et sa voix s'enroua sous l'effet de l'émotion.

— Je *sais* que tu éprouves des sentiments, Isaiah. Parce que même si tu as du mal à les exprimer, tes actes parlent pour toi. Et tu n'es pas un fardeau. Au contraire, tu représentes le plus beau cadeau que le destin m'ait jamais fait.

Les paroles de Poppy lui mirent du baume au cœur, et l'espoir grandit en lui.

— J'avais peur, dit-il. Pas seulement d'être un fardeau pour toi, mais de te perdre. Je t'aime tant, Poppy. Je ne sais pas ce que je ferais si je gâchais tout à cause de ma personnalité.

— Encore une fois, je *t'aime* comme tu es, insista Poppy. Ce sera à moi de te prévenir si tu fais fausse route. Peu importe la façon dont le reste du monde voit les choses, Isaiah. Ce qui compte, c'est *notre* façon de les voir. Ensemble.

Elle marqua une pause avant d'ajouter :

— La normalité est une notion subjective. Tu devras t'accommoder du lourd bagage que je traîne à cause de mon enfance erratique. Je peux bien te l'avouer, je suis terrorisée à l'idée de ne pas être une bonne mère, parce que je n'en ai jamais eu une pour me servir de modèle. Parfois, je serai un fardeau pour toi, et d'autres fois, c'est toi qui en seras un pour moi. Mais nous serons ensemble, et notre amour nous aidera à surmonter ces difficultés.

— Je t'aime depuis très longtemps, Poppy, et j'ai cru bon de refouler cet amour au plus profond de moi. Mais dès l'instant où je t'ai touchée, cet amour est remonté à la surface, rompant toutes les digues. Désormais, je suis incapable de refouler mes sentiments pour toi. Cela me terrifie. Et en même temps, je me sens étrangement libéré.

— Et moi ce qui me terrifie, c'est une vie sans toi.

— Veux-tu m'épouser, Poppy ? Cette fois, je te le demande non pas parce que tu es enceinte, non pas parce que j'ai besoin d'une assistante dans ma vie personnelle, mais parce que je t'aime de toute mon âme.

— Oui, j'accepte de t'épouser, Isaiah. Non pas parce que tu as une famille merveilleuse. Non pas en dépit de ce que tu es, mais à cause de ce que tu représentes pour moi. Parce que moi aussi, je t'aime de toute mon âme.

— Oh ! ma chérie. Je suis le plus heureux des hommes.

Une immense joie lui inonda le cœur. Comme c'était bon de s'ouvrir enfin à l'amour.

— Nous devrons instaurer des règles de base, déclara Poppy, un sourire mutin aux lèvres.

— De quoi parles-tu ? demanda-t-il, un peu inquiet.

— D'une frontière entre nos vies personnelle et professionnelle. Ainsi, à la maison, ce n'est pas moi qui préparerai le café.

— Oh ! c'est un sacrifice que je ferai volontiers, assura-t-il en riant.

— Tant mieux. Mais ce ne sera pas le seul.

Il l'enlaça et l'aida à se relever.

— Et si je t'emmenais dans ta chambre pour te montrer exactement quels sacrifices je suis prêt à consentir ?

— Je n'ai plus qu'un sac de couchage en guise de lit, protesta-t-elle tandis qu'il la soulevait de terre et qu'il se dirigeait vers sa chambre.

— Je m'en accommoderai.

Et c'est ce qu'il fit.

Épilogue

Le 24 décembre 2018

FAIRE-PART DE MARIAGE

En cette veille de Noël, l'homme d'affaires et rancher peu sociable Isaiah GRAYSON *a l'immense bonheur d'épouser Poppy* SINCLAIR, *son assistante, sa meilleure amie et son double.*

Elle lui donnera un enfant ou deux, le nombre exact étant négociable, et se montrera aussi tolérante vis-à-vis de ses sautes d'humeur que lui des siennes. Parce que c'est ainsi que l'amour fonctionne.

Elle est disposée à demeurer à ses côtés sa vie durant, dans la maladie et la bonne santé, la richesse ou la pauvreté.

Et elle accepte volontiers qu'il conserve sa barbe.

Pour la plus grande joie de Poppy, ils optèrent pour une cérémonie intime en pleine nature, dans la montagne chère à Isaiah. Le clan Grayson dans son ensemble était présent ainsi que Rosalind et son mari.

Dissimulée derrière un arbre, Poppy jeta un coup d'œil à Isaiah, debout à côté du pasteur John Thompson. Le paysage immaculé, avec les sapins couverts de neige, était époustouflant, mais pas autant que le fiancé.

Il ne portait pas de costume mais un manteau noir par-dessus un jean noir et une chemise blanche. Sans oublier son chapeau de cow-boy noir. Et il ne s'était pas rasé la barbe.

Mais c'était très bien ainsi.

Elle ne voulait pas une version policée d'Isaiah mais l'homme qu'elle côtoyait au quotidien et qu'elle aimait.

Ce serait sa nouvelle tradition de Noël. Elle penserait à son mariage, à leur amour, au changement radical survenu dans sa vie grâce à Isaiah Grayson.

Poppy portait la robe parfaite qu'elle avait choisie avec Nancy et Faith, et elle tenait un bouquet de roses rouges à la main.

Elle sourit, radieuse. Jamais elle n'aurait imaginé faire un aussi beau mariage.

Sans doute parce qu'elle n'aurait jamais imaginé rencontrer un fiancé aussi merveilleux.

Cette cérémonie intime leur correspondait parfaitement, en pleine nature, à l'écart du monde, mais entourés par les personnes qu'ils aimaient le plus.

Il n'y avait pas de musique, seulement le silence de la forêt et le bruissement des branches dans la brise légère.

Estimant que le moment était venu, elle s'avança dans la neige, le regard rivé à celui d'Isaiah. Elle avait l'impression de remonter une très longue allée vers lui depuis dix ans, chacune de ces années ayant représenté une étape nécessaire pour les conduire à cet instant.

Isaiah ne ressentait pas les choses comme tout le monde. Il les ressentait plus intensément et il lui fallait plus longtemps pour les exprimer, mais elle savait qu'il lui avait donné son cœur pour toujours.

Quand elle arriva à sa hauteur, le cœur inondé d'amour, il lui prit la main, et ils se firent face.

— Je t'avais bien dit que cette annonce était une bonne idée, murmura-t-il après qu'ils eurent échangé leurs vœux et que le pasteur l'eut autorisé à embrasser la mariée.

— Qu'est-ce qui te fait dire cela ?

— Parce qu'elle m'a permis de comprendre que la femme de ma vie était en face de moi depuis toutes ces années.

— Tu aurais fini par t'en rendre compte sans cette annonce.

— Non. Elle était nécessaire.

— Pour que tu aies raison ? demanda-t-elle, malicieuse.

— J'ai toujours raison, répliqua-t-il avec un sourire radieux.

— Vraiment ? Alors, d'après toi, que va-t-il se passer maintenant ?

Il l'embrassa à nouveau, longuement, amoureusement.

— Nous allons vivre heureux jusqu'à la fin des temps.

Oh ! oui, il avait raison. Comme toujours.